古典詩歌研究彙刊

第八輯

龔鵬程　主編

第1冊

兩漢民間樂府與後人擬作之研究

王淳美　著

國家圖書館出版品預行編目資料

兩漢民間樂府與後人擬作之研究／王淳美 著 — 初版 — 台北
縣永和市：花木蘭文化出版社，2010〔民99〕
序 2+ 目 4+230 面；17×24 公分
（古典詩歌研究彙刊 第八輯；第 1 冊）
ISBN 978-986-254-309-2（精裝）
1. 樂府 2. 漢代詩歌 3. 詩評
820.9102   99016390

ISBN - 978-986-2543-09-2

9 789862 543092

古典詩歌研究彙刊
第八輯 第 一 冊   ISBN：978-986-254-309-2

兩漢民間樂府與後人擬作之研究

作　　者　王淳美
主　　編　龔鵬程
總 編 輯　杜潔祥
出　　版　花木蘭文化出版社
發 行 所　花木蘭文化出版社
發 行 人　高小娟
聯絡地址　台北縣永和市中正路五九五號七樓之三
　　　　　電話：02-2923-1455／傳眞：02-2923-1452
網　　址　http://www.huamulan.tw 信箱 sut81518@ms59.hinet.net
印　　刷　普羅文化出版廣告事業
初　　版　2010 年 9 月
定　　價　第八輯 20 冊（精裝）新台幣 28,000 元

兩漢民間樂府與後人擬作之研究

王淳美　著

作者簡介

王淳美，生於 1961 年 10 月，長於高雄縣湖內鄉。國立政治大學中國文學研究所碩士、國立成功大學文學博士，現任南台科技大學通識教育中心副教授，學術專長為台灣傳統話劇、戲劇、兩漢民間樂府等。有關戲劇的重要著作為《台灣戒嚴時期的《中華戲劇集》》，以及與石光生教授合著之《屏東布袋戲的流派與藝術》等。從 2008 年至今，擔任主持人的研究計畫，計有教育部「優質通識教育課程計畫──戲劇與文化」、高縣文化局「2009 高雄縣國際偶戲藝術研討會委託案」。

提　要

　　本論文討論兩漢民間樂府與後人擬作，根據宋郭茂倩所撰《樂府詩集》為研究範圍。全文共一冊，約二十一萬字，分六章十七節。

　　首章導論，說明民間樂府定義，再從《樂府詩集》選出合乎需要標準的兩漢古辭三十九首，由魏至唐之擬作四百零九首為研究對象，並言及研究方向。

　　第二、三章依擬作與本辭內容之相關程度分類，作個別說明，以為探討之基礎。

　　第四章探討環境與作者身分對擬作之影響及其擬作特色，茲先分析各代政、經、文學思潮，再將作者身分區別為帝王、貴族、仕宦、文人、僧徒、婦女分別考察。

　　第五章作品分析，舉凡從本辭到擬作－包括標題採擇、擬作方式、主題意識之連想與轉變，與兩者在創造動機、藝術特色、精神風貌之比較等，均納入本章範圍。

　　第六章結論，總述擬樂府之流變、評價、影響，再從中分析中國敘事、抒情詩之消長，復以美學、心理學等觀點比較民歌與文人擬作之差異，以總括前說。

目　次

序

　　余自幼出身教育世家，父良母賢，諄諄教誨，求學過程始得平順不輟。父母恩重難報，尤以余長年負笈離家，令其多所憂念。幸得完成學業，僅將此微薄成果，敬呈雙親，並謝其鞠育之恩。

　　余性富想像，尤喜尋思天地因緣理則，涵濡文藝之至善美感以為心靈寄託；而將開拓生命最極至表現，視為存在目的。是以年少意興風發，冀能揮灑文學熱情，為青春留下瑰麗文采；迨撰寫論文，始知學海無涯，登高必自卑之理。

　　關於本論文，文長約二十一萬言，研究範圍以宋郭茂倩編撰之《樂府詩集》為主，因其書徵引浩博，援據精審，宋以來考樂府者無能出其範圍。至於所用版本，則是里仁書局印行之《樂府詩集》一百卷，其書以宋本影印本為底本，採汲古閣本校對，還參校有關各史之樂府、作家本集、《玉臺新詠》及其《考異》、《唐文粹》、《藝文類聚》、《文苑英華》、《詩紀》、《漢魏六朝百三名家集》、《全漢三國晉南北朝詩》、《唐人選唐詩》、《全唐詩》等而成之嶄新校注本。因此本文為便於研究，所論及之兩漢民間樂府與其後人擬作，皆以里仁書局印行之郭氏《樂府詩集》為主。

　　其次，本論文之撰寫，從採擇題目至完稿過程，要特別感謝羅師宗濤於百忙之中，抽空悉心指導，一一匡正。在余困挫不前時，給予

精神鼓勵，師恩永銘於心。再者，還要感謝李師威熊、簡師宗梧，及李豐楙教授、黃景進教授、張雙英教授，在余論文寫作期間，提供諸多寶貴意見與資料來源，在此爰筆誌謝。

本論文乃余 1986 年國立政治大學中國文學研究所的碩士論文，今幸蒙收入龔鵬程教授主編之《古典詩歌研究彙刊》；文中若有粗疏紕謬處，敬請學界先進，不吝賜教為盼。

進入學術界以後，長年來埋首案前，徘徊斗室，或腸枯思竭，或振筆疾書之際，始明治學之難，非長久累積，潛心研習，不足以成大器。余在論文撰寫期間，常對天地、人事，心存感恩，而在那段彳亍陌頭，不帶任何心情的日子，或涼風孤燈夜伴、獨坐圖書館查閱典籍的歲月，深感陶淵明「衣沾不足惜，但使願無違」之理念。然而道遠多艱，以有限生涯鑽研無垠學海，一切唯隨緣無愧，盡其在我。

謹以本書呈獻慈愛的雙親——王風・林素賢 伉儷

王淳美　謹序於台南寓所

2010 年 6 月 6 日

第一章　導　論

第一節　民間樂府之定義

一、民間文學界說

　　藝術之性質在於傳達情感，而廣義的藝術泛指含有技巧與思慮的一切活動及其製作；狹義的藝術則指含美的價值的活動，或其活動產物。至於藝術之所以產生，林惠祥《文化人類學》中提及：

　　　　藝術發生的原因學說很多，[註1] 茲舉根於原始藝術的研究的兩說於下：赫恩（Yrjo Hirn）在其《藝術的起源—心理學的及社會學的索究》（The Origins of arts, a Psychological and Sociological Inquiry）一書中說藝術是由於藝術的衝動（art-impulse），[註2] 而藝術的衝動是由於每種感情狀態的向外表現的傾向，表現的結果能增加快樂減少苦惱。由此可見藝術的起源是個人的衝動。但表現的第二結果還能夠引起別人的同樣感情，而他們的同情心又再影響了原來表現感情

〔註1〕藝術的起源，歸納之有三種學說：一、本能說，謂人類於先天中即具有藝術活動之本能（Art instinct）。二、實用說，謂藝術由實用之目的而起。三、折衷說，即兼採上列二者之學說。

〔註2〕凡模倣、遊戲、表現、裝飾等衝動，有裨於藝術創造者，即屬藝術衝動。

的本人，增加原來的感情。由此可知藝術的起源同時又是社會的。〔註3〕

因知藝術的起源，在於人類有趨向藝術的需要，將自己經驗體會過的情感，或欲傳達的思想，藉由藝術形式表現出來；他人接收這些情感訊息的同時，也能產生同情共感，這便是藝術始於個人創作衝動，而終能影響或表現社會性之緣由；亦即藝術表現的目的。〔註4〕再者，文學乃藝術之一種，自有此種特質，尤以民間文學為然。

文學可泛指一切思想之表現，或較狹隘地專指偏重想像與感情，而以文字記錄的藝術作品。至於民間文學，則是來自民間大眾的創作，有別於士大夫及廟堂文學而言。然而在文字使用前，便已有原始藝術產生，在文學進展階段中，屬於口傳文學時代。在此階段，文學是無名氏的集體創作，具有奔放想像力與最直接、新鮮的表現方式，而又在長期口傳中，任意增刪內容，表達一般人共有的願望與夢境；如徐蔚南所言：

> 民間文學是民族全體所合作的，屬於農工大眾的，從民間來的，口述的，經萬人的修正而為最大多數人所傳誦愛護的文學。〔註5〕

民間文學既表現中國基層普遍、共通的意識，則其創作動機為何？譚達先以為：

> 在過去社會裡，農工階層創作民間文學作品，是為了滿足在工作之後的休閒、自我娛樂的需要。〔註6〕

因而文學創作乃源於個人藝術衝動，無關乎其他名利追求。亦即原始

〔註3〕見其書第六篇原始藝術，第一章緒論，頁 375。臺灣商務，民國 55 年 2 月臺一版。

〔註4〕此乃為人生而藝術說，含有社會性、寫實性；藝術為表現人生現世而設，具有現實主義色彩。另有一種說法，即藝術本身自有其價值，藝術表現之目的在為藝術而藝術（Art for art's sake），為唯美主義者所主張。

〔註5〕見其《民間文學》，頁 6。商務，民國 16 年。

〔註6〕見其《中國民間文學概論》，第一章民間文學的特徵，頁 58。本鐸，民國 71 年 6 月初版。

藝術的目的乃「由於實用的目的，審美目的反是其次」，〔註7〕並著重一己情感思想的抒發，具有濃厚現實主義，而形成極強烈的社會性。因而藝術在原始社會中，能「影響及較多的個人，構成較大部分的文化內容，比文明人言」。〔註8〕

再者，民間文學別於文人文學，在藝術風格上而言，如賈芝所說：

> 民間文學的藝術傳統，包括一般人民的審美觀、表現技巧、體裁、文學風格等等。一般人民是有一套表現自己的思想感情的技巧和方式的。〔註9〕

這套民間的藝術傳統，在譚達先以為，則是：

> 獨特的現實主義表現方法的繼承與發揚，心靈與自由開放的繼承，革新與創造。最根本的則是藝術的美學態度問題，即它與現實生活的關係。換一句話來說，民間文學的傳統性，涉及許多藝術特點方面的問題，這包括：特有的藝術結構、表現手法、語詞風格等都具有口頭性、可表演性；比方，歌謠在表現手法上，就有起興法、排敘法、平列法、重複法等，和善於採用精煉的方言詞，而語言又易講易記易唱等。〔註10〕

綜上所述，民間文學別於文人書面文學之處，亦即民間文學之特徵，則以其具有「集體性、口頭性、變異性、匿名性、傳統性」等性質，〔註11〕而流傳於基層社會的口傳文學。

接著談及在中國固有歷史文化背景、專制政治制度，及特有經濟生產方式下，民間文學流露出什麼思想內容；在此引用譚達先先生一項分析資料，而關乎本文所要研討的兩漢民間樂府。在譚先生研究下，民間文學的思想內容可分為以下三方面：

〔註 7〕參見林惠祥《文化人類學》，頁 428。
〔註 8〕同註7，頁 373。文明人乃處於社會開化狀態中，別於野蠻人而言。
〔註 9〕見其《論民間文學的社會地位和作用》一文，收於《民間文學論集》，
　　　　頁 199，民國 52 年。
〔註10〕同註6，頁 60。
〔註11〕參看同註6，頁 28～61。

（一）讚美優秀的品德
    （1）歌頌勤勞可貴
    （2）肯定合作力量
    （3）強調學習重要
    （4）宣傳愛國主義
    （5）提倡勤勞節儉

（二）批評醜惡現象
    （1）揭露官商暴利
    （2）反抗政治壓迫
    （3）質問社會不平
    （4）控訴不合理的婚姻
    （5）勸戒不良習染

（三）介紹知識經驗
    （1）介紹風俗人情
    （2）介紹地理物產
    （3）介紹科學常識
    （4）介紹歷史掌故〔註12〕

    由而知之，民間文學與現實生活密切結合，表現其樸實勤儉的生活面，反暴政惡權貴，希翼合理公平的社會分配，而又直接鮮明地反映其所賴以為生的空間、風土人情。因此民間文學的起源與上述藝術發生的原因，不謀而合；皆起自個人，終於反映、表現且影響社會。

    民間文學種類極多，自五四運動以來，研究者眾；茲舉張紫晨根據賈芝之說而予具體化的結論：

> 整個民間文學分爲三個部分，即群眾口頭創作、民間說唱、民間戲曲。這中間以群眾口頭創作部分最爲複雜，又可分爲散文、韵文兩個部分。……韵文的包括民間歌謠、民間敘事詩、諺語、謎語等。而民間歌謠一項，又較其他項複

〔註12〕參看同註6，頁64～112。

雜些。從內容說，有勞動歌、生活歌、政治歌、愛情歌之
分……。〔註13〕

關於民間文學中的歌、詩部分，尤是歌詩與音樂的關係，於下文說明之。

二、詩與樂

關於詩歌的起源，梁沈約《宋書》《謝靈運論》有云：

> 民稟天地之靈，含五常之德，剛柔迭用，喜愠分情；夫志
> 動於中，則歌詠外發。六義所因，四始攸繫；升降謳謠，
> 紛披風什。雖虞夏以前，遺文不覩，稟氣懷靈，理無或異。
> 然則歌詠所興，宜自生民始也。〔註14〕

此則說明詩歌的原始，伴隨人類天性而來，且以表現情感為目的。
《詩》大序亦如是說：

> 詩者，志之所之也，在心為志，發言為詩。〔註15〕

因而可知，生民往往藉音聲歌詠，來表達其悲喜哀怨之情；在口誦吟
唱之際，便形成一種原始、且自然的藝術形式。另外，亞里斯多德在
其《詩學》中，把詩的起源以心理學觀點解釋之，據朱光潛歸納如下
兩點「一是模仿本能，一是求知所生的快樂」，〔註16〕前者合於藝術
衝動，後者則由求知性〔註17〕而引起快感。基本上，詩歌來自民間，
其起源即是一種天籟的誦唱，是可理解的。

其次，最容易令人引起詩興，而發為吟咏的莫過於感情；因此表
現內在主觀情感與觀念的抒情詩，可說是最原始詩材；而「以口語發
洩感情只須用有效的審美的形式，例如按節奏的重複便可」，〔註18〕
這就將詩歌與音樂結合在一起。其實從人類學與社會著眼，詩歌、音

〔註13〕見其所著《民間文學知識講話》一書，第三章。民國52年出版。
〔註14〕見《宋書》卷六十七，第二十七，頁0861。新文豐出版。
〔註15〕見《十三經注疏》，2《詩經》，頁13。藝文。
〔註16〕見其所著《詩論》一書，頁9。漢京，民國71年12月出版。
〔註17〕Rational curiosity——亦為好奇性，乃人類求獲知識的一種本能；藉
　　　此本能不斷發展，人類得以累積複雜的知識與經驗。
〔註18〕參見《文化人類學》，第六篇〈原始藝術〉，頁413。

樂、舞蹈原是三位一體的混合藝術，此點很多專家研析甚詳，本文只就詩、樂關係略為陳述。

關於音樂，《樂記》有言：

> 凡音者，生人心者也。情勤於中，故形於聲，聲成文，謂之音。〔註19〕

而《荀子·樂論》亦言及：

> 夫樂者樂也，人情之所必不免也。故人不能無樂，樂則必發於聲音，形於動靜。而人之道，聲音動靜性術之變盡是矣。〔註20〕

以此可知，音樂也是人類用來表達情感的方式，因而聲音與情緒變化有著密切連繫，《樂記》中已提出：

> 樂者音之所由生也，其本在人心之感於物也。是故其衷心感者其聲噍以殺，其樂心感者其聲嘽以緩，其喜心感者其聲發之散，其怒心感者其聲粗以厲，其敬心感者聲直以廉，其愛心感者其聲和以柔。六者非性也，感於物而后動。〔註21〕

從上述可知，詩與樂皆為表情達意而發，兩者俱有節奏性；〔註22〕詩常可歌，歌則可以樂伴奏，如是詩樂合體，導致樂府詩之緣起。再者，由於音樂跟隨情感變化而有不同聲調，因此樂府詩根據歌辭意義不同，配以相襯之管絃曲調，此容後敘。其次，詩樂雖可為混合藝術，但詩的音樂性卻容易散失，且如朱光潛所言：

> 樂的節奏可譜，詩的節奏不可譜；可譜者必純為形式的組合，而詩的聲音組合受文字意義影響，不能看成純形式的。〔註23〕

〔註19〕見《禮記》，《十三經注疏》之5，頁663，藝文印書館。
〔註20〕見《荀子》卷第十四，《樂論》篇第二十，頁1。臺灣中華書局，民國57年4月臺二版，《聚珍》倣宋版印。
〔註21〕同註19。
〔註22〕《禮記·樂記》有言：「使其曲直、繁瘠、廉肉、節奏、足以感動人之善心而已矣。」節奏也者，就是樂調的抑揚緩急，由音之長短強弱交互配合所致。詩與樂都有其節奏性，卻非呆板的物理性質，而是一種主觀、感於物所呈現的結果。
〔註23〕同註16，頁126。

因此詩樂可密切結合,而音樂成分卻難以單純、確實掌握。

詩歌既源自生民表達情意之需要,其於民間流行的情況如何,俄人柯斯文《原始文化史綱》如是說:

> 人們的口頭創作,即民間創作,在原始時期是有廣泛發展
> 的。民間創作之最早的形式是關於過去的奇談,即神話。
> 童話故事也特別發展。民間創作之較晚的形式是歌謠、敘
> 事詩、謎語和諺語。〔註24〕

可知詩歌謠諺是民間文學中,要具有某種程度精神面以後,才可能發生的。《詩》《魏風·園有桃》篇有云:「心之憂矣,我歌且謠」,《毛傳》曰:「曲合樂曰歌,徒歌曰謠」。〔註25〕其次,詩歌的性質概如下述:

> 詩歌是爲審美的目的,以有效爲美麗的形式,將外部的或
> 內部的現象爲口語的表現(verbal representation)。〔註26〕

此亦同於朱光潛「詩或是『表現』內在的情感或是『再現』外來的印象,或是純以藝術形相產生快感」的說法。〔註27〕於是詩歌便可大別爲主觀、表現內在的抒情詩,及客觀、再現外界現象的敘事詩兩類。

至於這兩類詩歌與音樂的關係有何不同?大致說來,先民將其情感用一種最簡單的方式,即將語句按天籟的節奏反覆唫唱,有時爲遷就音調,還需更改轉折文字,〔註28〕加上抒情詩大多篇幅短製,因而抒情詩較易與音樂結合。反之,敘事詩在中國原就不甚發達,再因爲其以敘事影響他人情感爲主要觀照,因而對節奏、韻律便不能刻意要求;況且篇幅過巨,勢必加上人爲音調的加工調整,

---

〔註24〕見其書第七章〈精神文化〉。引自譚達先,《中國民間文學概論》,頁
243,木鐸出版社,民國71年6月初版。
〔註25〕同註15,頁208。另《爾雅》釋樂,孫炎注:「謠,聲消搖也。」
〔註26〕見林惠祥《文化人類學》,頁413。
〔註27〕同註16,頁10。
〔註28〕林惠祥《文化人類學》,頁419提及此點,只是其中「原始的民眾不
注意詩歌的意義,而只喜歡詩歌的形式」此說,頗值商榷。

若單憑天籟的口誦唸唱，就敘事詩而言，必有其實質上不能自然形成的困難。

詩歌與音樂皆來自人類天性的本能，兩者結合於民間社會，藉抒發個人情感，終能引起他人共鳴的方式，而於民間詩歌吟咏內容上，可看出當時社會某種程度的精神風貌。再者，自《詩》《騷》以下，詩樂結合情形至漢樂府達於最高峰。關於樂府詩概況，接於下文敘之。

三、樂府概況

詩與樂之關聯由來已久，從《詩經》十五國風、《楚辭》《九歌》及清杜文瀾自經史子集選錄編出的《古謠諺》中，[註29] 皆有民歌成分；至漢惠帝任夏侯寬為「樂府令」，漢武帝於元鼎六年（西元前 111）設樂府官署，[註30] 采集民間歌謠，經過增飾披以管絃，供朝廷祭祀宴享之用後，詩與樂始進一步、正式而緊密地結合。然而采詩入樂，不起於漢世，遠於先秦即有此制，如《左傳》襄公十四年：

> 故《夏書》曰：道人以木鐸徇于路，官師相規，工執藝事以諫。

杜預注云：

> 逸書，道人，行人之官也。木鐸，木舌金鈴徇於路，求歌謠之言。[註31]

再如班固《漢書·食貨志》有云：

> 孟春之月，群居者將散，行人振木鐸徇于路以采詩，獻之太師，比其音律，以聞於天子。故曰：王者不窺牖戶而知

〔註29〕《古謠諺》一百卷，凡例一卷，目錄一卷。收集各經史子集中之謠諺，內容豐富，極富文學價值。

〔註30〕《漢書·禮樂志》：「房中祠樂，高祖唐山夫人所作也。……孝惠二年，使樂府令夏侯寬備其蕭管，更名曰安世樂。」蓋西漢設有太樂及樂府二署，分掌雅樂和俗樂。孝惠帝時的樂府令就是掌雅樂的太樂令；武帝設立的樂府，就是主管俗樂的樂府署。見王應麟《漢書藝文志考證》（八）引呂氏曰：「太樂令丞所職，雅樂也；樂府所職，鄭衛之樂也。」

〔註31〕見《十三經注疏》，6《左傳》，頁 563。藝文。

天下。〔註32〕

以是而知采詩入樂觀風，由來已久，只是正式以樂府詩名世，殆始於漢。〔註33〕

　　武帝之所以設立樂府，主要是其時郊祀的無樂。《文心雕龍‧樂府篇》有云：「武帝崇祀，始立樂府」。〔註34〕其次可能受周采詩觀風影響，由而欲從民間樂歌得知政風消息，因如《樂記》所言；民歌樂音可反映民心向背：

　　　是故治世之音安以樂，其政和。亂世之音怨以怒，其政乖；
　　　亡國之音，哀以思，其民困。——聲音之道，與政通矣。

〔註35〕

再者，武帝本身喜好樂音，在《漢書‧武帝紀》中曾數次作歌，〔註36〕且有感於其時禮壞樂崩之狀，〔註37〕因而致力更張提倡樂府。只是武帝所設之樂府，大抵以作郊祀樂為主，采詩是次要工作。因而其時樂府官署之責，便是采集各地民歌及文人詩，披以管絃，以作為朝廷祭祀、宴

〔註32〕見《前漢書補注》上，頁513。
〔註33〕關於樂府起始，有謂源於漢武帝，如《漢書‧禮樂志》言及：「至武帝定郊祀之禮，祠太一於甘泉，就乾位也；祭后土於汾陰，澤中方丘也；乃立樂府，采詩夜誦，有趙代秦楚之謳。」然前賢有反此說，以為武帝只是更張而非建立，樂府機構始於秦，歸少府所轄，此據《漢書‧百官公卿表》：「少府，秦官，掌山海地澤之稅，以給共養，有六丞。屬官有尚書……樂府……十二官令丞。……武帝太初元年，更名考工室為考工，……樂府三丞。」欲明此，可再參考陳義成《漢魏六朝樂府研究》，頁1～4。嘉新水泥公司文化基金會出版，民國65年10月。
〔註34〕見劉勰著，《文心雕龍注》卷二，頁101，藝軒出版。其言「武帝崇禮」下注孫汝澄曰「唐寫本禮作祀」。另《宋書‧樂志》一：「漢武帝雖頗造新哥，然不以光揚祖考，崇述正德為先，但多詠祭祀見事及其祥瑞而已，商周雅頌之體闕焉。」
〔註35〕同註19。
〔註36〕見《前漢書補注》上，頁93，元鼎4年6月，《作寶鼎》、《天馬之歌》。同書頁99，太初4年春，作《西極天馬》之歌。同書頁101，太始4年夏4月，作《交門》之歌。此外尚有五首，不另舉。
〔註37〕參見《前漢書補注》上，頁89，元朔5年夏6月詔曰：「蓋聞導民以禮，風之以樂。今禮壞樂崩，朕甚閔焉，故詳延天下方聞之士，咸薦諸朝，其令禮官勸學講義，洽聞舉儀興禮，以為天下先。」

饗朝會、宗廟、給賜、道路、軍旅之用。此具歷史性意義之采詩入樂機構，於當時而言，或恐爲配合漢世天威及誇其文治武功而設，然卻因此使漢民歌得以記錄保存至今，成爲民間文學瑰寶。

　　樂府原爲官署名稱，後來演變成凡經其采集之詩歌，均謂爲樂府。後來，只要帶音樂性之詩也叫樂府，至唐更有離開音樂範疇，而以擬樂府型態出現的樂府。大抵漢樂府發展概況，可分爲四階段：「一、樂府本曲（古辭）。二、依照樂府曲調作詩（古詩化）。三、擬樂府詩。四、自製新曲」，〔註 38〕而樂府與樂及本辭與擬作之關係，可用羅根澤分析的圖表說明：〔註 39〕

附表（一）：樂府之音樂性及樂府本辭與擬作之關係表

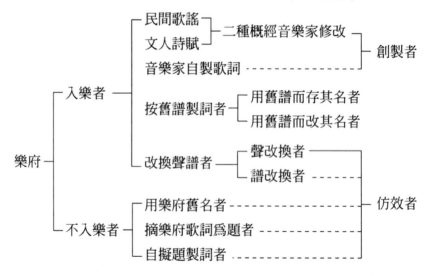

　　樂府本是一種音樂文學，有別於不入樂之古詩，但因樂譜不曾存錄下來，因此很難對漢樂府詩與樂之關係，作進一步、詳細稽考的還原工作。大抵音樂可追溯的是唐代，而中國最早有文字記錄的

〔註38〕參見蔣祖怡編著，《詩歌文學纂要》，頁 58。正中書局，民國 42 年 3 月臺一版。
〔註39〕見其《樂府文學史》，頁 6。文史哲，民國 63 年 1 月再版。

譜，在《儀禮通志》中保留有宋朱熹之《開元詩譜》及《詩經》十二首，〔註40〕因此漢樂府至今遺存下的只有文字，即歌辭部分。至於漢武帝在創製樂曲方面的最大貢獻，便是始創郊祀樂曲，及在原有的雅樂夏音正聲基礎上，加進其時流行的楚聲、外國輸入的胡樂以更造新聲；當然，采集民歌入樂，更是功不可沒。然而，因樂譜失傳，因此本文對樂府之音樂性，採取保留態度、無法深究。

　　其次，在樂府詩保存整理流傳下的資料中，以宋郭茂倩編撰的一百卷《樂府詩集》最完善，從不可盡信的陶唐氏之作到五代爲止，計分樂府詩爲十二類；參見之列於下表以明其概況：〔註41〕

〔註40〕參見邱燮友《樂府詩概說》，收在中華文化復興運動推行委員會、國家文藝基金管理委員會主編，《中國文學講話》（一）概說之部，頁444。巨流，民國71年12月一版一印。

〔註41〕參引自《文心雕龍注》卷二，頁121～122。關於樂府詩分類，立論紛紜，可參考陳義成《漢魏六朝樂府研究》，頁14～32，樂府分類之商榷一章。此處則以郭茂倩鎔鑄前賢之說爲例。

附表（二）：樂府分類一覽表

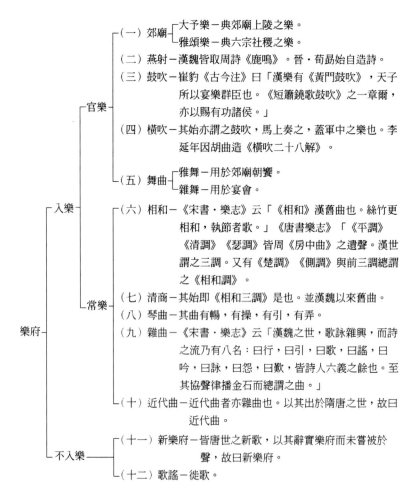

（一）郊廟 — 大予樂－典郊廟上陵之樂。
雅頌樂－典六宗社稷之樂。
（二）燕射－漢魏皆取周詩《鹿鳴》。晉・荀勗始自造詩。
（三）鼓吹－崔豹《古今注》曰「漢樂有《黃門鼓吹》，天子
所以宴樂群臣也。《短簫鐃歌鼓吹》之一章爾，
亦以賜有功諸侯。」
（四）橫吹－其始亦謂之鼓吹，馬上奏之，蓋軍中之樂也。李
延年因胡曲造《橫吹二十八解》。
（五）舞曲 — 雅舞－用於郊廟朝饗。
雜舞－用於宴會。
（六）相和－《宋書・樂志》云「《相和》漢舊曲也。絲竹更
相和，執節者歌。」《唐書樂志》「《平調》
《清調》《瑟調》皆周《房中曲》之遺聲。漢世
謂之三調。又有《楚調》《側調》與前三調總謂
之《相和調》。」
（七）清商－其始即《相和三調》是也。並漢魏以來舊曲。
（八）琴曲－其曲有暢，有操，有引，有弄。
（九）雜曲－《宋書・樂志》云「漢魏之世，歌詠雜興，而詩
之流乃有八名：曰行，曰引，曰歌，曰謠，曰
吟，曰詠，曰怨，曰歎，皆詩人六義之餘也。至
其協聲律播金石而總謂之曲。」
（十）近代曲－近代曲者亦雜曲也。以其出於隋唐之世，故曰
近代曲。
（十一）新樂府－皆唐世之新歌，以其辭實樂府而未嘗被於
聲，故曰新樂府。
（十二）歌謠－徒歌。

官樂／入樂／常樂／樂府／不入樂

　　在樂府詩十二類中，約略可分爲皇族宗廟樂章、文士作品及民間
無名氏樂歌等三種不同性質、風格之作；其中最富文學價值，莫過於
眞摯動人的民歌，由其情感自然親切流露中，反映出漢世黎民心聲，
誠如明・胡應麟《詩藪》所言：

　　　　惟漢樂府歌謠，采摭閭閻，非由潤色，然質而不俚，淺而
　　　　能深，近而能遠，天下至文，靡以過之。後世言詩，斷自

兩漢，宜也。〔註42〕

因而可說，兩漢民間樂府結合詩樂，繼《詩騷》之後成為文學奇葩，復融合中國各地俗樂及西域北狄胡樂，在音樂史上造成革新。更重要的是，樂府詩將原本流傳於民間的俗文學，藉政府大規模采詩入樂政策，升納入正統文學之經典紀錄，得以在文學史上獨備一格，而大放光芒。

在說明何謂民間樂府前，本文從藝術起源，民間文學及詩樂關係、樂府概況等方面作導引，裨能彰顯民間樂府意義。因為民間樂府就是在音樂文學樂府詩中，來自民間無名氏的作品。其特色亦即以「感於哀樂，緣事而發」〔註43〕之態度，用淺顯俚俗、白描活潑的章法，抒發個人，卻可以為大眾所共鳴的情感，並在「男女有所怨恨，相從而歌，飢者歌其食，勞者歌其事」〔註44〕中，反映當代社會秩序、文物風俗，及一般廣大民眾的生活情態、夢想願望。

第二節　兩漢民間樂府

一、範　圍

本文所研究民間樂府，以郭茂倩《樂府詩集》收錄來自兩漢及民間無名氏的作品為主；一則由於此書編撰詳備，二來慮及研究之便，因而以《樂府詩集》為範圍。其次，民間樂府有其集體創作及口傳的變異性，因此各版本在字裡行間略有出入，僅以郭本為主，再參考其他校本為輔。再者，本文所定兩漢民間樂府，為求明晰、單純起見，因而以較嚴格態度審定，除要符合時代條件外，尚且具有民間文學特

〔註42〕見其書，頁31。廣文書局，民國62年9月初版。

〔註43〕見《前漢書補注》下，《藝文志》：「自孝武立樂府而采歌謠，於是有代趙之謳、秦楚之風，皆感於哀樂，緣事而發，亦可以觀風俗，知薄厚云。」其書頁903。

〔註44〕見《公羊傳》宣公15年，何休在「什一者天下之中正也，什一行而頌聲作矣」下注云。《十三經注疏》之七，頁208。

色，而作者必須是不可考之無名氏。當然，由於樂府詩已經官署入樂潤飾，未必皆原來口傳面目，但基本上依能符合民間精神，保存樸質寫實風貌。

在《樂府詩集》所分十二類中，其官樂部分，郊廟歌辭爲祭祀天地、太廟、明堂、藉田、社稷時所用。燕射歌辭「以飲食之禮親宗族，以賓射之禮親故舊，以饗宴之禮親四方賓客」，是宴會、辟雍饗射時所用，且漢燕射歌辭業已失傳。其次，橫吹曲辭乃用短角於馬上吹奏的軍樂，現今也亡佚不存。

至於舞曲歌辭，分用於郊廟、朝饗的雅舞，及用於宴會的雜舞兩種；雅舞乃歌功頌德之作，自爲貴族與特定文士之作，而雜舞據《樂府詩集》卷五十三所云：

> 雜舞者，《公莫》、《巴渝》、《槃舞》、《鞞舞》、《鐸舞》、《拂舞》、《白紵》之類是也。始皆出自方俗，後寖陳於殿庭。蓋自周有縵樂散樂，秦漢因之增廣，宴會所奏，率非雅舞。漢、魏已（以）後，並以鞞、鐸、巾、拂四舞，用之宴饗。
>
> （頁 766）

可知雜舞是由散樂增廣而來，本具民間色彩，後施用於殿庭之舞。然兩漢現存下的雜舞只有《鐸舞》中《聖人制禮樂》一篇，但「聲辭雜寫，不復可辨」〔註45〕，及《公莫舞》（晉宋謂之《巾舞》），然亦「訛異不可解」。〔註46〕此二首可雖可能帶有民間色彩，卻不可解，無已而摒於本文所欲研析之範圍外。此外，散樂附中有古辭《俳歌辭》一首，不過其乃倡優戲中，舞人自歌之辭，又名《侏儒導》。因此雖出自民間，然因辭句不能甚解，又較脫離民歌風貌，故亦不擬采入。

在官樂部分，還有一類鼓吹曲辭，用短簫鐃歌所奏之軍樂；施之於朝會、道路、給賜、郊駕等郊殿之庭，或將帥征伐奏愷時，爲備武儀而壯之軍聲。漢鼓吹鐃歌原有二十二曲，其中《務成》、《玄雲》、《黃

〔註45〕見《樂府詩集》頁784，引《古今樂錄》云。
〔註46〕見《樂府詩集》頁787，引《古今樂錄》云。

爵》、《釣竿》四曲，辭曲並佚，現今惟遺下十八曲。此十八曲不盡用
於軍中，有敘戰陣、記田獵、述功德之歌，然尤多抒情之作；另外尚
有詠物、宴飲之歌，大抵非一人一時之作。清王先謙《漢鐃歌釋文箋
正》有云：

> 十八曲不皆鐃歌，蓋樂府存其篇名，在漢時已屢增新曲，
> 實爲後代擬古樂府之祖。〔註47〕

漢鼓吹曲大致是由北狄諸國傳進的胡樂，因此如余貫英《樂府詩選》
所言：

> 大約鐃歌本來有聲無辭，後來陸續補進歌辭，所以時代不
> 一，內容龐雜。其中有敘戰陣，有紀祥瑞，有表武功，也
> 有關涉男女私情的。有武帝時的詩，也有宣帝時的詩，有
> 文人製作，也有民間歌謠。〔註48〕

　　漢鐃歌十八曲，初見於沈約《宋書・樂志》所載，至於其歌辭內
容與軍樂性質不盡相合之因，概可以清陳本禮《漢詩統箋》所云作解：

> 案鐃歌不盡軍中樂，其詩有諷，有頌，有祭祀樂章。其名
> 不見《史記》《漢書》，惟《宋書》有之。似漢雜曲，歷
> 魏晉傳訛，《宋書》搜羅遺佚，遂統歸之於鐃歌耳。〔註49〕

其次，漢鐃歌既非盡用於軍樂，其中是否有民間樂府之迹？羅根澤《樂
府文學史》有言：

> 鐃歌不見《漢志》，然明帝定樂，列入四品〔註50〕，蓋亦西
> 漢之歌矣。亦名鼓吹，乃軍中之樂，大抵非一人之作，亦
> 非一時之歌，不用於廟堂，不出於應制（間有似應制撰者，

〔註47〕見其書，頁2。廣文，民國67年7月初版。
〔註48〕見其書，頁7。華正，民國72年8月初版。
〔註49〕引自蕭滌非《漢魏六朝樂府文學史》，頁45。長安，民國70年11月
　　　　臺二版。又鐃歌之名始見《樂志》引蔡邕《禮樂志》：「短簫鐃歌，
　　　　軍樂也，黃帝岐伯所作。以建威揚德，勸士諷敵也。」其說雖早而
　　　　未必可靠。參見《中國文學史參考資料——兩漢之部——》，里仁書局，
　　　　民國70年9月。
〔註50〕據《隋書・音樂志》所載，漢明帝將樂府分爲四類：一、大予樂；
　　　　二、雅頌樂；三、黃門鼓吹樂；四、短簫鐃歌。

然極少）。隨感而發，無所倚傍，故有深刻之情感，流宕之
格調，視房中郊祀眞有天淵之別。〔註51〕

古時「國之大事在祀與戎」（《左傳》成公十三年），加以武帝崇祀，
因此宗廟樂章極被重視，惜多頌德之作；以下試從本屬戎樂的鐃歌
中，翻檢出帶有民間色彩之作品。

基本上，漢鐃歌十八曲字多訛誤，或聲辭相雜，甚有不可句讀之
處；然大抵言之，除《雉子斑》，《石留》難以句讀且年代不可考外，
其餘《思悲翁》、《艾如張》或解爲敍田獵之詩。《上之回》、《上陵》、
《聖人出》、《臨高臺》、《遠如期》五首或誇耀武帝功德，藉神仙祥瑞
諛悅宣帝之歌；而聖人出不甚可考，大抵亦頌君之作；至於後二者，
殆爲述功德之作無疑。此外，《朱鷺》、《翁離》兩首短詩，不盡可解；
《君馬黃》、《芳樹》則舊說紛紜，復似有以興臣悲不遇於君；再則《將
進酒》一首，疑爲文人騷客之作。以上十四首鐃歌，參看前賢專著，
竊以爲不可能出自民間，餘留四首：《戰城南》、《巫山高》、《有所思》、
《上邪》，觀其內容，或敍厭戰、思歸、愛戀心理，文字風俗亦呈民
歌風貌，推測在鐃歌十八曲中，這四首來自民間的可能性極大。

以下言及常樂部分；清商曲辭與近代曲辭出於兩漢以後，琴曲歌
辭裡亦無漢民間樂府之迹；而相和歌辭用絲竹相和，殆爲漢時街陌謳
謠。《宋書・樂志》有言：

凡樂章古詞，今之存者，並漢世街陌謠謳，《江南可采蓮》、
《烏生十五子》、《白頭吟》之屬是也。〔註52〕

以此推測相和曲中的古辭可能得之於民間。另外雜曲歌辭亦爲漢魏之
歌，有「寫心志，抒情思，敍宴遊，發怨憤，言征戰行役，或緣於佛
老，或出於夷虜。兼收並載，故稱雜曲」之說（《樂府詩集》，頁2），
因之雜曲中的古辭也可能有漢民歌成分。

至於《樂府詩集》所分出的雜歌謠辭和新樂府辭部分，前者是不

〔註51〕見其書頁32～33。文史哲，民國63年1月再版。
〔註52〕見《宋書》卷十九，《樂》一，頁0275。

入樂的徒歌，後者是唐代未配樂之擬樂府，皆非漢民間樂府範圍。

綜上所述，《樂府詩集》收錄之樂府詩，在官樂部分只有《戰城南》、《巫山高》、《有所思》、《上邪》四首帶有民間性質。常樂部分，相和與雜曲中古辭計有三十首、十三首，然這四十三首是否皆爲漢世謳謠，仍有待商榷，以下分敘之。

二、兩漢樂府古辭之再商榷

在相和、雜曲等四十三首郭茂倩題名爲古辭的樂府詩中，並不全爲漢時民歌，其中有十二首值得商榷，茲分別就時代與作者三方面敘述。

在時代考量上，雜曲歌辭八所列之《東飛伯勞歌》，音節太諧和，呈現齊梁豔體姿態，當非兩漢作品，甚且《文苑英華》卷三〇六題爲梁武帝之作。再則雜曲歌辭十二有《西洲曲》、《長干曲》兩首，亦明顯帶有六朝格調。〔註53〕另外雜曲歌辭十八之《阿那瓖》一首，敘及北朝時事，更非漢民間樂府。

另外相和歌辭中有《東光》、《西門行》兩首古辭，看似漢民歌；但本文仍願採取保守態度加以斟酌。在取捨之間，寧從嚴以保其整體之純粹；以下試較明析之。

（一）《東光》（《樂府詩集》第二十七卷，相和歌辭二）

此詩描述軍中缺糧，遠征軍人的哀怨，及長期戍役之苦。朱嘉徵《樂府廣序》有言：

> 東光平，諷時也。似有鄭風清人之刺。一曰：漢武帝征南
> 越久未下而作。〔註54〕

《漢書》卷六《武帝紀》記載武帝元鼎五年，夏四月，南越王相呂嘉反，武帝曾出兵南越〔註55〕，再者黃節《漢魏樂府風箋》卷一有云：

〔註53〕《玉臺新詠》以爲《西洲曲》出於江淹，或未可信，但其內容敘述江南思婦、採蓮憶郎之狀，殆似南朝作品。而《長干曲》亦述濱女弄潮，且爲五言四句協韻之作，均非兩漢民風。

〔註54〕見其書頁186。

〔註55〕參見《前漢書補注》上，頁94。

節箋：漢《地理志》：渤海郡，高帝置，有東光縣。案：即
今直隸河間府。又蒼梧郡，武帝元鼎六年開。案《一統志》：
武帝平南粵，以其地爲廣信縣，置蒼梧郡。今廣西梧州府。
〔註56〕

據以上資料顯示，似可將《東光》解爲西漢武帝遠征南越時，軍
糧敗腐，征人乏食，流離飄蕩在外，不得歸鄉的哀傷與幽怨；然而《古
今樂錄》記載：

張永《元嘉技錄》云：《東光》舊但有絃無音，宋識造其聲
歌。（《樂府詩集》引，頁394）

依《宋書・樂志》記載，宋識乃魏晉間人，善擊節唱和〔註57〕，又依
羅根澤《樂府文學史》之見：

再考《樂畧》列此爲相和三十曲之末一曲，言：『始十七
曲，魏晉之世，朱生，宋識，列和等，復爲十三曲。』與
張《錄》比觀，此曲似在魏晉十三曲之中，而歌辭似亦非
漢世矣。〔註58〕

《東光》是否屬於兩漢民間樂府，殊未可定；雖然郭茂倩列其爲
古辭，《宋書・樂志》亦如是；但既有存疑，儘管就其樸質的表現技
巧看來，頗似民歌，本文仍不擬採入兩漢民間樂府範圍。

（二）《西門行》（《樂府詩集》第三十七卷，相和歌辭十二）

此詩《樂府古題要解》注云：

「出西門，步一作少念之」，始言醇酒肥牛，及時爲樂。次
言人生不滿百，常懷千載憂，晝短苦夜長，何不秉燭遊。
末言無貪財惜費，爲後世所嗤。〔註59〕

此乃勸人及時行樂之詩；然有疑其非古辭者，如梁啓超《古歌謠及樂

〔註56〕見其書頁4。學生書局，民國60年3月初版。
〔註57〕《宋書》卷十九，頁0280，《樂》一：「魏晉之世，有孫氏善弘舊曲，
　　　　宋識善擊節倡和，陳左善清歌，列和善吹笛，郝索善彈箏，朱生善
　　　　琵琶，尤發新聲。」
〔註58〕見其書頁68。再參見《宋書・樂志》、《樂》三，頁0302。
〔註59〕見明毛晉輯，《津逮秘書》第十一冊，吳兢撰《樂府古題要解》，頁7803。

府》一文有言：

> 辭意淺薄，采古詩十九首中「生年不滿百」一首添補而成，
> 似非古辭。〔註60〕

另張壽平於《漢代樂府與樂府歌辭》中亦提及：

> 據《古今樂錄》引《技錄》所云，則知《西門行》古辭在
> 王僧虔時（劉宋）已失傳，此其一。梁啓超之說當是。此
> 二篇顯爲後人添補古詩十九首中「生年不滿百」一首而成，
> 此其二。大曲古辭各篇皆爲敘事曲歌辭，獨此篇純爲抒情
> 之作，除篇首「出西門，步念之」一句外便無敘事之語，
> 體例不類，似出牽強湊合，此其三。〔註61〕

梁、張之說，有可觀之處；《西門行》此詩恐非古辭，要不亦已經後
人增修，而已非本辭原貌，故本文亦不予採入。

　　以上在時代方面不符於兩漢民間樂府的計有六首，以下試從作者
方面加以考量。

　　關於民間文學的創作方式，可分集體創作：面對共同生活依存的
環境，衍出相似的情感，從而表現某個主題，藉由一種漸進合作的方
式；與另一種個人創作型態等兩種。大抵只要能反映一般大眾的精神
層面，使用民歌語言，出於平民無名氏之手，無論是集體或個人創作
出來的，都可納入民間文學範圍。

　　在雜曲歌辭中，有三首古辭疑非出於平民之手。如雜曲歌辭二《傷
歌行》，「傷日月代謝，年命遒盡，絕離知友，傷而作歌也」（《樂府詩
集》頁 897）。此詩《玉臺新詠》卷二題爲魏明帝，雖《文選》卷二
七與《樂府詩集》卷六二題爲古辭，但觀其詩，述女人憂思中夜徘徊
之狀，題意與古詩十九首之《明月何皎皎》有相類意識，縱使非魏明
帝之作，可能也來自佚名文士，從內容風格看來，恐非兩漢民歌。

　　其次，雜曲歌辭一《驅車上東門行》與雜曲歌辭十四《冉冉孤生

〔註60〕引自張壽平《漢代樂府與樂府歌辭》，頁 130。廣文，民國 59 年 2 月
　　　　初版。
〔註61〕見其書頁 130。

竹》兩首古辭，亦收於古詩十九首中。前者述洛陽遊子見北邙墳墓而
觸發人生慨嘆，並夾以神仙思想；後者舊注以爲新婚之作，而吳伯其
非其是〔註62〕，另解爲怨遲婚之思。關於古詩十九首，前賢研析甚多，
大抵皆以其爲東漢佚名文人最早創作，具有高度藝術價值的五言詩。
因此這兩首重覆收入樂府的古詩，想必不能屬於民歌範圍。

接著在相和曲中，有兩首於作者方面值得考慮。例如相和歌辭七
《君子行》，殆言君子自律之嚴，期以遠嫌疑，而後見聖賢之歸。此詩
《樂府詩集》注云無作者名，而《文選》卷二七作古辭，《藝文》卷四
一、《詩紀》卷一三作曹植，且《曹子建集》亦載此詩，唯字句上略有
出入。〔註63〕觀其音節和諧，頗不似出於兩漢民歌，因此本文不予採入。

另外，相和歌辭十三《飲馬長城窟行》一首，頗值深究，以下試
較詳言之。

（三）《飲馬長城窟行》

此詩《文選》卷二七及《樂府詩集》均題爲古辭，郭茂倩以爲其
乃「言征戍之客，至於長城而飲其馬，婦人思念其勤勞，故作是曲也。」
（頁 555）；《樂府廣題》曰：

> 長城南有溪坂，上有土窟，窟中泉流。漢時將士征塞北，
> 皆飲馬此水也。〔註64〕

史載秦始皇大築長城以障邊界，各地壯丁徵調修城，大都一去不歸，
誠如後魏酈道元《水經江水注》引楊泉《物理論》曰：

〔註62〕黃節《漢魏樂府風箋》頁 172，引吳伯其曰：「舊注以此爲新婚，非也。
　　　　細玩其意，酷似《摽有梅》，當是怨遲婚之作。……言君之來遲，信執
　　　　高潔矣；或亦何爲不持高節哉？」因而此詩或可另解爲：新婚之婦憶
　　　　昔待嫁苦盼的心情，今既得配良緣，苦盡甘來，何爲而怨。再者，劉
　　　　勰《文心雕龍》云：「《孤竹》一篇，傅毅之辭。」然未必可信。
〔註63〕參見曹植撰，清丁晏編，《曹集銓評》，收在《曹子建集評注二種》，
　　　　頁 67。世界，民國 51 年 4 月初版。再者《曹子建集》卷六，《君子
　　　　行》在「李下不整冠」下缺中間四句；見中華書局《聚珍》倣宋版
　　　　印，頁 6。
〔註64〕見《樂府詩集》頁 555 引。

秦始皇使蒙恬築長城，死者相屬。民歌曰：「生男慎勿舉，
生女哺用餔，不見長城下，尸骸相支柱。」其冤痛如此矣。
〔註65〕

「飲馬長城窟」在秦、漢時代，有其歷史、社會背景，因而以爲本詩
乃敘婦人思君子行役，如《文選》李善注：

言良人行役，以春爲期，期至不來，所以增思。〔註66〕

　　綜觀全詩似寫夫婦離別之情，詩中無提及「飲馬」、「長城」；再
者，詩以整齊的五言體表現，此乃東漢末期文士五言詩創作增加，因
而影響樂府趨向五言（或可說五言詩醞釀於樂府，這兩者原互爲影
響）。因此《飲馬長城窟行》以整齊五言體出現，也就可以理解。至
於本詩是否出自民間，則未可定論；蓋徐陵《玉臺新詠》卷一，題爲
蔡邕作，而《樂府古題要解》有云：

「青青河邊草，綿綿思遠道」，傷良人流宕不歸，或云蔡邕之
詞。若陳琳「水寒傷馬骨」，則言秦人苦長城之役也。〔註67〕

再如梁啓超《中國之美文及其歷史》言及：

此詩《玉臺新詠》題爲蔡邕作，但《樂府詩集》據《解題》
仍題古辭，格調純類五言詩，想時代定不甚早，邕作之說
或可信。〔註68〕

另外黃節《漢魏樂府風箋》提出：

節箋：《文選》李善注：『此辭不知作者姓名。』案酈道元
《水經注》云：『余每讀《琴操》，見琴慎相和雅歌錄云：「飲
馬長城窟。」及其扳涉斯途，遠懷古事，始知信矣。』《琴
操》爲蔡邕所作而有是篇名，《樂府解題》謂或云蔡邕之詞，
於此蓋可證也。〔註69〕

〔註65〕見《永樂大典本・水經注》，《水經一・河水》，頁44。中文出版社，
　　　　1983年10月出版。
〔註66〕見《文選》頁256。重刻宋淳熙本，藝文。
〔註67〕見吳兢《樂府古題要解》，頁7809。
〔註68〕見其書頁63。臺灣中華書局，民國45年10月臺一版。
〔註69〕見其書頁35。

《琴操》雖爲蔡邕所作，但不能就此斷定《飲馬長城窟行》必然出自
邕作。此外張壽平《漢代樂府與樂府歌辭》辨明：

> 此篇不言飲馬長城之事，故必非《飲馬長城窟行》一曲之
> 本辭。然則《飲馬長城窟行》一曲當別有本辭，不傳於今。
> 而此篇則但襲用舊曲之音節，以抒情愫而已；其稱「飲馬
> 長城窟行」者，乃以曲名爲題也。〔註70〕

大抵言之，如就《飲馬長城窟行》本辭的內容無涉「飲馬」、「長城」
二事，而只抒發思婦念役夫的情形看來，張壽平之說或可採信，亦即
目前看到的本辭已非原創的本辭，而是按舊譜塡的擬作；至於「青青
河畔草」這首，究是來自民間原創的作品，或是蔡邕的擬作，則無由
得知。不過古詩十九首中的「青青河畔草」，描述相思離別之情；而
「客從遠方來」一首，則表現亂離時代堅定不移的伉儷深情，因此劉
大櫆、朱乾、余貫英皆以爲《飲馬長城窟行》是由上述兩首古詩併合
模擬而來。〔註71〕如果此點可予確信，加上古詩十九首乃出自東漢末
年無名「文人」的創製，而蔡邕生當靈帝、獻帝朝，死於王允誅董卓
時，坐其黨死獄中，年代與古詩十九首相近；若由以上概念，可知此
首《飲馬長城窟行》不大可能來自民間。因爲民間樂府的創製若由兩
首文人詩併合模擬而來，便已違背其爲民間文學的特性；然而若要就
此推論其出於蔡邕之手，又恐證據的掌握不是那麼確鑿。

　　不過可確定的是，《飲馬長城窟行》不是必然出自民間，如此便
不在本論文所要詳加討論的民間樂府範圍內。

　　綜上所述，在相和與雜曲四十三首題爲古辭的作品中，有《東飛
伯勞歌》、《西洲曲》、《長干曲》、《阿那瓖》、《西門行》等六首不在兩漢
時代範圍；《傷歌行》、《驅車上東門行》、《冉冉孤生竹》、《君子行》、《飲
馬長城窟行》等五首，以整齊協諧的五言體出現，殆爲佚名或不能確定
的文士作品，不在民間平民作者範圍內。因此除去以上十一首外，在相

〔註70〕見其書頁146。
〔註71〕見余貫英《漢魏六朝詩論叢》，頁28。

和與雜曲中的其餘三十二首古辭，本文均採入兩漢民間樂府範圍。

　　然而在相和歌辭中，有兩首實出於漢陌古辭，卻只列於郭氏解題中，如《猛虎行》、《上留田行》〔註72〕；而雜曲歌辭亦附有一首《棗下何纂纂》，亦可納入漢民歌行列。因此本文取自相和、雜曲中的漢世謳謠，計有三十五首；加上從漢鐃歌選出的四首民間樂府，總計三十九首。茲按《樂府詩集》排列順序，列表於下：

附表（三）：兩漢民間樂府標題一覽表

鼓吹曲辭一	漢鐃歌	戰城南　巫山高　有所思　上邪
相和歌辭一	相和曲上	江南
相和歌辭二	相和曲中	薤露　蒿里
相和歌辭三	相和曲下	雞鳴　烏生　平陵東　陌上桑
相和歌辭四	吟歎曲	王子喬
相和歌辭五	平調曲一	長歌行
相和歌辭六	平調曲二	猛虎行（附於魏文帝猛虎行解題內）
相和歌辭九	清調曲二	豫章行　董逃行　相逢行
相和歌辭十	清調曲三	長安有狹斜行
相和歌辭十一	瑟調曲一	善哉行
相和歌辭十二	瑟調曲二	隴西行　步出夏門行　折楊柳行　東門行
相和歌辭十三	瑟調曲三	上留田行（附於魏文帝上留田行解題內） 婦病行　孤兒行
相和歌辭十四	瑟調曲四	雁門太守行　豔歌何嘗行　豔歌行
相和歌辭十六	楚調曲上	白頭吟　怨詩行
相和歌辭十八	大曲	滿歌行

〔註72〕相和歌辭一列有《箜篌引》一首，又名《公無渡河》。此詩一般都將其歸入漢樂府，郭茂倩則置於唐李賀《箜篌引》解題中。本文據黃節《箋》案語之說法，以爲「《箜篌引》乃感此曲而作，此曲非《箜篌引》明甚。郭氏以此曲附諸《箜篌引》，而左克明《古樂府》又直以此曲爲《箜篌引》，則誤矣。」（頁 46）。再者，此歌乃朝鮮人所傳，雖漢武帝時，曾平燕人衞滿之亂，朝鮮於其時或轄於漢治，但《箜篌引》終非出於漢民之手。基於此二重考慮，因此本文將其除於兩漢民間樂府以外。

雜曲歌辭一		蛺蝶行
雜曲歌辭二		悲歌行
雜曲歌辭五		前緩聲歌
雜曲歌辭十三		焦仲卿妻
雜曲歌辭十四		枯魚過河泣　古咄唶歌（附於梁簡文帝棗下何纂纂解題內）
雜曲歌辭十七		樂府

第三節　研究方向與態度

　　樂府官署於漢武帝時曾積極蓬勃發展，至西漢哀帝以其雅性不好聲色、樂府編制浩大費用過多，因而自成帝以來形成荒淫奢侈、鄭聲甚盛之風，導致漢末社會不安。哀帝臨朝後躬行儉約，企望起衰救危，加上儒者士大夫清議，以為鄭聲華麗曲折與儒教恬靜之樂不合，且其咏歌男女情愛之處，更為儒者所鄙薄。因而樂府官署之更張，於孝武時便有士大夫清議，元帝時請減奏樂府，至漢哀綏和二年，始從丞相孔光、大司空何武之奏，罷免樂府官署。〔註73〕

　　漢哀裁撤樂府半數人員，但仍有專掌音樂之官署，一為太予樂，職守與西漢太樂相去無幾〔註74〕，另一則為承華令，掌黃門鼓吹樂，亦即執管俗樂之機構。〔註75〕至於承華令有無采詩造樂之制，史無備載，但從現存兩漢民間樂府絕大部分出自東漢而推，或有繼哀帝前採

〔註73〕關於漢哀帝之罷樂府，可參考陳義成《漢魏六朝樂府研究》，頁46
　　　　～48；及《漢書・禮樂志》所載：「是時鄭聲尤盛，……哀帝自為
　　　　定陶王時疾之，又性不好音，及即位下詔曰：「惟世俗奢泰文巧，
　　　　而鄭衛之聲興。夫奢泰則下不孫而國貧，文巧則趨末背本者眾。
　　　　鄭衛之聲興，則淫辟之化流，而欲黎庶敦朴家給，猶濁其源而求
　　　　其清流，豈不難哉。孔子不云乎放鄭聲，鄭聲淫，其罷樂府。」（頁
　　　　496）
〔註74〕《後漢書・明帝紀》云：「永平三年秋八月戊辰，改太樂為太予樂。」
〔註75〕唐《六典》（十）云：「后漢少府屬官有承華令，典黃門鼓吹百三十
　　　　五人，百戲師二十七人。」杜佑《通典》（二五）亦言：「漢有承華
　　　　令，典黃門鼓吹，屬少府。」

詩入樂的可能。〔註76〕因此東漢民間樂府在言辭、用韻及句式方面，都有由發軔趨向成熟之迹，亦即可由作品風格大致估量其創作年代。

雖然自樂府創立以來，朝中大夫清議不斷，因存有雅俗之分的不同樂觀，及文必載道的儒教典範使然。但俗樂在中國音樂史上，確能處於比雅樂更優越的地位上，因其眞情自然，絕非粉飾昇平之雅樂所可取代。因此西漢經樂府官署推波助瀾，上至君主下至庶民，皆好俗樂；縱使漢哀帝罷樂府以後，此勢猶不能免，加上東京之亂，雅樂樂章亡失不可復得，而俗樂之勢仍熾。如《漢書・禮樂志》所云哀帝既罷樂官：

> ……然百姓漸漬日久，又不制雅樂有以相變，豪富吏民，湛沔自若。〔註77〕

因此俗樂昌盛之風，至東漢依舊，甚至文人也多所浸染；然而文人如何從喜愛進而模擬，則要從民間俗樂詩歌在兩漢流行的情形說起。

民間文學以其自然純樸的方式，道出社會眾相，尤其兩漢民歌在「緣於哀樂，感事而發」的創作立場，更能反映生民欲求，表達喜怒哀懼愛惡欲等七情〔註78〕，而對於人性生老病死、愛別離、求不得之苦〔註79〕，也藉詩歌吟咏加以宣洩。因此以人情人性爲基點，唱出飲食男女之大欲，與世不諧的幽怨的漢樂府，一經深入民間，自然被喜愛被吸收；甚至在東漢中葉後，民間文學影響深入了，「才有上流文人出來公然傚效樂府歌辭」〔註80〕，從此文人與漢樂府中的平民文學進行交流，產生若干回響與關係，誠如胡適所言：

> 『樂府』這種制度在文學史上很有關係。第一，民間歌曲因此得了寫定的機會。第二，民間的文學因此有機會同文

〔註76〕參見陳義成《漢魏六朝樂府研究》，頁52。
〔註77〕見《前漢書補注》上，頁498。
〔註78〕《禮記・禮運》：「何謂人情？喜、怒、哀、懼、愛、惡、欲七者弗學而能。」
〔註79〕《涅槃經》有云：「八相爲苦，所謂生苦、老苦、病苦、死苦、愛別離苦、怨憎會苦、求不得苦、五盛陰苦。」五盛陰苦亦即身心之總苦。
〔註80〕見胡適《白話文學史》上卷，頁44。胡適紀念館出版，民國58年4月。

人接觸，文人從此不能不受民歌的影響。第三，文人感覺
民歌的可愛，有時因為音樂的關係不能不把民歌更改添
減，使他協律；有時因為文學上的衝動，文人忍不住要模
倣民歌，因此他們的作品便也往往帶著『平民化』的趨勢，
因此便添了不少的白話或近於白話的詩歌。這三種關係，
自漢至唐，繼續存在。〔註81〕

　　基本上，如朱自清於《中國歌謠》所言：「歌謠原是流行民間的，
它不能有個性；……即使本有一些個性，流行之後，也就漸漸消磨掉
了。」〔註82〕因而流行的民歌，流露出普遍的共識，然而經文士模擬
後，誠如譚達先所言：

事實上，作家、學者即使是比較接近廣大人民的，仍然是
處在與廣大人民不同的地位，他們從生活、思想、感情到
藝術情趣，都往往受到上層社會種種思想，如儒家、道家、
法家等思想乃至統治者的思想所影響，因此，不少優秀民
間文學的思想內容乃至主題，也就被記錄者從自己的生
活、思想、感情、藝術情趣出發，加以改動。〔註83〕

　　因此同一主題經由不同作者的再創造，可能會有苦干共相與殊相
產生；共相乃維持某種共同意識或由主題延展而來；殊相則繫於個人
才情與特質的差異。在三十九首漢民間樂府的後人擬作中進行研究，
本文企圖在主題變化過程，及各代選擇樂府標題擬作富個人色彩的詩
作之間，尋求若干值得深思的子題。

　　本文所欲探討的是兩漢民間樂府與後人擬作之比較，在進入正題
前，先將民間詩歌介紹以為導引，接著定出兩漢民間樂府範圍，以為
本文所欲詳析之對象。關於民間樂府義界，各家或有不同，本文採取
的觀點，只要出自兩漢民間無名氏的平民文學，收錄於《樂府詩集》
中，即為本文探討的主題。若其時代或作者見疑於後世，亦且風格出

〔註81〕見《白話文學史》上卷，頁25～26。
〔註82〕見其書頁29。世界，民國50年2月初版。
〔註83〕見《中國民間文學概論》，頁377。

自佚名文士之手而題為古辭者，為求保有漢民歌之純粹性起見，本文亦一律不予採入。此則秉持寧缺勿泛態度，求其真正具代表性之作品，而不得不從嚴選擇的道理。基此立場，乃從《樂府詩集》選出三十九首兩漢民間樂府。

至於本文之所謂擬作的意義，據《漢書》公孫弘傳：「侈擬於君」下注云：「擬，疑也，言相似也」〔註84〕及後《漢書》張衡傳所言：「吾觀《太玄》，方知子雲妙極道數，乃與五經相擬。」〔註85〕，可知擬作乃是就內容旨意仿效他人，或於形式的模擬亦可謂之。例如漢揚雄擬《易》作《太玄》，擬《論語》作《法言》，擬《爾雅》作《方言》，擬《離騷》作《反騷》等，由而開創擬作風氣。下迨東漢傅毅、張衡、馬融等仿枚乘《七發》。其後由於擬作風氣日盛，至建安始有「文體論」出現，此不在本論文討論範圍，不過可因而確定其時擬作風氣之盛行。於此風氣下，清新的民間樂府亦引起文人擬作興趣，本文即欲在兩漢古辭與後人擬作間進行比較研究。但由於後人擬作眾多，為確定範圍便於整理，本文對於擬作的選擇亦根據郭茂倩收錄於《樂府詩集》，自魏至唐之作品，計為四百零九首為主。

其次，在樂府詩的發展流變中，本來真正的樂府應以樂府官署存在時所採錄的為主，然而後人套用樂府舊譜，仿其格調作成的也叫樂府詩，闕後甚且連不入樂的擬作，亦名為樂府。兩漢民間謳謠以其質樸本色入樂，經文士擬作過程，不免在格調上起有變化；再者發展至古詩十九首，樂府詩已離開音樂，變成文人之作。因而各代擬樂府的特色，為本文所當關注。

除了本辭在各代擬作過程、形式與主題意識的流變、樂府在文人仿作過程產生的種種——諸如樂府曲調、藝術特色、精神風貌的變化外，本文所當追究的還有文人與擬樂府之關係，其中包括個人特色與其身分環境對其擬作品之影響。凡此，皆是在面對「兩漢民間樂府與

〔註84〕見《前漢書補注》下，頁1216。
〔註85〕見《後漢書集解》下，頁677。

後人擬作之比較」時，除開單純在民間文學、文人文學之間，作美學、心理學、社會學等方面的檢討外，所當慮及的。至於擬民間樂府於其時的評價、影響，與其興衰發展，本文亦不當忽略；再者，從擬樂府中，又可探討中國敘事詩與抒情詩之消長情形。

本文採用的研究方式，乃實際從四百零九首擬作中，研究其與本辭之關聯。第二、三章即將此關聯分別敘述，第四章就作者與其環境討論，第五章以作品分析為主，第六章再總結檢討。附帶說明，後人擬作雖根據郭茂倩所錄，擇與本辭相關之標題為研究對象；但在漢鐃歌部分，不包括魏繆襲、吳韋昭、晉傅玄、宋何承天、梁沈約等所作的歌功頌德鼓吹曲。因漢鐃歌文樸意深，以白描反映人民普遍心理，不專述征伐攻戰，然自魏改作漢鐃歌，茲後鐃歌即走往侈陳功德、誇揚戰績之途，以其率都奉敕而作，因此漸失真摯感人的文學特質。誠如梁啟超《中國之美文及其歷史》中所提及的：

> 魏晉以後鐃歌，乃由「幫閒文學家」按舊譜製新辭，一味恭惟皇帝，讀起來令人肉麻，更無文學上價值。漢鐃歌則不然，其歌辭皆屬『街陌謠謳』大概是社會上本已流行的唱曲，再經音樂家審定製譜，所以能流傳久遠。〔註86〕

再如王易《樂府通論》所言：

> 愷樂如漢鐃歌，始作皆民情物狀之辭；其述功德者，僅《上之回》，《遠如期》數章耳。自魏至梁，乃專用以述功德，姜夔所謂『咸敘咸武，刱人之軍，屠人之國，以得土疆，乃矜厥能』是也，然而生氣索矣。〔註87〕

因而在鐃歌部分，去除宗廟樂歌，奉詔而作的擬作，只取由個人意願所仿之詩作為主。

關於本文寫作態度，寧以踏實、逐一的研究方法，替代以前賢雜泛的資料作整理的方式；因此在二、三章著墨的可能過於瑣細，但卻是研究此論文不能缺少的基礎工夫。以下即就三十九首本辭與四百零

〔註86〕見其書，頁41。
〔註87〕見其書，頁101。廣文出版。

九首擬作進行研析，而以兩者內容的異同作爲分類標準；第二章著重
本辭與擬作之間有相關之部分，第三章則以兩者無涉爲主；至於各節
中本辭的順序，乃由擬作數量多寡，自少至多予以排列。

第二章 擬作內容承襲本辭而來

第一節 擬作與本辭密切相關者

一、《蛺蝶行》（《樂府詩集》第六十一卷，雜曲歌辭一）

> 蛺蝶之遨遊東園，奈何卒逢三月養子燕，接我首宿間。持
> 之，我入紫深宮中，行纏之，傳樏櫨間。省來燕，燕子見
> 銜哺來，搖頭鼓翼，何軒奴軒。

此詩描述蛺蝶本飛於東園，卒被燕子捉去的情形；但詩文不易解說，故有不同解釋。大抵蛺蝶突遇燕子後，兩者在首宿間追逐，後來蝶入深宮中躲避，且傅著在柱上承棟的橫木上。以下「雀來燕」便有不同說法，然揣度詩意，黃節之說較可採信；因蝶卒遇三月「養子燕」，故燕急欲捉蝶回去哺育，以而眾子燕見母燕銜哺來，皆昂首爭食，即何軒奴軒也。〔註1〕

　　本篇借蛺蝶立場，闡述弱肉強食的情況，雖然本詩可能字裡行間有衍誤，但使用擬人法的寓言方式，卻十分特別而討喜。梁啟超《中國之美文及其歷史》便提及：

─────────────

〔註 1〕參見黃節，《漢魏樂府風箋》，頁 167。

> 這歌有些錯字，不甚可讀，作爲被燕子捉去的胡蝶兒口吻，
> 頗有趣。〔註2〕

的確，於其清俏鮮麗的文字裡，隱藏弱者被攫食的無力感，而表面卻又如此跳脫活躍，委實不易，不過這也正是寓言詩特色之所在。

《蛺蝶行》在後代擬作，只有梁李鏡遠一首「青春已布澤，微蟲應節歡」，此詩描述春景潤澤，微蟲出遊群飛情景，以動物爲主，又題爲《蛺蝶行》，可能是蝶兒嬉春之詩。全篇洋溢流暢輕快氣息，是首純寫景的詠物詩。

《蛺蝶行》古辭與其擬作的關係，就內容言，同爲描述動物的詩；只是古辭含有寓意，且採主觀的第一人稱立場，擬作則爲客觀敘述的第三人稱，但兩者詩中流露的格調近似。至於形式句法，由雜體而爲五言八句，標題仍沿襲不變。

二、《枯魚過河泣》（《樂府詩集》第七十四卷，雜曲歌辭十四）

> 枯魚過河泣，何時悔復及。作書與魴鱮，相教慎出入。

此詩謂不慎出入，至爲人所得，然無及悔之時，故現枯魚身以說法，殆罪禍者規友之詩。如朱止谿所言：

> 悔過之詩也。知進退存亡而不失其正，使豫爲慎焉。〔註3〕

另外清李調元《詩話》亦提及：

> 枯魚過河泣，命題甚奇。魚已枯，何能泣？人將此渡河，
> 而悔前之不慎，又安得不泣也。夫涉世末流，而此身尚在，
> 猶可及也。偶蹈虎機，名敗身喪，何可及耶？世間之事，
> 受累一番，便爲他日受用根本。作書寄魴鱮，前車覆，後
> 車戒，皆此意也。〔註4〕

《枯魚過河泣》在後代擬作，只有唐李白一首：

> 白龍改常服，偶被豫且制。誰使爾爲魚，徒勞訴天帝。作

〔註2〕見其書，頁72。
〔註3〕黃節《箋》引，頁170。
〔註4〕同上。

書報鯨鯢，勿恃風濤勢。濤落歸泥沙，翻遭螻蟻噬。萬乘
慎出入，柏人以為誡一作識。

此詩命意與本辭類似，亦是借魚身作書報鯨鯢，戒人慎出入；勿得意
忘形，應有居安思危之體認，免因而罹禍。就內容言，擬作與本辭有
一致的表現目的；就形式言，均為五言詩。

三、《王子喬》（《樂府詩集》第二十九卷，相和歌辭四）

王子喬，參駕白鹿雲中遨。參駕白鹿雲中遨，下遊來，王
子喬。參駕白鹿上至雲，戲遊遨。上建逋陰廣里踐近高。
結仙宮，過謁三台，東遊四海五嶽，上過蓬萊紫雲臺。三
王五帝不足令，令我聖明應太平。養民若子事父明，當究
天祿永康寧。玉女羅坐吹笛簫。嗟行聖人遊八極，鳴吐銜
福翔殿側。聖主享萬年。悲吟皇帝延壽命。

《王子喬》，據劉向《列仙傳》所載：

王子喬者，周靈王太子晉也，好吹笙作鳳鳴。遊伊、洛之
間，道人浮丘公接以上嵩高山。三十餘年後，求之於山上，
見桓良曰：『告我家，七月七日待我於緱氏山頭。』果乘白
鶴駐山頭，望之不得到，舉手謝時人，數日而去。為立祠
於緱氏山下及嵩高之首焉。〔註5〕

此詩即以王子喬為題，藉其羽化登仙之說，歌頌神仙思想，並以祝頌
帝王。時漢武帝好神仙術，曾遣方士入海求三神山、不死神藥；此詩
將遭人倫之慘，疑於銜怨的戾太子，比擬王子喬之乘鶴仙去，而著墨
命意於其父子之間，故又彰其祝壽意。

《王子喬》乃相和歌，因而有和誦意味；不論其諷喻何人何事，
大抵咏吟神仙思想。在後代四首同標題擬作中，亦不出此範圍；然皆
篇幅短狹，不復本辭和誦氣勢。如梁江淹一首「子喬好輕舉，不待鍊
銀丹」，即咏述王子喬駕鶴仙遊之事，末以設問何時歸作結。再如梁
高允生以五言十二句，點明「仙化非常道，其義出自然」，接寫王喬

〔註5〕《樂府詩集》引，頁437。

御氣乘烟控鶴，而「永與時人別，一去不復旋」之經過。

再有後魏高允「王少卿，王少卿，超升飛龍翔天庭」一詩，頗有相和歌之調，且將王子喬比爲學道究玄之仙人。至如唐宋之問三、五、七言十句的《王子喬》，寫其於七月七日升天，「吸日精，長不歸，遺廟今在而人非」事蹟。因知《王子喬》於其四首擬作，在內容上是一貫相承的；而形式句法，則由雜言至兩雜言，兩五言的擬作。

四、《戰城南》（《樂府詩集》第十六卷，鼓吹曲辭一）

> 戰城南，死郭北，野死不葬烏可食。爲我謂烏：「且爲客豪，野死諒不葬，腐肉安能去子逃？」水深激激，蒲葦冥冥。梟騎戰鬥死，駑馬徘徊鳴。（梁）築室，何以南（梁）何以北，禾黍不穫君何食？願爲忠臣安可得？思子良臣，良臣誠可思，朝行出攻，暮不夜歸。

《戰城南》詠歌的，即是邊戍戰役之事。首言戰於城南，死於郭北，橫死者遍野，不得歸葬，卒使烏鳥因而傲客，以腐肉安能脫其喙而逃耶？短短數語，借死者與烏鴉之言，道出一片戰死陳屍遍野的淒涼景象。次借湍湍激水，茂密陰暗的蒲葦，烘托出良馬戰死，只剩駑馬徘徊悲鳴的陰慘氣象。以上所述，乃戰後悲壯蕭條情景，由而見戰士視死如歸，卻語帶諷刺之悲吟。以下「梁築室」四句，字似有訛誤，故說解者紛紜；然大抵可解爲屯兵橋樑，築居吾室後，禾黍爲敵所穫，故無由得食，軍士飢困不能力戰，遂不得爲忠臣。末四句，則生者爲死者致意，謂其慷慨激發，忘身報國之精神，足令後人思慕。最後在反覆吟咏思子良臣，良臣誠可思之餘，復以「朝行出攻，暮不夜歸」作結，可謂哀淒卻又隱然有馬革裹屍雄風。

關於《戰城南》寫作背景，前賢說法紛紜，莫能定論，若拋開歷史觀點，從文學作品內涵本身看《戰城南》，其無異藉遍野腐屍、鳥啄獸食、梟士戰死，駑馬悲鳴意象以暴露戰爭慘烈。姑不究其緣何史事而發，大抵由其質樸白描，可見西漢人民對戰事之觀感；雖然詩末對捐軀戰士再三致意，但在激勵報國忘身的精神背面，卻不能否認流

露一種非戰思想，誠如陸侃如《樂府古辭考》中所謂：

> 此爲古代非戰名作之一。〔註6〕

及羅根澤《樂府文學史》言及的：

> 此詩乃人民厭戰之呼聲。……以文論妙不可言，以事論慘
> 不忍睹，爲千古詛咒戰爭之絕唱。〔註7〕

　　然而由於《戰城南》是鼓吹鐃歌，屬於軍樂之一，內含非戰思想，似有所不妥，故蕭滌非《漢魏六朝樂府文學史》始言：

> 此篇雖敘戰事，而語涉諷刺，不知當日軍樂何以用之，若
> 魏晉以下，那得有此種。〔註8〕

其實漢鐃歌不盡皆敘戰陣之事，描述戰爭的亦僅《戰城南》一篇。再者，流行軍中的軍樂，也不必定要含有正面激勵意義，甚且反而多的是思鄉、相思、厭戰等色彩之詩，因爲那些正是戍邊征戰者普遍而可能被勾起的情緒；因此《戰城南》中隱含的非戰思想，也就可以理解。

　　雖然就作品本身而言，可知《戰城南》不可避免地反映民間厭戰心理，王先謙亦指出「十八曲不皆鐃歌」，然而配合軍樂性質，以爲《戰城南》應有正面、積極的激勵作用，亦大有人在，如吳兢《樂府古題要解》：

> 右其詞大略言戰城南，死郭北，野死不得葬，爲烏鳥所食，
> 願爲忠臣，朝出攻戰，而莫不得歸也。〔註9〕

在描述戰敗慘況的同時，一句「願爲忠臣」，把立志報國、死而後已的情操，表露無遺。此說比較地肯定鼓勵將士的正面意義；而梁啓超則綜合言之，其《中國之美文及其歷史》提及：

> 此詩代表一般人民厭惡戰爭的心理，好處在傾瀉胸膈，絕
> 不含蓄。用這種歌詞作軍樂，就後人眼光看起來，很像有
> 點奇怪，但當時只是用人人愛唱的，像並沒有什麼揀擇和

〔註6〕見其書，頁62。臺灣商務，民國59年。
〔註7〕見其書，頁35。
〔註8〕見其書，頁52。
〔註9〕見其書，頁7805。

忌諱。這首歌寫軍中實感，雖過於悲憤，亦含有馬革裹屍的雄音。〔註10〕

梁氏此言，大抵中肯，於此可知用這種隱含負面意義的歌詞做軍樂，並無可怪之處。

據《樂府詩集》記錄，擬作《戰城南》的作品，計有七首。其表現內容，依然圍繞《戰城南》主題意識發揮，如梁吳均「往戰城南畿」、陳張正見「城南接短兵」，及唐盧照鄰的「陣翼龍城南」三首，均為五言八句，而其內容即是「戰城南」，描述在「城南」作戰的情形。直至李白擬作《戰城南》，在形式上三、五、七、八、九言并用，在內容上義近《戰城南》古辭，採其屍橫沙場、駑馬悲鳴、烏鳥啄人等意象。因為唐朝內戰外患不斷，戰禍頻仍，社會民間難免產生厭戰心理，李白承繼漢樂府風格，於描述戰爭之餘，不免發出「聖人不得已而用之」的感慨。

另外劉駕的《戰城南》採取古辭的非戰精神，加以發揮，最末兩句「莫爭城外地，城裡有閑土」，亦在白骨馬蹄的悲慘下，勸上位者止戰。最後僧貫休有兩首《戰城南》，一為五言八句，一為五言十句。根據《全唐詩》載錄的作家，自帝王后妃士子名媛，至釋道倡優，凡二千三百餘家，組成分子群雜，尤以釋子詩人，在唐詩中形成一種特色；然而在僧貫休的《戰城南》中，描寫亦僅止於戰事，且其用字有趨於口語化傾向。

綜觀《戰城南》古辭，在後代擬作過程中，除侈陳戰事的宮廷樂章—魏晉以下鐃歌不算外，大抵都能就原意加以引申發揮；形式除了李白使用雜體外，餘皆用五言。

五、《江南》（《樂府詩集》第二十六卷，相和歌辭一）

江南可採蓮，蓮葉何田田。魚戲蓮葉間，魚戲蓮葉東，魚戲蓮葉西，魚戲蓮葉南，魚戲蓮葉北。

〔註10〕見其書，頁42。

此詩據《樂府古題要解》所言「蓋美其芳晨麗景，嬉遊得時」〔註11〕，詩中前三句乃一人獨唱，後四句則眾人彼落此起的和送聲，表現了空間延伸，而以江南習俗採蓮為戲之民間工作歌。此首江南古辭很鮮明地傳達民歌風味，觀繁盛的蓮葉浮在水面，群魚遊竄蓮葉間，配合採蓮嬉唱相和聲，可謂詩中有畫，聲韻天成。

　　此後在後代擬作方面，分別有關於江南，採蓮及採菱三方面作品，數目眾多，然大多篇幅短小。先就有關述及江南方面的作品，計有三十首觀來；如宋湯惠休一首《江南思》「幽谷海陰路，留戍淮陽津」，殆為思鄉之作。另梁簡文帝有兩首《江南思》，其一「桂楫晚應旋，歷岸扣輕舷」，則單純描述採蓮釣鯉的遊戲歌；其二乃五言八句，雖題名《江南思》，但以「江南有妙妓，時則應璿樞」起興，似寫江南名妓的秋思。

　　另外，有題名為《江南曲》的作品，共有二十三首；如梁柳惲「汀洲採白蘋，日落江南春」，描述於瀟湘逢故人的情形。梁沈約《江南曲》，則敘「櫂歌發江潭，採蓮渡湘南」，不離工作歌本質。至於唐宋之問《江南曲》，以「妾住越城南，離居不自堪」，敘及自君之出矣，在等待中侍妾的慵愁心情。再如唐劉慎虛《江南曲》，則述蕩漾的美人，「日暮還家望，雲波橫洞房」，藉其歌聲，怨邑抒其閨怨。其次唐李賀《江南曲》「汀洲白蘋草，柳惲乘馬歸」，述其歸時江頭岸上的景致，此曲在《李賀歌詩編》卷一裡作《追和柳惲》。此外，唐李商隱《江南曲》「郎船安兩槳，儂舸動雙橈」，似述男女道情之作。以上六首《江南曲》，有一共同特點，即是在形式句法言，皆是五言八句。

　　接著，有五首五言十句的《江南曲》，作者同屬唐劉希夷。第一首藉烟景風波，歲遊春戲，而興「朝夕無榮遇，芳菲已滿襟」的落寞情懷。第二首描繪日微潮落，畫舫錦帆的江南暮色，而以「含情罷所採，相歡惜流暉」作結，似可勾勒一女若有所思，若有所待的神情。

〔註11〕見其書，頁7801。

第三首以「君爲隴西客，妾遇江南春」起句，而妾欲以靈果蘋花等江南物持贈隴西人，不料卻「空盈萬里懷，欲贈竟無因」。第四首亦涉及情感方面，似寫贈別；山氣氤氳，波如皎鏡，「明月留照妾，輕雲持贈君」，天涯一爲別後，卻仿若江北自相聞。第五首則純粹寫江南風光，予人煙波千里之意象。

其次，唐陸龜蒙一首五言十二句的《江南曲》，以「爲愛江南春，涉江聊採蘋」起句。其中以明月團比喻車輪，以浮雲盤形容車蓋，而水中行路難，因之奉勸棹船郎，莫掉以輕心，卻誇風浪好。

《江南曲》在五言部分，還有兩首二十句的擬作，其一是唐丁仙芝一首，似寫乘船訪故人的江邊兒女。其二是唐陸龜蒙，將古辭廣爲五解，分別敘述魚戲蓮葉間及在東西南北四方的情形，可說是以旁觀的角度，作細部的描繪。

此外《江南曲》在五言部分，最短的是唐李益的四句擬作：

　　嫁得瞿塘賈，朝朝誤妾期。早知潮有信，嫁與弄潮兒。

此詩簡明，卻能有力間接地表達商婦閨怨，實屬佳作，尤其嫁與弄潮兒的意象，更爲生動。最長的一首則爲唐溫庭筠五言四十句《江南曲》，以「妾家白蘋浦，日上芙蓉楫」起句，描述一荳蔻年華的待嫁女心情，對情愛有著「不作浮萍生，寧作藕花死」的期盼。

再者，《江南曲》在七言部分，有六首作品，由最短的談起，如唐于鵠一首：

　　偶向江邊採白蘋，還隨女伴賽江神。眾中不敢分明語，暗
　　擲金錢卜遠人。

此詩述及江邊嬉戲暗卜的玩耍，流露民間俗文學精神。另有唐韓翃一首七言四句，言及江城暮色，綠水廻橋。再有唐劉希夷兩首七言八句《江南曲》，其一敘述北堂紅草，南湖碧水，言及「人情一去無還日，欲贈懷芳怨不逢」的怨女相思。其二描繪有女「憶昔江南年盛時」之繁華景象，末則表明「珠玉爲心以奉君」。

接著，唐羅隱一首七言十句《江南曲》，以「江烟濕雨鮫綃軟，

漠漠遠山眉黛淺」起句，大致為寫景詩。而唐張籍另一首七言十四句
《江南曲》，則言其地理人情；如多橘樹，民住竹屋飲潮水，江村假
亥日常為市，於是落帆來浦裡，江口懸酒旗，倡樓夜唱《竹枝詞》留
北客，而江南地土卑濕，吳姬舟上織白紵，活生生勾勒出一幅水鄉澤
國的風情，因而末以「江南風土歡樂多，悠悠處處盡經過」作結。張
籍此作，可說名符其實、生動寫真的《江南曲》。

　　另外，唐劉希夷還有一首五、七言雜體十句《江南曲》；先述暮
春三月，吳楚城的雲烟景色，後則寄情，所謂「可憐離別誰家子，于
此一至情何已」之哀淒。綜上《江南曲》於五言計有十六首，七言六
首，五、七言雜體一首，合計二十三首。

　　《古今樂錄》曰：

> 梁天監十一年冬，武帝改西曲，製《江南上雲樂》十四曲，
> 《江南弄》七曲：一曰《江南弄》，二曰《龍笛曲》，三曰
> 《採蓮曲》，四曰《鳳笛曲》，五曰《採菱曲》，六曰《遊女
> 曲》，七曰《朝雲曲》。（《樂府詩集》引，頁726）

因而屬於江南方面的作品，還有《江南弄》四首；如梁武帝一首：

> 眾花雜色滿上林，舒芳耀綠垂輕陰。連手躞蹀舞春心。舞
> 春心，臨歲腴，中人望，獨踟躕。

此寫江南春光，另如梁簡文帝亦有《江南弄》三首，其一《江南曲》
亦述江南風光，與梁武帝《江南弄》同屬「三洲韻」。〔註12〕另外，
唐王勃的《江南弄》，以「江南弄，巫山連楚夢」起興，述金童仙女
無見期，而請清風明月遙寄相思，此詩顯然由江南連想至巫楚雲夢之
事。再如唐李賀《江南弄》，以七言八句述江中綠霧，清暝蒲帆，鱸
魚千頭的景緻，中有醉臥南山之閒逸，基本上尚不違背江南本題。

　　綜觀江南的擬作敘述江南的作品，計有《江南思》三首，《江南
曲》二十三首加上簡文帝《江南弄》裡的《江南曲》一首，另有《江

〔註12〕《樂府詩集》引《古今樂錄》：「《江南弄》三洲韻。」三洲韻的和聲，
　　　　特別婉媚曲折，乃根據西曲中的《三洲曲》改制而成。

南弄》三首；總計三十首。這些作品內容大抵以江南爲中心，最多的
是以純粹寫景及風土的計有八首；其次述及江邊兒女情感，如相思或
少女情懷的七首；言及閨怨愁緒的四首；另有江邊船上工作或嬉戲的
四首；再其次觸景生情者有三首；述及故人逢友之詩兩首，鄉愁一首，
言及妓女的一首。由這些詩中，對江南大致可產生一種烟波江上，山
光水色的視覺意象，而其船家生活及兒女多情特質，於字裡行間也隱
約可感。

　　郭茂倩於江南本辭作按語時，言及：

　　　　梁武帝作《江南弄》以代西曲，有《採蓮》《採菱》，蓋出
　　　　於此。(《樂府詩集》，頁 384)

因知《採蓮曲》由《江南》本辭而出，於《樂府詩集》共收錄有二十
八首，如梁武帝一首：

　　　　遊戲五湖採蓮歸，發花田葉芳襲衣。爲君儂歌世所希。世
　　　　所希，有如玉。江南弄，採蓮曲。

簡文帝亦有一首：

　　　　桂楫蘭橈浮碧水，江花玉面兩相似。蓮疏藕折香風起。香
　　　　風起，白日低，採蓮曲，使君迷。

此兩首都是《江南弄》裡的作品，因而句法相同；另簡文帝亦有兩首
五言的《採蓮曲》，同是圍繞採蓮主題描寫，其一敘述荷絲菱角白鷺，
以及風起時「採蓮承晚暉」之景。

　　在《採蓮曲》二十八首中，除上述三首直述採蓮之相關動作情狀
外，尚有梁劉孝威一首敘蓮香荷葉「戲採江南蓮」之狀。梁朱超言及
「湖裡人無限，何日滿船時」，與梁沈君攸一首「還船不畏滿，歸路
詎嫌賒」同意，皆述及採蓮冀其滿載而歸之盼，而梁吳均一首「江南
當夏清，桂楫逐流縈」，亦言及涉江採蓮。至如隋殷英童則純述蕩舟
棹移，藕絲蓮葉之狀。再有唐王昌齡第一首《採蓮曲》，言吳姬越豔
爭弄蓮舟，「採罷江頭月送歸」之景。另外唐鮑溶「荷葉映身摘蓮子」、
「戲魚住聽蓮花東」兩首，描寫的乃著夏衫，唱豔歌，採蓮戲魚之樂。

其次唐張籍一首《採蓮曲》，很寫實地記下採蓮過程，繪述素樸採蓮
女勤奮辛苦的工作情形。另如唐僧齊己亦寫有一首越溪女嬉遊採蓮，
「薄暮歸去來，苧羅生碧烟」之作。

　　以上所言《採蓮曲》，計有十三首，內容大都以涉江採蓮，言及
荷香蓮子、工作情狀與採蓮歸情形；以採蓮之工具、過程、風景、樂
趣與收穫爲主題。

　　以下談論的乃於採蓮外，附帶有的表現目的；首先談到的是涉及
情感因素的，如唐李白一首：

> 若耶溪傍採蓮女，笑隔荷花共人語。日照新妝水底明，風
> 飄香袖空中舉。岸上誰家遊冶郎，三三五五映垂楊。紫騮
> 嘶入落花去，見此踟躕空斷腸。

言及採蓮女新妝鮮明，衣袖飄香，於荷葉叢中嬉笑對話，而溪岸觀看
三三五五的遊冶郎，於垂楊樹下尋覓或欣賞鮮麗的採蓮女時，流露一
種年少情懷，此乃民間工作集會中時常見到的現象。在那場合，往往
提供男女交往及擇偶機會，然而等到紫騮馬踏著落花歸去，採蓮女不
禁黯然惆悵而爲之斷腸。另外唐白居易也有一首表露少女情懷的《採
蓮曲》：

> 菱葉縈波荷颭風，荷花深處小船通。逢郎欲語低頭笑，碧
> 玉搔頭落水中。

此言及舟行荷葉密處，女遇郎嬌羞欲語還休之貌，遂低首巧笑，不意
卻在低眉之際，碧玉搔頭掉落水中。此詩於簡單的幾個動作裡，將少
女懷春的羞態表露無遺。

　　其次唐崔國輔《採蓮曲》：

> 玉溆花紅發，金塘水碧流。相逢畏相失，並著採蓮舟。

與唐徐彥伯的《採蓮曲》「既覓同心侶，復採同心蓮」一樣，情感的
表達方式，已由隔岸相望，相逢無語的程度，進展到齊心採蓮的境地。
接著梁簡文帝一首《採蓮曲》，末有「千春誰與樂，唯有妾隨君」之
語；再如梁吳均一首：

> 錦帶雜花鈿,羅衣垂綠川。問子今何去,出採江南蓮。遼
> 西三千里,欲寄無因緣。願君早旋返,及此荷花鮮。

即述君遠行遼西而己在江南望其早歸。另如唐王昌齡一首《採蓮曲》,描述越女乘桂舟,涉江採芙蓉花,而「將歸問夫婿,顏色何如妾」的一種愛嬌心情。

以上所述七首於採蓮外,附帶表現少年男女於工作中,流露出對情感的試探;及至於採蓮過程,情愛滋生而願結同心;到與夫君細微與思盼情意的再現,皆可見工作與情愛的滋長與維繫,有一層附加的連結關係。

接著談及採蓮時伴隨唱出的工作歌,如唐戎昱一首《採蓮曲》,描述灊陽女兒同泛木蘭舟時,在秋風日暮的南湖裡,「爭唱菱歌不肯休」之景。再如唐王昌齡《採蓮曲》:

> 荷葉羅裙一色裁,芙蓉向臉兩邊開。亂入池中看不見,聞
> 歌始覺有人來。

則將荷葉比為裙,荷花比成臉,而荷生繁密,人居其間不易察覺,迨有歌聲傳來,才知旁人的遠近。另有隋盧思道一首,末以「菱歌惜不唱,須待暝歸時」作結,一幅採蓮滿歸回船時,菱歌大唱的景致,油然而生。上述三首《採蓮曲》,流露於其工作時,邊採邊唱的習慣與特色。

其次談及於採蓮時,別有特具的心念,如唐賀知章:

> 稽山罷霧鬱嵯峨,鏡水無風也自波。莫言春度芳菲盡,別
> 有中流採芰荷。

平坦無紋的水面自然起波,雖於中流採荷,但卻隱洩一種年華老去的傷逝之感;儘管表面很達觀地言及春花夏荷各有其美,然春光易逝,韶華一去不還。再有唐戎昱一首:

> 雖聽採蓮曲,詎識採蓮心。漾楫愛花遠,回船愁浪深。烟
> 生極浦色,日落半江陰。同侶憐波靜,看妝墮玉簪。

此詩娓娓道來,別具心裁;採蓮女之心誰能知?於歌唱歡笑的背面,似有萬般愁恨,由而女伴在生烟日暮的平波上對照顏面,不意掉墮玉

簪，在一種靜穆的氣氛中，突顯一個動作，讀來可喜。另如唐儲光羲
更予《採蓮曲》一種獨特的意念：

> 淺渚荷花繁，深塘菱葉疏。獨往方自得，恥邀淇上洙。廣
> 江無術阡，大澤絕方隅。浪中海童語，流下鮫人居。春雁
> 時隱舟，新荷復滿湖。采采乘日暮，不思賢與愚。

此中表現胸懷遼濶，獨往自得的閒逸。採蓮原是提供男女交遊機會，
此詩卻不屑落入世間男女模式，獨具高潔之姿，於忘懷得失高下之
際，隱有出世隱逸之想。以上三首《採蓮曲》，或寓傷逝，或道愁恨，
或敘出塵，皆於一般單純採蓮外，特具某種情緒。

　　最後有題名爲《採蓮曲》，卻不以採蓮爲直接描述者，計有兩首，
一爲梁元帝作品，描寫碧家小女嫁汝南王，以荷葉蓮花喻其衣貌，因
而持薦與君子，末以「願襲芙蓉裳」作結。另有陳後主一首言及女子
於晨曦的荷塘小舟梳妝景況，末以「歸時會被喚，且試入蘭房」作結，
似帶有色情意味。

　　以上所論之《採蓮曲》共有二十八首，有單純述及採蓮之種種題
材，亦有附帶表現關於情感、工作歌，及某些特具情緒目的《採蓮
曲》。再者，以下談及更換標題，且有關採蓮的作品，計有五首。如
梁劉緩的《江南可採蓮》，寫夏月南湖卷荷綻紅，小船來回荷叢中之
情形，並末言「江南少許地，年年情不窮」，指出其地富物稠熱情奔
放之特質。另有唐王勃《採蓮歸》一首，三五七言雜體三十六句，描
述「羅裙玉腕搖輕櫓」的採蓮女相思之苦，只因塞外征夫未還。全詩
委婉妥貼，充滿悵望別離情緒，尤以「採蓮歌有節，採蓮夜未歇」，
相思之情更於徘徊江上月中，表露無遺。

　　其次，唐閻朝隱有一首《採蓮女》，言春日春江薄暮時分，乘蓮
舟歌一曲「氛氳香氣滿汀洲」。另有唐李白《湖邊採蓮婦》一首，五
言八句，言夫遠行於外，婦採蓮於湖，願學秋胡堅貞，將心比古松。
至於唐溫庭筠《張靜婉採蓮曲》一首，七言二十句，據《梁書》卷三
十九，羊侃列傳所言：

> 侃性豪侈，善音律，自造《採蓮》，《棹歌》兩首，甚有新
> 致。姬妾侍列，窮極奢靡……儷人張淨琬，腰圍一尺六寸，
> 時人咸推能掌中儷。〔註13〕

飛卿以較濃麗的文字敘述張靜琬姿容神貌，強調其纖腰，以「船頭折
藕絲暗牽，藕根蓮子相留連」寓其情意，而終以郎心比擬易缺之月，
唯「十五十六清光圓」作結。

綜上所述，採蓮方面的作品計有三十三首。由各個角度的描寫，
可知採蓮方式過程及情趣，或以其起興而形成種種內涵；亦不直寫採
蓮，只以蓮荷來比況。不過在三十三首作品中，以採蓮爲主的還是佔
大多數。

以江南爲題材系列的還有一組關於採菱的作品，合計十七首。如
宋鮑照就有七首《採菱歌》，皆是短小的五言四句，然而除了第一首
言及「蕭弄澄湘北，菱歌清漢南」外，其餘六首皆未提及採菱事，大
抵爲寫景或抒懷，如第七首：

　　思念懷近憶，望古懷遠識。懷古復懷今，長懷無終極。

即類似詠懷詩。

在《採菱曲》部分，共有九首，如梁武帝《江南弄》第五曲，述
江南稚女紅顏興發，划桂棹歌採菱而望所思。梁簡文帝一首與梁江洪
兩首，皆爲五言四句，所歌者亦在菱花、桂棹、紫莖間。

接著有三首五言八句的《採菱曲》，如梁陸罩以「參差雜荇枝，
田田競荷密」起句，寫遊魚於菱下進出情形。梁費昶則敘一素面翠眉
的姿婦，於五湖側採菱，迨日斜天暮，風浪未息時，「宛在水中央，
空作兩相憶」。另有梁徐勉言於嘉月相攜「採菱渡北渚」，而「儻逢遺
佩人，預以心相許」。這三首，前一首純寫景敘述，末兩首則言及情
感的追念與期盼。

其次，梁江淹五言十四句《採菱曲》，述秋日涉水望碧蓮，香氣

<hr>

〔註13〕見其書，頁 0274。唐姚思廉等撰、清錢大昕考異，斷句本《二十五
　　　　史》，《梁書》。新文豐出版，民國 64 年 3 月初版。

氤氳，櫂女咏歌，而有「乘龜非逐俗，駕鯉乃懷仙」之想。另有唐儲
光羲以五言十六句，言浦口漁家，相邀其至船，以稻葦爲飯羹，永日
終年而不厭。前以「濁水菱葉肥，清水菱葉鮮」起句，興義士不游濁
水；末以「盡室相隨從，所貴無憂患」，頗有若無閒事煩愁掛心頭，
便是人間至貴樂事之概。

　　最後另有唐劉禹錫一首《採菱行》，七言二十句，描寫白馬湖上，
遊女盪舟笑語「採菱不顧馬上郎」，後言於市橋市集，估客「醉踏大
堤相應歌」，末以「屈平祠下沉江水，月照寒波白烟起。一曲南音此
地聞，長安北望三千里」作結，似懷有鬱悶不能抒之壯志理想。

　　以上所言十七首採菱歌曲，除針對採菱所作外，亦有藉題自抒懷
抱、志趣，言及感情相思者。除鮑照有六首《採菱歌》較不關涉標題
外，其餘均直接間接述及採菱或菱。

　　在《江南》本辭此一母題下，引發之子題計有關於江南方面的作
品三十首，關於採蓮方面的三十三首，採菱爲題的十七首，總計八十
首。在這麼多作品描述中，大抵可明白江南的山水風光、風土民情、
於其採蓮採菱時特有的景致及工作方式；以及江南兒女的情感生活，
也或多或少從中窺知。

第二節　擬作與本辭部分相關

一、《上留田行》（《樂府詩集》第三十八卷，相和歌辭十三）

　　　　里中有啼兒，似類親父子。回車問啼兒，慷慨不可止。

崔豹《古今注》曰：

　　　上留田，地名也。人有父母死，不字其孤弟者，鄰人爲其
　　　弟作悲歌以諷其兄。（《樂府詩集》引，頁563）

《上留田行》所敘乃爲兄不保弟之悲歌。里中有啼兒，看來像似同一
父之子，他人問明原因，因而爲之悲嘆不已。黃節《箋》引陳胤倩言
曰：

回車問者，他人問也。不加一語，一父之子，情何以堪。
〔註14〕

本辭從《樂府廣題》中錄出，但其辭不正載，且言明「蓋漢世人也」。
〔註15〕全詩用四句五言體，勾勒一幅簡潔卻有力的意象，使人對其兄
不教育撫養孤弟的行爲，產生反諷，而對啼哭的幼弟，心生哀憫。基
本上，此歌也暴露漢末世亂，室家相棄，人倫不保之現狀。

《上留田行》在後代擬作，有六首作品，如魏文帝一首：

> 居室一何不同，上留田。富人食稻與粱，上留田。貧子食
> 糟與糠，上留田。貧賤亦何傷，上留田。祿命懸在倉天，
> 上留田。今爾歎息將欲誰怨？上留田。

此首《上留田行》的「上留田」，是用來當作句子後面的相和聲；至
於詩的內容，則將貧富託之於天，勸人不要怨貧而嘆息，因爲貴賤懸
於天，原是人強求不得的，況且縱使怨懟，又能訴諸於誰？

其次晉陸機《上留田行》：

> 嗟行人之藹藹，駿馬陟原風馳。輕舟泛川雷邁，寒往暑來
> 相尋。零雪霏霏集宇，悲風徘徊入襟。歲華冉冉方除，我
> 思纏綿未紓，感時悼逝悽如。

此則流露一種感時悼逝之情；對人生冬去春來，時節更代，歲華流逝
之悲嘆，而引起人生無常之感。然而題爲《上留田行》，不知是否行
經上留田此地引發之感想，抑或與其樂調有關，則不得而知。

另外，宋謝靈運有一首較特別的《上留田行》，以「薄遊出彼東
道」起興，而「上留田」亦作爲相和聲使用；甚且詩中重覆相和之處，
運用得很頻繁，總計二十次，而稍嫌冗贅，不過也因此符合相和歌行
特色。至於詩意與前述陸機的《上留田行》有點相仿，概爲出遊時心
生感觸。另外在意象塑造上，也近似陸機，尤以秋冬更迭，清風入袖，
歲暮增憂等處，可見出模擬痕跡；只是謝靈運此首以較質樸的方式，
復用「上留田」當和送聲，而更具民歌特色，不似陸機之較富文人氣。

〔註14〕見其書，頁36。
〔註15〕《樂府詩集》引，頁563。

接著，談談梁簡文帝的《上留田行》：

> 正月土膏初欲發，天馬照耀動農祥。田家斗酒群相勞，爲
> 歌長安金鳳皇。

此詩述及農家田事，春臨大地，膏土可耕，農民辛勤耕作，以酒相勞
高歌之景。取名《上留田行》，不知是否望文生義，從而書及田事‧
此外，唐李白《上留田行》乃行至上留田，見孤墳纍纍，所生之悲古
感今情懷；藉走獸、飛禽、植物來反諷「昔之弟死兄葬」，因而對那
諷兄不保弟的歌謠，也就塞耳不忍聽了。基本上，李白對《上留田》
古辭可能感慨萬千，因而擬作抒其情懷；而這種有連帶關係的擬作形
式，也會使本辭有更進一步的闡揚，意義也更深遠。

最後，唐僧貫休《上留田行》以一種悲憤義氣控訴上留田父不慈、
兄不友之惡行；進而觸景生憤，願將鳥雀變爲棲在水邊、喜食害蟲的
鶄鴒，又願將草木變爲田邊多刺的灌木。面對世風日下澆薄的人心，
聞聽鄰人歌，不禁引起思古幽情，而希望在混濁時，再生古之清風。

綜觀《上留田行》在後代擬作中，標題沿襲不變，但內容與句型
各有分歧。就內容言，有李白及僧貫休的兩首，針對《上留田》古辭
發揮、提出控訴並進而期許；有陸機及謝靈運兩首，流露感時悲逝之
心情，而魏文帝及梁簡文帝兩首擬作，則述及黎民百姓，或言貧富天
定，毋需怨懟；或敘農家田事。再者，如就本辭與擬作的關係來看，
除了李白、貫休在內容上有直接承襲，魏文帝與謝靈運使用「上留田」
作爲相和聲，與本辭有間接關係外，陸機及梁簡文帝的擬作，似少見
其涉及本辭，而有獨立生發現象。另就形式句法言，六首擬作各不相
同，除了陸機使用六言齊體，簡文帝用七言齊體外，餘皆用雜體；且
較特別的是，魏文帝及謝靈運還多加了和送聲方式。

二、《豔歌何嘗行》(《樂府詩集》第三十九卷，相和歌辭十四)

> 飛來雙白鵠，乃從西北來。十十五五，羅列成行。一解　妻
> 辛被病，行不能相隨。五里一反顧，六里一徘徊。二解　吾
> 欲銜汝去，口噤不能開；吾欲負汝去，毛羽何摧頹。三解　樂

哉新相知，憂來生別離，躊躇顧群侶，淚下不自知。四解　念與君離別，氣結不能言，各各重自愛，遠道歸還難。妾當守空房，閉門下重關。若生當相見，亡者會黃泉。今日樂相樂，延年萬歲期。「念與」下爲趨。

此詩一名《飛鵠行》，藉雙鵠表達夫婦間的恩深義重，如《樂府古題要解》所云：

右古詞飛來雙白崔，乃從西北來。言雌病雄不能負之而去，五里一反顧，六里一徘徊，雖遇新相知，終傷生別離也。〔註16〕

而「念與」以下爲趨，亦爲婦答之語；於傷別離之際，又流露堅貞情意；末以生當復來歸，死當會黃泉作結。至於「今日樂相樂，延年萬歲期」，則是當時樂工爲聽樂者所設之祝頌語。

在後代擬作中，魏文帝有一首《豔歌何嘗行》〔註17〕，以雜言體二十六句，描寫兩部分情感表現方式不盡相同的片斷。在前面五解豔的部分，敘述兄弟三人居官富貴，往來達門，並以「男兒居世，各當努力，蹴迫日暮，殊不久留」作勉。下半部趨曲，則似以一居官的丈夫，別卿之心情，訴說「約身奉事君，禮節不可虧」，爲維持家計步上仕途，致而有「奈何復老心皇皇，獨悲誰能知」的感慨。觀此詩，近似仕宦者別妻之狀。

接著宋吳邁遠擬作一首《飛來雙白鵠》，以五言八句鋪陳一首題旨、用詞皆近似《豔歌何嘗行》的作品，以「可憐雙白鵠，雙雙絕塵氛」起興，用連翩交頸形容其恩愛，迨其雌雄分離，則「步步一零淚，千里猶待君」，雖樂有新知，卻悲來生別離。末以「持此百年命，共逐寸陰移」自誓。基本上，這首擬作的表現方式，極爲接近本辭。

復有陳後主改動標題，擬作一首《飛來雙白鶴》，全詩隱有蕭瑟苦寒之氣，雖有落字，但可知其仍表達一失侶、毛羽殘摧而獨回的孤

〔註16〕見其書，頁7803。
〔註17〕此詩《宋書·樂志》題爲古辭，而今《魏文帝集》從《樂府詩集》收入。

鶴。《樂府解題》有言「鵠一作鶴」〔註18〕，因而這二詞只在字面上的差異，不在意義上有分別。

　　其次，梁元帝亦有一首《飛來雙白鶴》，單純地描述白鶴之鳴和與行動。另如唐虞世南的《飛來雙白鶴》，則又模擬本辭原意，以五言二十句，敘述雙白鶴「奮翼遠凌烟」，後復相失而徘徊自憐之狀，不過此詩異於前者處，在其末二句於白鶴哀響詎聞天後，「無因振六翮，輕舉復隨仙」之收尾，表達出某種程度的神仙思想。

　　最後陳江總又改換標題，以《今日樂相樂》擬作一首，而「今日樂相樂」原就是樂工增設的祝頌語，因此其詩便以華麗之應酬文字，用弦瑟歌舞佳釀來表達歡宴氣氛，並祝頌能以此長樂。

　　綜觀《豔歌何嘗行》在後代擬作中，標題凡三變。就內容言，從本辭敘述雌雄夫婦相離別之辭，到六首擬作間，除梁元帝及江總不類本辭題旨外，其餘四首或多或少就原意加以引申或模仿，就夫婦離別及失侶孤鶴發揮，因而擬作與本辭大致呈現一貫性。至於形式句法，除魏文帝一首與本辭為雜言外，餘均為五言體。

三、《豫章行》（《樂府詩集》第三十四卷，相和歌辭九）

> 白（陽）〔楊〕初生時，乃在豫章山。上葉摩青雲，下根通黃泉。涼秋八九月，山客持斧斤。我□何皎皎，（皎梯）〔梯〕落□□□。根株已斷絕，顛倒巖石間。大匠持斧繩，鋸墨齊兩端。一驅四五里，枝葉〔相〕自捐。□□□□□，會為舟船蟠。身在洛陽宮，根在豫章山。多謝枝與葉，何時復相連？吾生百年□，自□□□俱。何意萬人巧，使我離根株。

此詩缺字十三，據《樂府詩集》引《古今樂錄》曰：

> 王僧虔云荀《錄》所載《古白楊》一篇，今不傳。（頁501）

而於王僧虔《技錄》中，此詩列於清調六曲之二，由晉樂所奏，復有落脫，因此詩意不全；但可概知其藉白楊身、根、枝、葉各自分離，

〔註18〕《樂府詩集》引，頁576。

由自然生長至人工雕造之過程，以興名材本願棲身豫章山，不願爲匠石所顧，而不可得，因怨萬人之巧；或如朱止谿所引申爲「感遇也。遇矣而違其所願」〔註19〕，因有遇合之難之意。亦且如朱秬堂所言「皆由立志不堅，中途失路，究其源則爲名所累耳」。〔註20〕

後代擬作《豫章行》的有同標題作品八首，如魏曹植兩首，一以「窮達難豫圖，禍福信亦然」起興，言虞舜、太公望乃遇賢而崛起，孔丘厄於陳蔡間，以興己懷才不遇及冀求登用之願。另一首亦自身修守道以俟時機任用，而強調「他人雖同盟，骨肉天性然」。

接言以下四首《豫章行》，皆述離別之狀；如晉陸機以清川高山殊途軌，興「懿親將遠尋」，復言年景馳逝，「悼別豈獨今」。宋謝惠連亦以「密友將遠從」敘送行江頭之景，繼述歲華難留，離別感傷，而末以「願子保淑愼」作結，全詩章法與陸機《豫章行》近似。再有隋薛道衡一首敘思婦七言二十八句詩，言君遠行從軍，妾獨住明月樓，憶昔畫眉人之愁緒，而盼君心不移之《豫章行》。另外唐李白以「老母以子別，呼天野草間」，敘子從軍西討，以報國赤忱爲君奮戰，末言「此曲不可奏，三軍鬢成斑」，暴露戰事之持久與淒涼。

再言梁沈約一首「臨途引征思」之壯士感傷心情，末則有「地遠託聲寄」之無奈。至於宋謝靈運《豫章行》：

> 短生旅長世，恒覺白日歌。覽鏡睨頹容，華顏豈久期？苟
> 無廻戈術，坐觀落崦嵫。

則流露一種「壽短景馳，容華不久」〔註21〕之心情。

以上八首《豫章行》擬作，除曹植引申古辭遇合之難的寓意外，其餘大抵就原辭根株兩分離之意念，鋪陳出親友、夫妻、母子之離情。至於謝靈運及沈約之作，已稍與本辭乖違，不過征思亦可視爲另一形式的離情。

〔註19〕黃節《箋》引，頁218。
〔註20〕同上。
〔註21〕見吳兢《樂府古題要解》，頁7809。

　　再者，晉傅玄擬作的《豫章行苦相篇》，敘一女子情變之哀，如《樂府古辭要解》所云：

> 傅玄《苦相篇》云：『苦相身爲女』，言盡力於人，終以華落見棄。〔註22〕

已與本辭相去甚遠。只是豫章乃漢郡邑地名，不知是否當地習尚重男輕女，女子卑賤難以自保，傅玄因之託以篇什。至於在形式方面，九首擬作中，與本辭同爲五言齊體者八首，另一則七言齊體。

四、《長歌行》（《樂府詩集》第三十卷，相和歌辭五）

> 青青園中葵，朝露待日晞。陽春布德澤，萬物生光輝。常恐秋節至，焜黃華葉衰。百川東到海，何時復西歸·少壯不努力，老大徒傷悲。
>
> 仙人騎白虎，髮短耳何長。導我上太華，攬芝獲赤幢。來到主人門，奉藥一玉箱。主人服此藥，身體（一）日康強。髮白〔復〕更黑，延年壽命長。
>
> 岧岧山上亭，皎皎雲間星。遠望使心思，遊子戀所生。驅車出北門，遙觀洛陽城。凱風吹長棘，夭夭枝葉傾。黃鳥飛相追，咬咬弄音聲。佇立望西河，泣下沾羅纓。

此三首詩題旨各異：第一首言芳華不久，時光一逝不回，當及時努力，免於老大傷悲。第二首言仙藥可以延年，歌頌神仙思想，隱有祝頌明君意。第三首則述遊子思親，然可望不可致，客心子情由是知之。

　　《長歌行》於後代擬作，計有九首同標題作品；如魏明帝一首「靜夜不能寐」，中心有感，仰首觀星宿，「哀彼失群燕」，而「悲慘傷人情」之感懷之作；其詞哀淒，如朱止谿所言：

> 《長歌行》歌「靜夜」思保治也。高明神瞷之，其憂何長！
> 或曰：其聲慘憺，不忍卒讀，豈其值母后之廢而被讒時耶？
>
> 〔註23〕

〔註22〕見其書，頁7809。
〔註23〕黃節《箋》引，頁91。

因知明帝此首擬作，與己如孤燕般悽愴而不能自己。

再如梁元帝《長歌行》，但述「人生行樂爾，何處不留連」，而有「忽茲忘物我，優游得自然」的及時行樂意識。

另外晉傅玄寫有一首內容較突兀的《長歌行》，言及吳寇、蜀賊未歸順，壯士願「投身効知己」，復有戰勝之雄心。

以下六首《長歌行》，主題意識較接近，普遍流露對人生無常之觀感；如晉陸機「逝矣經天日，悲哉帶地川」，接言時移事往，寸陰流逝，而徒恨功名無著，只好「迨及歲未暮，長歌乘我閒」。另如宋謝靈運亦抒人運短促，觸景生情，而「且取長歌歡」。再如梁沈約有著「歲去芳願違，年來苦心薦」之心情，末亦言「無使長歌倦」。另一首沈約《長歌行》，說明「賢愚有同絕」，生外之事難尋，故且「坐爲長歎設」。接著唐李白《長歌行》有模擬陸機作品之跡，亦描述天地運化，功名不早著，富貴與神仙兩相失，故「強歡歌與酒」。最後唐王昌齡「曠野饒悲風」，敘述英雄衰老，人世代謝，因之必達命而「有酒且長歌」。

另外魏曹植有一首《鰕䱉篇》，《樂府詩集》引《樂府解題》曰：
曹植擬《長歌行》爲《鰕䱉》。（頁446）
然其詩「鰕䱉遊潢潦，不知江海流」，並用燕雀安識鴻鵠志，來比喻路人「勢力惟是謀」，以明己憂國、胸懷王室之心。

綜觀《長歌行》三首本辭，由思及時立業、述遊仙思想、與客子思親至九首擬作間，於內容上似於第一首引發而來者最多；計有六首言及人運短促，萬物遷化，當乘閒而歌，此或由《長歌行》標題引生之聯想；再則另五首也有仿效陸機命意之跡。至於魏明帝擬作有自傷之狀，梁元帝歌及時爲樂，與曹植身懷壯志卻傷時人不識這三首擬《長歌行》，已稍脫離本辭意識；更有甚者，傅玄之《長歌行》言立志投軍報國，乃自出胸臆，不復關乎本辭。至於形式句法方面，本辭與十首擬作皆爲五言。

五、《白頭吟》(《樂府詩集》第四十一卷，相和歌辭十六)

> 皚如山上雪，皎若雲間月。聞君有兩意，故來相決絕。今
> 日斗酒會，明日溝水頭。躞蹀御溝上，溝水東西流，淒淒
> 復淒淒，嫁娶不須啼。願得一心人，白頭不相離。竹竿何
> 嫋嫋，魚尾何簁簁。男兒重意氣，何用錢刀爲！

吳兢《樂府古題要解》云：

> 右古詞皚如山上雪，皎若雲間月。又云願得一心人，白頭
> 不相離。始言良人有兩意，故來與之相決絕。次言別于溝
> 水之上一作北，敘其本情，終言男兒當重意氣，何用于錢刀
> 也。〔註24〕

此詩概爲棄友逐婦之詩，如《樂府解題》所謂：

> 《白頭吟》疾人相知，以新間舊，不能至於白首，故以爲
> 名。(《樂府詩集》引，頁600)

然全詩於疾怨刺諷之餘，又不失忠厚之致；以皚皚的雪和月，象徵一
己之堅貞與光明，從而反諷對方的無情。至如小步徊徘御溝上的失
落，也反映出女子心情。最後謂竹竿以釣而得魚，如男子以相知的意
氣得婦，不在錢刀，由而更顯現女子慷慨磊落之思。關於此詩，題漢
劉歆《西京雜記》曰：

> 相如將聘茂陵人女爲妾，卓文君作《白頭吟》以自絕，相
> 如乃止。〔註25〕

然陳太初《詩比興箋》已駁其非是，故不必將詩意強行附會。〔註26〕

　　《白頭吟》在後代擬作，有六首同標題作品。如宋鮑照一首，以
「直如朱絲繩，清如玉壺冰」起興，表明自己心志，然而「人情賤恩
舊，世路逐衰興」，後並借由歷史典故，暗喻自己之受絀、壯志難伸，
因而不免有「心賞固難恃，貌恭豈易憑。古來共如此，非君獨撫膺」

〔註24〕見其書，頁7804。
〔註25〕見嚴一萍，《百部叢書集成》之三三，《抱經堂叢書》第六函，《西京雜
　　　　記》卷上，頁19。《西京雜記》舊本或題漢劉歆撰，或題晉葛洪撰，實
　　　　則梁吳均撰，託言葛洪得劉歆《漢書》遺稿錄班固所不載者，而爲此書。
〔註26〕參見其書，頁33～34。

之嘆。此首五言二十句《白頭吟》，鮑照用來表達自己清直，卻不蒙君恩之怨。

另如陳張正見《白頭吟》一首，五言二十句，表達方式與鮑照類似，以「平生懷直道」起興，傷己「沈浮毀譽中」，而「情去寵難終」。末以王嬙班女與自己相應和，抒發「顏如花落槿，鬢似雪飄蓬。此時積長歎，傷年誰復同」之感。基本上，此詩與鮑照擬作格調極相似。

此外，唐劉希夷亦以七言二十六句，擬作一首《白頭吟》。以落花、桑田成海、松柏爲薪比喻人世代謝遷化，花開依舊，人老不復紅顏；由此而接寫一半死白頭翁，憶昔年少時，清歌妙舞來往於王孫公子，如今卻是「一朝臥病無人識」，因之須知「宛轉娥眉能幾時，須臾白髮亂如絲。但看舊來歌舞地，唯有黃昏鳥雀悲」。此詩以景襯情，層次有序，文字淺近，卻是情深而引人深省。《全唐詩》卷三題此詩爲《代悲白頭翁》；觀其旨意，似由《白頭吟》之題引發之聯想，而與漢本辭無涉。

再者，唐李白有兩首《白頭吟》，咏敘之事近似，只是文字鋪陳不同。皆以「錦水東北流，波蕩雙鴛鴦。雄巢漢宮樹，雌弄秦草芳」起興。兩首皆爲五、七言雜言，第一首三十句，第二首四十二句；內容皆針對司馬相如作《長門賦》，敘阿嬌失恩寵嬌妒，待相如騰達後，不憶昔貧賤日，欲另聘茂陵女，文君因而哀怨深。復以菟絲女蘿相親恩，人心不如草來反諷相如寡情。第二首則再強調文君落寞之狀，而兩首結尾皆以「覆水再收豈滿杯，棄妾已去難重回。古時得意不相負，祇今唯見青陵臺」作結（兩首文字前兩句略有差別）。事實上，李白這兩首擬作，取自《白頭吟》原意及附會《西京雜記》而來，是名符其實的擬作。

唐張籍以《白頭吟》爲題，寫了一首五、七言十六句之作，以「請君膝上琴，彈我白頭吟」起興，下則敘述一失寵姬妾，「憶昔君前嬌笑語」，宮中高樓，華池芳樹之盛況，然而春盛秋衰，「棄我不待白頭時」。棄妾晦澀心情，換作一聲「君恩已去若再返，菖蒲花生月長滿」之期盼。此詩亦是棄婦詩，只是在絕望中，又帶有無盡的期待。

在《白頭吟》的擬作中，有一首較特別的作品，即是白居易的《反

白頭吟》。《白氏長慶集》卷二作《反鮑明遠白頭吟》，以五言二十句，針對鮑照《白頭吟》提出反證。白氏以「火不熱真玉，蠅不點清冰」表明「此苟無所受，彼莫能相仍」的道理。再闡明海濶天空清者自清；豈能委於泥塵而徒怨憎，末則以「胡為坐自苦，吞悲仍撫膺」點化其鬱結愁苦。

　　郭茂倩於《樂府詩集》《白頭吟》解題中有言：「唐元稹又有《決絕詞》，亦出於此。」（頁 600）。《決絕詞》三首，一、二首是雜言，分別為十八句、二十一句；第三首是五、七言十八句，內容均關乎綿密久長的相思。第一首借牽牛織女一年一相見，比喻迢遞之思，因而有「借如死生別，安得長苦悲」之感，因為君與妾決絕之意已定，不如死生分隔，不願如此生別離。第二首形式較特別，有賦體混雜的句法，內容涉及長期分別，一日不見如隔三秋之苦相思，卻有破鏡之悲而淚血。第三首也是久相思之怨，以致有「天公隔是妬相憐，何不便教相決絕」之怒。基本上，此三首決絕詞皆涉及情感深摯之苦相思，而寧願以生死別杜此無盡思念。再者，有決絕之後的相思，及相思特甚而欲決絕兩種不同意義。

　　綜觀《白頭吟》在後代擬作中，六首同標題作品裡，有李白兩首就司馬相如棄文君之附會傳說予以發揮，張籍刻劃棄姬期盼之心情；這三首均直接相涉於本辭。至於鮑照及張正見兩首，則以《白頭吟》而興起自傷自憐心態，如吳兢所言「若宋鮑照『直如朱絲繩』，張正見『平生懷直道』……，皆自傷清直芬馥，而遭鑠金點玉之謗。君恩似薄，與古文近焉」〔註27〕，此則就本辭貞婦被棄之狀引申為忠直而見棄於君之情，可謂間接相涉之擬作。再如劉希夷之《白頭吟》，則是就標題引起聯想寫成的《代悲白頭翁》。另外白居易之《反白頭吟》，則針對鮑照擬作所寫成的作品，可說是本辭間接又間接的擬作。反倒是更換標題的三首《決絕詞》，與本辭有某種程度的直接相涉，均著

─────────────────

〔註27〕見其書，頁 7804。

墨於情感之苦澀及決絕、相思等方面鋪敘。大致說來，《白頭吟》的
十首擬作尚不致背離本辭太遠。

六、《善哉行》（《樂府詩集》第三十六卷，相和歌辭十一）

　　來日大難，口燥脣乾。今日相樂，皆當喜歡。一解　經歷名山，
芝草翻翻。仙人王喬，奉藥一丸。二解　自惜袖短，內手知寒。
慚無靈輒，以報趙宣。三解　月沒參橫，北斗闌干。親交在門，
飢不及餐。四解　歡日尚少，感日苦多。以何忘憂，彈箏酒歌。
五解　淮南八公，要道不煩。參駕六龍，遊戲雲端。六解

此詩據吳兢《樂府古題要解》所評：

　　言人命不可得，當樂見親友，且求長生術，與王喬八公遊
　　焉。〔註28〕

首言來者大難，接寫及時為樂、神仙思想，繼而念及故交飢貧度日，
末則託以酒歌歡醉自解。人生多難，變化難測，尤以漢末戰亂頻仍，
因此追求享樂的現實主義由而孳生。此首《善哉行》即歌頌於大難來
前，當乘時尋歡，復間雜遊仙思想，至於四解「恤貧交」可能有烘托
世亂民貧之意。再者，《善哉行》以整齊的四言為一句、四句一解，
音節諧美的形式出現，或已經樂工修飾，如張壽平所言：

　　其或始為徒歌，既而被之管弦，以《善哉行》曲調歌之者
　　歟！〔註29〕

　　《善哉行》於後代擬作，計有十二首同標題作品，其中魏武、文
帝、明帝三人就佔有八首。武帝兩首，一以「古公亶甫，積德垂仁」
起句，繼述太伯、仲雍、伯夷、叔齊之賢；後言「山甫管仲之不能任
賢，平仲之不能討賊；末以孔子之進退隨時結之」。〔註30〕另一首「自
惜身薄祜，夙賤罹孤苦」，始言思父之情，繼述王業維艱，英雄憂患
意識由而知之。

〔註28〕見其書，頁7803。
〔註29〕見《漢代樂府與樂府歌辭》，頁126。
〔註30〕黃節《箋》引朱𥲅堂之言，頁129。

再則魏文帝四首《善哉行》，其一「朝日樂相樂」，敘歡宴賓客，四座皆歡，獨「主人苦不悉」，以其心多憂懼，因而有「沖靜得自然，榮華何足爲」之情。其二「上山採薇，薄暮苦飢」，敘遠遊之感，還視故鄉，心中有憂卻無人知曉，是則導向「今我不樂，歲月其馳」之享樂主義；全詩四言，意象呈現多採自《詩經》。其三「朝遊高臺觀」，敘宴遊樂音之事，然則「樂極哀情來，寥亮摧肝心」，頗有表面燕樂大作，而內有隱憂之思。其四「有美一人，婉如清揚」，敘其妍姿巧笑，知音識曲，後因感心動耳而難忘，此詩朱秬堂以爲乃文帝納聲技於閨房之詩〔註31〕，而黃節以爲如按《詩經》序言所指，當是「求賢之什」。〔註32〕另外，此詩亦有錄採於《詩經》之迹，或恐黃節之說爲近。

復次魏明帝兩首，其一「我徂我征，伐彼蠻虜」，敘征戰之事，大軍所至虎虎生威的戰績。其二「赫赫大魏，王師徂征」，亦敘東征之事。只是第一首末以「反旆言歸，告入皇祖」作結，是用親征口吻道出凱旋之果；第二首以「願君速捷早旋歸」作結，則流露祝頌之意。

除魏氏父子八首《善哉行》外，尚有宋謝靈運一首「陽谷躍升，虞淵引落」，藉寒往暑來以明對酒當享，惟達士能「怊怊處樂」之狀。梁江淹另以「置酒坐飛閣」，述遊宴聽樂之感，行文意念間，極似魏文帝「朝遊高臺觀」一首，因此《江文通文集》卷四雖將此詩題爲《魏文帝遊宴丕子桓》，然《樂府詩集》納入《善哉行》擬作中，亦有其意義。

另外唐僧貫休以「有美一人兮婉如清揚」起句，接言能使君子忘憂，復言欲贈其物時，卻「久不見之兮，湘水茫茫」。此詩或恐擬文帝「有美」篇而來，且其形式較特殊，有《楚辭》意味。再如唐僧齊己一首七言八句，言大鵬俯視下界皆渺瀰，「人生在世何容易，眼濁心昏信生死」，於是願滌除俗欲，同尋列仙事。

除以上十二首《善哉行》同標題擬作外，尚有唐李白《來日大難》一首，言「來日一身，攜糧負薪」，遠學求仙以冀長生之想。魏曹植

〔註31〕參見黃節《箋》引，頁135。
〔註32〕見《漢魏樂府風箋》，頁135。

《當來日大難》一首，所謂「日苦長，樂有餘」，於是置酒款友，因出門後「別易會難」，故且「各盡杯觴」；此詩含蘊人生無常之感。至於唐元稹《當來日大難》，以平淺文字敘述「當來日，大難行」，以牛車行於坑坂泥濘之路，大小梁傾側，輪軸互牽撓之狀，而末言「行必不得，不如不行」。

綜觀《善哉行》於後代擬作，魏武帝兩首關於治國之道，傷己失怙復憂國之念；及魏文帝四首人生無常、及時行樂、憂心沖靜及冀求美人之詩，惟於現實追求享樂及以燕樂聊忘憂之意念，關乎《善哉行》本辭。至於魏明帝兩首戰爭詩，更是自出新意。再者，宋以後的擬作，大抵就本辭來日大難、尋歡處樂、人生無常及求仙等思想，作個別鋪陳；惟江淹與僧貫休乃模擬承繼魏文帝「朝遊」、「有美」兩篇而來。另就形式言，在所有相關的十五首擬作中，與本辭同為四言齊體的有五首，五言齊體三首，七言一首，辭賦體一首，餘為雜體五首。

七、《薤露》（《樂府詩集》第二十七卷，相和歌辭二）

> 薤上露，何易晞。露晞明朝更復落，人死一去何時歸。

此詩言薤上之露容易乾，露乾了明朝又會落，但是人死一去何時回呢？以薤露起興，比喻人命之無常匆匆。吳兢《樂府古題要解》有言：

> 右喪歌，舊曲本出於田橫門人。歌以葬橫，一章言人命奄忽，如薤上之露易晞滅也。……二章言人死精魄歸於蒿里。……至漢武帝時，李延年分為二曲，《薤露》送王公貴人，《蒿里》送士大夫庶人。挽柩者歌之，亦呼為挽柩歌。《左氏春秋》齊將與吳戰于支陵，公孫夏使其徒歌虞賓。杜預注云，送葬歌也，即喪歌，不自田橫始矣。〔註33〕

晉崔豹《古今注》亦述及：

> 《薤露》《蒿里》泣喪歌也。本出田橫門人，橫自殺，門人傷之，為作悲歌。（《樂府詩集》引，頁396）

蜀譙周《法訓》亦云：

〔註33〕見其書，頁7801。

今喪有挽歌者，何以哉？譙子曰：周聞之昔，高帝召齊田
橫，至於戶鄉亭自刎，奉首，從者挽至於宮，不敢哭而不
勝哀，故作歌以寄哀音。〔註34〕

然杜預注《左氏傳》，提出挽歌非始於田橫；王應麟《困學紀聞》亦
附和曰：

《左傳》有虞殯，《莊子》有紼謳，挽歌非始於田橫之客。
〔註35〕

綜上所說，不管《薤露》始於何時，其為挽歌之用，是可以肯定
的。再者，宋玉《對楚王問》：

客有歌於郢中者。其始曰下里巴人，國中屬而和者數千人；
其為陽阿薤露，國中屬而和者數百人；其為陽春白雪，國
中屬而和者數十人；引商刻羽，雜以流徵，國中屬而和者
不過數人而已，是其曲彌高，其和彌寡。〔註36〕

由而可見，《薤露》已是宋玉時楚國流傳的通俗歌曲，且品級不太低
下。因此，《薤露》之名始於秦漢以前是無疑的，《左傳》亦明言送喪
歌不始自田橫，然崔豹之言是否能據此予以推翻；或可賦予另一種解
釋；即把《薤露》拿來當為挽歌之用，始自田橫？

在後代擬作《薤露》的六首作品中，內容起有極端變化；如魏武
帝一首五言十六句《薤露》，以「惟漢二十二世，所任誠不良」〔註37〕
起興，描述漢帝基業蕩覆於賊臣之手，賊臣持國柄，以致宗廟燔喪，
京都西遷，而以「瞻彼洛陽郭，微子為哀傷」作結。此詩以歷史觀點
著眼，如要勉強附會本辭原意，則可說其乃為漢帝國作挽歌；否則就
題意言，近似敘述式的歷史詩，大有故宮禾黍之嘆。

曹植以《薤露》為題，也有一首五言十六句擬作，其以懷王佐之
才，卻不得鷹揚之心為此詩。言人生如寄，思乘時立德建業，服膺孔

〔註34〕見嚴一萍、《叢書集成三編》之十六，《黃氏逸書考》第十六函，《法
　　　　訓》，頁1～2。
〔註35〕龔慕蘭，《樂府詩選註》，頁21引。廣文，民國50年元月初版。
〔註36〕見《增補六臣註文選》，卷第四十五，頁836。
〔註37〕關於惟漢「二十二世」，參見郭茂倩之注釋，《樂府詩集》頁397。

氏詩書以明王道，冀思不朽。然以翰墨爲勳績之理想，是緣於不得建功而託之之故。因而此詩可謂曹植個人自抒失意與懷抱之作。

另外晉張駿的《薤露》，五言二十句，描述兩葉晉室皇道不明，主暗臣亂，牝雞司晨；以致權綱失紀，胡馬南侵，導出內禍外亂的戰事，因而使「義士扼素婉，感慨懷憤盈」。此詩與曹操之寫作方式極爲相似，同爲晉室禍亂作描寫，末以「誓心蕩眾狄，積誠徹昊靈」之義慨，提出平亂決心。從張駿與曹操兩首以古樂府爲題，描述時事的《薤露》看來，曹操是此風開創者，而張駿無疑受其影響。

再者，曹植據曹操「惟漢二十二世」擬作一首五言二十句《惟漢行》。以「太極定二儀，清濁始以形」起句，描寫爲人明主的道理，復以唐虞禹湯作典範而明君道。此外，晉傅玄也寫有一首五言二十六句《惟漢行》，但內容敍述鴻門會，項莊舞劍志在沛公的一段史實，及亞父、張良、樊將軍之間情事，亦可算爲敍述史事之詩。

綜觀《薤露》在後代擬作，有三首同標題的《薤露》，及二首《惟漢行》；除曹植兩首作品，一述臣道及立身理想；另一述君道外，餘三首則述史實，五首擬作與本辭在內容上沒有關涉，而以樂府題詠時事，可能受曹操影響所致。另外在形式上，五首擬作皆爲五言詩。

▲《蒿里》（《樂府詩集》第二十七卷，相和歌辭二）
　　蒿里誰家地，聚斂魂魄無賢愚。鬼伯一何相催促，人命不得少踟躕。
此詩爲喪歌，言人死魂魄歸於蒿里，師古曰：
　　死人之里謂之蒿里，或呼爲下里者也，字則爲蓬蒿之蒿。或者見泰山神靈之府，高里山又在其旁，即誤以高里爲蒿里。〔註38〕
然黃節《箋》云：
　　案《玉篇》：「薧里，黃泉也，死人里也。」……《內則》注：「薧，乾也。」蓋死則槁乾矣。以蓬蒿字爲蒿里，乃流

────────────

〔註38〕黃節《漢魏樂府風箋》引，頁5。

俗所誤耳。〔註39〕

以是而知蒿里訛傳成為菁里，且高里山附會亦曰菁里山。此詩即言人死不分賢愚，皆聚集死人里，在冥伯催促下，死辰一到即赴黃泉，不得稍拖延。詩中流露生死有命之悲淒，可謂哀惋慘刻。

《蒿里》在後代擬作中，有三首同標題作品，如魏武帝曹操一首五言十六句，以「關東有義士，興兵討群凶」起興，言袁紹初意在王室，起兵欲討董卓，然軍合不齊，始與孫堅等相爭，致使戰禍傷慘，漢末大亂。「鎧甲生蟣蝨，萬姓以死亡。白骨露於野，千里無雞鳴」數語，道盡天下蒼生於戰火中之慘悴，如方植之所言：

　　此用樂府題敘漢末時事，所以然者，以所詠喪亡之哀，足
　　當挽歌也。《薤露》哀君，《蒿里》哀臣，亦有次第。〔註40〕

其次宋鮑照一首五言十六句《蒿里》，以其一貫自傷怨艾，懷抱難伸的鬱悶，表明「同盡無貴賤，殊願有窮伸」，下則敘日暮途窮，天道與何人，而以「齎我長恨意，歸為狐兔塵」作結，大有自悼其抱恨而終之感。

再有唐僧貫休一首《蒿里》，描述蒿里墳上風雲騰集，狐蟻掇拾，白楊蕭蕭，荒草淒淒之景，而末以牧童時見枯骨，益現野墳孤煙蕭索之感。

《蒿里》被李延年分為送士大夫與庶人之喪歌，使挽柩者歌之，故謂之挽歌。在《蒿里》後代擬作中，有十四首《挽歌》。《晉書》《禮志》有云：

　　漢魏故事：大喪及大臣之喪，執綍者輓歌新禮，以為輓歌
　　出於漢武帝，役人之勞歌聲哀切，遂以為送終之禮。〔註41〕

又晉干寶《搜神記》言及：

　　挽歌者，喪家之樂；執綍者，相和之聲也。〔註42〕

〔註39〕見其書，頁5。
〔註40〕見黃節《箋》引，頁78。
〔註41〕見《晉書斠注》一，卷二十，志第十，禮中，頁0454。新文豐出版。
〔註42〕見《搜神記》卷十六，頁189。洪氏出版社，民國71年元月初版。

由而知挽歌是送終時之喪歌;《風俗通》亦曰:

> 京師殯婚嘉會,皆作魁櫑,酒酣之後,續以挽歌。魁櫑,
> 喪家之樂。挽歌,執紼相偶和之者。〔註43〕

可知《薤露》、《蒿里》二挽歌,至東漢除作爲喪歌外,又兼用之飲宴婚嫁,如《後漢書‧周舉傳》有載:

> 商大會賓客,……商與親暱酣飲極歡,及酒闌倡罷,繼以
> 《薤露》之歌,座中聞者皆爲掩涕。〔註44〕

在後代擬作《挽歌》者,始於魏繆襲「生時遊國都,死沒棄中野。朝發高堂上,暮宿黃泉下」,其詩以達觀心態闡明生死分際,而有人生自古誰無死之襟抱。

其次晉陸機有三首《挽歌》,皆爲五言詩。分別爲第一首三十四句,描述送終行列及泣子的悲歌,末以「含言言哽咽,揮涕涕流離」作結。第二首二十四句,託已死之人的口吻道出「昔居四民宅,今託萬鬼鄰。昔爲七尺軀,今成灰與塵」,全詩慘戚而有歸不得塵世之感。第三首十四句,亦寫送終行列;玄駟哀鳴廻遲,悲風蕭颯的野外,「振策指靈丘,駕言從此逝」;全詩於字裡行間,流露悲穆氣氛。

再有晉陶潛三首《挽歌》,亦爲五言詩。第一首十八句,以「荒草何茫茫,白楊亦蕭蕭」起興,接寫於嚴霜九月中,被送出遠郊的心情,大抵以自挽心態爲此篇。末言「死去何所道,託體同山阿」,表現出對死的一種曠達襟懷。第二首十四句,說明有生必有死,「昨暮同爲人,今旦在鬼錄」,見嬌兒良友撫我哭,然其已無覺於得失是非,因爲「千秋萬歲後,誰知榮與辱」,只恨在世飲酒不盡興罷了。故其第三首「在昔無酒飲,今但湛空觴」,亦寫歸入黃泉之狀,而此詩再強調其嗜酒至死不忘之狀。基本上,陶潛與陸機各三首擬作,有極類似手法,均託於陰界之人,來觀照陽界形貌,藉此表達一己對死生之看法,也含有某種程度的自挽意念。

〔註43〕引自蕭滌非,《漢魏六朝樂府文學史》,頁58。
〔註44〕見《後漢書集解》下,列傳第五十一,頁721。宋范曄著。

　　接著宋鮑照一首十六句《挽歌》，不純爲五言，描述的亦爲死生
今昔對照；以「獨處重冥下，憶昔登高臺」起興，而末有「壯士皆死
盡，餘人安在哉」之傷逝。

　　另北齊祖孝徵一首《挽歌》「昔日驅馴馬，謁帝長楊宮」，闡述的
亦是是非成敗轉頭空的死生之感；而唐趙微明《挽歌》點明人生痛傷
別，然叢邊新墓正是長別處，至於末句「曠野何蕭條，青松白楊樹」，
於淒寒視覺意象中，無限哀情則蘊含其中。

　　其次唐于鵠的兩首《挽歌》，第一首：

　　　陰風吹黃蒿，挽歌渡秋水。車馬却歸城，孤墳月明裡。

簡單數言，含有極豐富的視、聽及觸覺意象，而送終景況及明月照孤
墳的清冷感覺，由中而知。第二首五言十二句，有人生在世不得意，
盡是憂擾哀傷，幾人得終老之感嘆；因而有「不如歸山好」、「時盡從
物化」的消極的希冀。

　　再者，唐孟雲卿《挽歌》，五言十六句，亦述送終之情。所謂「北
邙路非遠，此別終天地」，臨穴撫棺，至哀無淚；此述送子之哀，白
髮送黑髮，哀之特甚。末則抒發「薤露歌若斯，人生盡如寄」的浮生
飄萍之感。

　　最後唐白居易一首《挽歌》，十六句。起句以丹旐飛揚、素驂悲
鳴，於蕭條九月，輀車哀挽出重城的送終行列起始；詩以自挽觀點出
之，末則「舊壠轉蕪絕，新墳日羅列。春風草綠北邙山，此地年年生
死別」，而大有自古誰無死之感；於含酸慟哭哀聲中，隱含達觀的理
性。

　　綜觀《蒿里》在後代擬作中，三首《蒿里》各有所託，或哀國或
自悼或描繪死人之里；十四首《挽歌》則呈現較近似格調，表達人生
大幻，方生方死，只是一夢南柯；繁華事散，皆付笑談，渺冥黃泉，
難期相逢。因而喪歌中流露此種浮生若夢的無常感，用以安慰亡靈，
或用以自挽。就內容言，《蒿里》這十七首擬作，與本辭題旨不相違
背；而在形式句法言，有十四首純五言詩。

八、《有所思》（《樂府詩集》第十六卷，鼓吹曲辭一）

> 有所思，乃在大海南。何用問遺君？雙珠瑇瑁簪，用玉紹
> 繚之。聞君有他心，拉雜摧燒之。摧燒之，當風揚其灰。
> 從今以往，勿復相思。相思與君絕！雞鳴狗吠，兄嫂當知
> 之。（妃呼豨）秋風蕭蕭晨風颸，東方須臾高知之。

此詩乃漢鼓吹鐃歌十八曲之十二，王先謙《漢鐃歌釋文箋正》有云：

> 武帝遣兵擊南粵，其城垂破，軍士將振旅凱旋而作歌。〔註45〕

然此說有牽強附會之嫌；觀此詩應似男女言情之作，一熱情剛烈女
子，於聞君有二心時，愛恨交織，怨而誓不與相思，又憶其定情始相
知之境。雖陳沆《詩比興箋》曰：

> 此疑藩國之臣，不遇而去，自攄憂憤之詞也。〔註46〕

然將此詩牽涉於人臣思君，恐有穿鑿附會之病；大抵此首出於民間，
表達失戀決絕之意，應屬可信。

在後代《有所思》擬作二十六首中，呈現描述相思的一致性，除
唐孟郊一首「桔橰烽火晝不滅，客路迢迢信難越」，描述西征戰士之
心情，復述戰火連綿之狀；其餘二十五首概述別離思君，道阻且長，
相會難期，因而惆悵淚下；或良人久征戍，引發佳人思憶之情；類此
主題，以女性角度為主觀刻劃者甚多。亦有以男性思憶美人為描寫對
象，但數量較少。此外唐李白一首「我思仙人，乃在碧海之東隅」，
則述求仙思想，雖亦有所思，但所思者異於前述之男女相思。

綜觀《有所思》於後代二十六首擬作中，除孟郊、李白異於本辭
原意外，餘皆不出相思別離之情及撫今追昔之感，因此不詳述。至於
形式，則有兩首雜言，兩首七言，餘皆為五言。

九、《陌上桑》（《樂府詩集》第二十八卷，相和歌辭三）

> 日出東南隅，照我秦氏樓。秦氏有好女，自名為羅敷。羅敷
> 憙蠶桑，採桑城南隅。青絲為籠係，桂枝為籠鈎。頭上倭墮

〔註45〕見其書，頁53。
〔註46〕見其書，頁15。

髻，耳中明月珠。緗綺為下裙，紫綺為上襦。行者見羅敷，下擔（將）〔捋〕髭鬚；少年見羅敷，脫帽著帩頭。耕者忘其犁，鋤者忘其鋤。來歸相怨怒，但坐觀羅敷。一解使君從南來，五馬立踟躕。使君遣吏往，問是誰家姝？秦氏有好女，自名為羅敷。羅敷年幾何？二十尚不足，十五頗有餘。使君謝羅敷：「寧可共載不？」羅敷前置辭：「使君一何愚！使君自有婦，羅敷自有夫。」二解東方千餘騎，夫婿居上頭。何用識夫婿，白馬從驪駒。青絲繫馬尾，黃金絡馬頭。腰中鹿盧劍，可直千萬餘。十五府小史，二十朝大夫。三十侍中郎，四十專城居。為人潔白皙，鬑鬑頗有鬚。盈盈公府步，冉冉府中趨。坐中數千人，皆言夫婿殊。三解。前有豔歌曲，後有趨。

此詩《樂府古題要解》有云：

其歌詞稱羅敷採桑陌上，為使君所邀，羅敷盛誇其夫為侍中郎以拒之。〔註47〕

詩為敘事性質，首言羅敷貌美，令人神往；次言使君遣吏挑之，遭其回絕；末則羅敷自敘其夫風采。《陌上桑》雖不免有後世或文人整飾之痕，但基本上仍出自民間傳說。

後代擬作此詩的數量極多，有同標題作品八首〔註48〕，其中除魏武帝一首「駕虹霓，乘赤雲，登彼九疑歷玉門」描述學仙經歷，及魏文帝「棄故鄉，離室宅，遠從軍旅萬里客」一首，述遠役旅途及自傷心態，無涉於《陌上桑》本辭外，其餘六首概從「陌上桑」之標題引申而來。如描繪陌上桑景致，美人素手提筐採蠶葉的情狀。然梁吳均加上採桑女思念故人的離恨；唐李白敘堅貞、心有所屬的美人，於採桑時，「不知誰家子，調笑來相謔」而表露其立場，均就《陌上桑》引發者。

季春時節，女事蠶桑，於是便有以《採桑》為擬作標題的作品十四首。有敘述採桑情趣，如宋鮑照「採桑淇澳間，還戲上宮閣」，述

〔註47〕見其書，頁7802。
〔註48〕《樂府詩集》收錄有九首《陌上桑》擬作，但其中之一題為亡名氏，故不納入文士擬作中。

梅落時節，季春風光；及梁簡文帝「枝高攀不及，葉細籠難滿」；梁沈君攸「南陌落光移，蠶妾畏桑萎」，皆述工作情狀。然於採桑農事進行中，詩人往往加入桑女的情感生活，而這部分比例極高，如述相思的有梁吳均「無由報君信，流涕向春蠶」，梁姚翻「桑間視欲暮，閨裡遽飢蠶。相思君助取，相望妾那堪」，及唐郎大家宋氏一首：

> 春來南雁歸，日去西蠶遠。妾思紛何極，客遊殊未返。

除思婦採桑外，又有藉此題材表達少女情懷，如陳後主一首述南陌景致，「採繁鉤手弱，微汗雜妝垂。不應歸獨早，堪爲使君知」的惆悵，及唐劉希夷述秦家採桑女踏青、戀春色，而有「薄暮思悠悠，使君南陌頭。相逢不相識，歸去夢青樓」之淡淡情思。再有唐李彥遠「攀條有餘愁，那憐貌如玉」之愁情。另梁劉邈一首述倡妾下青樓，攜伴上陌頭，卻有「蠶飢日欲暮，誰爲使君留」之心態。以上言女子思慕之情；底下唐王建一首白馬少年遊於桑間，而有「所念豈回顧，良人在高樓」的無奈。

除了言男女於桑間事蠶時，遇有情感滋生外，在十四首《採桑》中，有三首引用《陌上桑》本辭故事，如陳張正見寫蠶妾採桑「恐疑夫婿遠，聊復答專城」，賀徹「自憐公府步，誰與少年同」，至於傅縡的《採桑》則直寫羅敷故事。

其次，《陌上桑》一名《豔歌羅敷行》，因此有兩首題爲《豔歌行》，如晉傅玄則純粹模仿本辭鋪陳羅敷故事，於句末加上「天地正厥位，願君改其圖」之祝頌語。在陳張正見《豔歌行》中，述及「二八秦樓婦，三十侍中郎」之風采，末則以「不學幽閨妾，生離怨採桑」作結。另有三首《羅敷行》，不是歌詠羅敷故事，便是述蠶妾之形影姿態、記掛「畏蠶飢」的工作態度。

此外，從晉陸機以下，有十首題名爲《日出東南隅行》的擬作〔註49〕，而《樂府古題要解》有云：

〔註49〕《玉臺新詠》卷三作《豔歌行》。《文選》卷二八注：「或曰《羅敷豔歌》」，今從郭茂倩題爲《日出東南隅行》。

若晉陸士衡「扶桑升朝暉」等，但歌佳人好會，與古調始
同而末異。〔註50〕

且終以「冶容不足詠，春遊良可歡」作結。由此影響底下九首《日出
東南隅行》，不是描述美女容顏粉妝姿態，便述桑郊春景，其中偶雜
秦樓女子與夫婿等本辭裡的意象背景；或如梁蕭子顯模仿本辭，脫胎
換骨成另一首美女豔歌。

　　最後還有三首《日出行》，除北周蕭撝仍述「正值秦樓女，含嬌
酬使君」不出本辭主題外，唐李白、李賀皆自出機杼，如太白以「日
出東南隅」引述太陽終古不息運轉，人卻不能與之久徘徊，而其末則
慷慨道出「吾將囊括大塊，浩然與溟涬同科」。李賀則敘「白日下崑
崙」，言日出日入天道循環，「詎教晨光夕昏」？

　　綜上四十首《陌上桑》擬作，照標題年代先後次序，先有《豔歌
行》，繼之《日出東南隅行》，復而《採桑》、《羅敷行》，末則《日出
行》。在內容題旨方面，除魏武帝、文帝兩首《陌上桑》，及唐李白、李賀兩
首《日出行》外，其餘皆由《陌上桑》本辭承襲模擬，或局部特寫而來；
因此充滿季春風光，採桑豔事，美人姿貌，使君專誠等意象；另《採桑》
十四首中，也加入一般在工作歌裡，慣常出現的男女情思。至於在形式
句法上，與本辭同樣為五言者有三十三首，七言詩兩首，雜體五首。

十、《相逢行》（《樂府詩集》第三十四卷，相和歌辭九）

相逢狹路間，道隘不容車。不知何年少，夾轂問君家。君
家誠易知，易知復難忘。黃金為君門，白玉為君堂。堂上
置樽酒，作使邯鄲倡。中庭生桂樹，華燈何煌煌。兄弟兩
三人，中子為侍郎。五日一來歸，道上自生光。黃金絡馬
頭，觀者盈道傍。入門時左顧，但見雙鴛鴦。鴛鴦七十二，
羅列自成行。音聲何噰噰，鶴鳴東西廂。大婦織綺羅，中
婦織流黃。小婦無所為，挾瑟上高堂。丈人且安坐，調絲
方未央一作調絲未遽央。

〔註50〕見其書，頁7802。

此詩郭茂倩注云：

> 一曰《相逢狹路間行》，亦曰《長安有狹斜行》。《樂府解題》
> 曰：古詞文意與《雞鳴》曲同。（頁508）

此詩與《雞鳴》無論在內容、字句上有很多雷同之處，旨在描述富貴顯赫人家奢侈富麗場面，只是詩末又加添三婦奉侍舅姑情狀，而以「相逢狹路間」起興。朱止谿謂：

> 《相逢行》歌相逢狹路間，刺俗也。俗化流失，王政衰焉。
> 曲中游俠相過，侈富踰制，有五噫歌「遼遼未央」意，雅
> 斯變矣。〔註51〕

於焉可知，《相逢行》本辭旨在刺諷貴族的侈豪，然在其十二首擬作中，內容又有分歧；如宋謝惠連一首以「行行即遠道，道長息班草。邂逅賞心人，與我傾懷抱」起句，雜言三十五句《相逢行》，全詩描述與知心人邂逅互吐衷情，而用五句「憂來傷人」貫串全篇，且於字裡行間顯現一種對人生無奈與悲觀之情。再者，梁張率一首五言三十二句《相逢行》，以「相逢夕陰街」起興，述及訪問貴公子，並及其高門府第、兄弟兩三人、大中小三婦的描寫，與《相逢行》本辭如出一轍，為名符其實之擬作。

接著唐崔顥《相逢行》「妾年初二八，家住洛橋頭」，全詩描述一位朱門貴婦幸福安逸生活，以一種滿足而愉悅的口吻道出；題為《相逢行》，不知是否襲自本辭的描寫貴族生活而來。其次，唐李白擬作的《相逢行》兩首，其一乃五言三十四句長詩，描寫途遇秀色佳人，與之銜林同歡，然後「願因三青鳥，更報長相思」，只因尋歡當及時，否則「須臾髮成絲」，老去失行樂，便只能徒傷悲，因而「持此道密意，無令曠佳期」。基本上，此詩使用的意象，有涉及男女私情之嫌，色調綺麗，是李白擬作中較特別的一首；另外一首五言四句《相逢行》：

> 相逢紅塵內，高揖黃金鞭。萬戶垂楊裡，君家阿那邊。

此首乃女子邂逅郎君之詩。

〔註51〕黃節《箋》引，頁21。

　　再有唐韋應物一首《相逢行》，描述英姿煥發的青年才俊，走馬謁主，志得洋洋的樣子。途中遇到再度相逢的人，其間間隔一個寒暑，即一年之久。然據《韋江州集》卷九作「別來問寒暑」，則另解為再度相逢時，問問別來可好──在這一年之內，語意稍有不同。

　　在《相逢行》擬作中，另有一組標題改為《相逢狹路間》的作品；如宋孔欣有一首，內容敘述相逢狹路間，「輟步相與言，君行欲焉知？」，結果以為世風不復淳樸，競逐名利，人情凋敝，有而「未若及初九，攜手歸田廬。躬耕東山畔，樂道詠玄書。狹路安足遊，方外可寄娛。」因之這首五言二十二句《相逢狹路間》，便寄寓歸隱及不慕榮利的恬淡思想於其中。

　　至於梁昭明太子的《相逢狹路間》，乃於京華曲巷中，道逢一俠客「緣路問君居」，然後便敘述在城北的君居家朱門內的陳設，三個孩子華麗外表及得宜容止，且敘及三婦和丈人。此詩與《相逢行》類似，旨在鋪陳富貴人家居舍及生活。再者，梁沈約的《相逢狹路間》，亦秉此風格而模擬昭明太子的從「三子俱入門，赫奕多羽翼」，及三婦方面去描寫，只是改為相逢「洛陽道」，路逢「輕薄子」。昭明太子以五言三十六句鋪陳此一主題，而沈約這首擬作的再擬作，則是五言二十二句。

　　此外，梁劉孺的《相逢狹路間》，述及送君在狹路間的場景及情懷。並及梁劉遵《相逢狹路間》，則敘一女子駕香車，與一少年相逢情形。大抵劉孺與劉遵的擬作已背離本辭主旨，另以一種較精簡的句法，表達女子深摯及嬌羞的情感。

　　最後，隋李德林有一首五言三十句《相逢狹路間》，亦述三兄弟及三婦詩，但比較沒有濃厚的貴族氣。

　　附帶說明，郭茂倩在《相逢行》解題下，說明「唐李賀有《難忘曲》，亦出於此」，觀其「夾道開洞門，弱楊低畫戟」、五言八句「難忘曲」，詩無明顯題旨，似述沈靜閨閣中，美人曉粧之景，藉「蜂語繞粧鏡，畫娥學春碧」形容。至於為何《難忘曲》出於此，清王琦注

《李長吉歌詩彙解》卷三於《難忘曲》下題解有言：

> 蓋《相逢行》古題云，君家誠易知，易知復難忘，長吉本
> 此辭而命名也。〔註52〕

然觀其詩，似與《相逢行》旨意有間矣。

綜觀《相逢行》在後代擬作中，有六首《相逢行》；就內容言，只有張率一首承本辭加以仿作；其他五首，或述女子情感，或與知音、故舊、佳人相逢，而另創新意。至於另一組標題更爲《相逢狹路間》的擬作，共有六首；其中昭明太子及沈約之作，極近神似，而兩者及李德林一首，則很明顯襲自本辭。另外三首，或敘隱退思想，或述女子情感，則又別出新裁。至於李賀《難忘曲》雖命意襲《相逢行》而來，然卻述及女子情態，至於形式句法，本辭與十三首擬作，一律採用五言，只是長短不一。

▲ **《長安有狹斜行》**（《樂府詩集》第三十五卷，相和歌辭十）

> 長安有狹斜，狹斜不容車。適逢兩少年，挾轂問君家。君
> 家新市傍，易知復難忘。大子二千石，中子孝廉郎。小子
> 無官職，衣冠仕洛陽。三子俱入室，室中自生光。大婦織
> 綺紵一作羅，中婦織流黃。小婦無所爲，挾琴上高堂。丈夫
> 且徐徐，調絃詎未央。

此詩與晉樂所奏的《相逢行》，幾乎同義複詞；不過此曲較簡樸，而《相逢行》已有鋪陳華麗字句之現象，且內容也較繁複，因此《長安狹斜行》應早於《相逢行》，如朱止谿所言：

> 《長安有狹斜》，刺時也。世路多歧，夫誰適從焉。古采詩
> 入樂府，此疑爲《相逢行》古辭。〔註53〕

大抵由一個主題，經由不同人修改，或流傳之間有所增飾，才造成這種重出的結果。再者，《相逢行》疑恐與《長安狹斜行》及《雞鳴曲》有淵源關係，而成二合爲一的作品。

〔註52〕見其書，頁108。世界，民國53年2月初版。收於楊家駱主編，《中國學術名著》第六輯，《李賀詩注》中。

〔註53〕黃節《箋》引，頁23。

　　《長安有狹斜行》，以「適逢兩少年，夾轂問君家」起興，後便敘君家貴胄子弟三子及三婦，基本上是一首敘述貴門家的詩。在後代擬作，標題題為《長安有狹斜行》的，一共有十一首，且其中宋荀昶、梁武帝、簡文帝、庾肩吾、王冏、徐防等六首，都是道地的擬作；從邂逅狹路間問及君家，到敘及三子、三婦、丈人，可說如出一轍。其次晉陸機的《相逢狹路間》，據《樂府解題》曰：

　　　　晉陸機《長安狹斜行》云：「伊洛有歧路，歧路交朱輪。」
　　　　則言世路險狹邪僻，正直之士無所措手足矣。（《樂府詩集》，
　　　　頁508引）

以是而知陸機借狹路隱譬世路多歧，借題抒發一己懷抱。再有宋謝惠連一首《相逢狹路間》，「紀郢有通逵，通逵並軒車」，寫王公大臣坐於華車，威風權貴的光景。另如陳張正見《相逢狹路間》「少年重遊俠，長安有狹斜」，則但擬本辭前一小部分，而末加以變化，獨立成篇。最後北周王褒的擬作，描述王孫公子交遊情形，有所謂「路邪勞夾轂，塗艱倦折轅」云云。

　　在《長安有狹斜行》中，另有演變成三婦豔詩的一組擬作，共計二十一首，其中陳後主便獨擬了十一首。不過在這麼多作品裡，內容句式幾乎同出一模；先寫大婦、次序中婦、後為小婦乃及丈人之行止；句法一律五言六句，可說是一組最公式化的擬作。只是在第五、第六句稍有變化，或變化主詞，計有丈人、良人、佳人、丈夫、季子、上客等使用了十二首；其餘九首，或抒情或寫景，如陳後主一首：

　　　　大婦正當壚，中婦裁羅襦。小婦獨無事，淇上待吳姝。鳥
　　　　歸花復落，欲去卻踟躕。

此乃陳後主十一首唯一不含閨中豔情之作；而在全部《三婦豔詩》裡，或多或少涉及了閨情豔體，尤以梁、陳二代最明顯。

　　再者，有以《中婦織流黃》為標題而擬作者，如梁簡文帝一首：

　　　　翻花滿階砌，愁人獨上機。浮雲西北起，孔雀東南飛。調
　　　　絲時繞腕，易鑷乍牽衣。鳴梭逐動釧，紅妝映落暉。

此詩就題發揮，敘述愁婦上織機，調絲織布的情形，其中隱含幽怨；
而陳徐陵的《中婦織流黃》，似寫夫婿離家的少婦，由蜘蛛伴夜織的
心情。如同盧詢的擬作，亦寫「別人心已怨」的怨女在織流黃時，想
起自己「似天河上景，春時織女家」的離別情緒。唐虞世南則以《中
婦織流黃》為題，寫了一首寒閨怨女織素錦，卻有「還恐裁縫罷，無
信達交河」的無奈。

　　綜而言之，《長安有狹斜行》在後代擬作中，同標題的有十一首，
除了與本辭極為近似的六首外，其他五首均以「狹斜行」意象起興，
或別有所寄託。至於另一組《三婦豔詩》作品二十一首，則不管在詩
旨、內容或形式句法方面，均呈現統一格調，可算在意識形態上相當
整齊的一組擬作。其次再分衍下來的標題，是以《中婦織流黃》為主
的四首作品，在表達精神內涵與敘述織錦動作上，這四首也呈現頗為
一致的風貌。至於形式句法，本辭與三組擬作三十六首作品，一律都
用五言。

第三章　擬作內容異於本辭者

第一節　擬作由本辭標題連想而來

一、《悲歌行》（《樂府詩集》第六十二卷，雜曲歌辭二）

> 悲歌可以當泣，遠望可以當歸。思念故鄉，鬱鬱纍纍。欲歸家無人，欲渡河無船，心思不能言，腸中車輪轉。

《宋書‧樂志》曰：

> 雜曲者，歷代有之，或心志之所存，或情思之所感，或宴游歡樂之所發，或憂愁憤怨之所興，或敘離別悲傷之懷，或言征戰行役之苦，或緣於佛老，或出自夷虜。兼收備載，故總謂之雜曲。〔註1〕

此首《悲歌行》，敘及的便是想念故鄉所引起的離別悲傷情緒。人至傷心處，無法用哭泣表達內心哀痛，思以歌聲宣洩；正如歸不得故鄉，而以遠望來替代一樣。思念故鄉，但見那蒼鬱的林木連綿不絕，如在眼前，而遊子流寓他鄉，竄身絕域，欲歸不得的淒楚，有苦難言的隱痛，直有如車輪在腸中轉動一樣。詩以極白話口吻道出一種遠遊者鄉思的客情。

〔註1〕郭茂倩《樂府詩集》，頁884引。

黃節《漢魏樂府風箋》，引朱止谿之言曰：

> 悲歌，不得志於時之所作也。聲若可傳，雖痛不悲；此無聲之哀也。〔註2〕

另龔慕蘭《樂府詩選註》，引沈德潛之言：

> 起是矯健，李太白或有之。〔註3〕

而在後代擬作中，只有唐李白仿作一首《悲歌行》；觀其詩，迨為不得志於時所作者。詩以「悲來乎，悲來乎，主人有酒且莫斟，聽我一曲悲來吟」起興，而李白以其天縱英才，寫出一個自以為天下無人知其心的儒生心情，看盡生死富貴，並藉歷史事件比喻自己的失意落寞，不為世用。詩中以八句「悲來乎」貫串全詩；才子落拓不遇，借酒為朋的悲嘆，亦因之溢於言表。

《悲歌行》在後世，唯李白仿作一首。就內容言，由本辭遊子思歸之悲嘆，到才子不遇的嗟傷；雖所哀之緣由不同，然悲嘆之情卻一致，同為胸中悲鬱而放聲高歌。就形式句法言，則由五言體而雜言體，標題則不變。

二、《雞鳴》（《樂府詩集》第二十八卷，相和歌辭三）

> 雞鳴高樹巔，狗吠深宮中。蕩子何所之，天下方太平。刑法非有貸，柔協正亂名。黃金為君門，璧一作碧玉為軒堂。上有雙樽酒，作使邯鄲倡。劉王碧青覽，後出郭門王。舍後有方池，池中雙鴛鴦。鴛鴦七十二，羅列自成行。鳴聲何啾啾，聞我殿東廂。兄弟四五人，皆為侍中郎。五日一時來，觀者滿路傍。黃金絡馬頭，頲頲何煌煌。桃生露井上，李樹生桃傍。蟲來齧桃根，李樹代桃殭。樹木身相代，兄弟還相忘。

吳兢《樂府古題要解》云：

> 右古詞「雞鳴高樹巔，狗吠深宮中」。初言天下方太平，蕩子何所之。次言黃金為門，白玉為堂，置酒作倡樂為樂。

〔註2〕見其書，頁168。
〔註3〕見其書，頁60。廣文書局，民國50年元月初版。

兄弟三人近侍，榮耀道路，其文與《相逢狹路間行》同。

終言桃傷而李仆，諭兄弟當相爲表裏。〔註4〕

《雞鳴》此詩，首言漢方太平，法治天下，因此雞鳴狗吠之聲相聞，風俗猶厚。其後則黃金爲門，璧玉爲堂，同姓諸侯侈以前，異姓諸侯從於後，競相奢侈。郭門外之王即異姓諸侯也，其舍後有方池、鴛鴦成群聲啾啾。繼之言兄弟四五人皆爲侍中，權傾一時，何等顯赫；然李代桃殭，樹木猶如此，兄弟怎能相忘。

基本上此詩描述的乃顯貴世族奢侈威武的狀況，但在華麗文字中，卻隱含警刺意，諷兄弟不能相保，如黃節《箋》引李子德曰：

> 此詩必有所刺。首云蕩子何之，繼之柔協亂名；中則追敘其盛時，既謂兄弟四五人皆爲侍中，何等赫矣；而末乃借桃李以傷之。蓋有權貴罹禍，其兄弟莫相爲理，惟僥倖得脫；刺之云云。首尾乃正意，中故作詰曲，所謂「定哀多微辭」耳。〔註5〕

《雞鳴》蓋爲刺時之作，但所刺爲誰，則無緣得知，雖有臆測，但不必強加追究。詩分三段，首言太平盛世，中敘家世繁華之狀，末從「桃生」以下，則誡兄弟相尤，可謂曲折入情，而比興之意盡在其中。

然就民間歌謠看來，此詩文字稍嫌華麗，且詩中字句酷似《相逢狹路間》，可能非本辭原貌，梁啓超《中國之美文及其歷史》中有言：

> 右歌舊不分解，今分作五解，每解六句，各解似皆獨立，文義不相連屬，又間有全句和別的歌大同小異者，殆當時樂人喜唱之語，故不嫌犯複，漢魏六朝樂詩府多如此。〔註6〕

因此，《雞鳴》一詩可能有經樂工、文人增飾的可能。

在後代擬作中，《雞鳴》有三首作品出於此；一爲梁劉孝威《雞鳴篇》，歌詠雞的情態，近似詠物詩。其二梁簡文帝《雞鳴高樹巓》，似以女子口吻，於夜寐聞雞鳴而慵懶未起，頗類深閨之情詩。其三則

〔註4〕見其書，頁7801。
〔註5〕見其書，頁70。
〔註6〕見其書，頁55。

陳張正見《晨雞高樹鳴》，以「晨雞振翮鳴，出迥擅奇聲」起句，然全詩文意晦澀不明，言及戰事，卻不知爲何而作。

大抵《雞鳴》三首擬作，與本辭意旨不相涉，但由雞起興的想像連結，則可以肯定。且梁劉孝威、陳張正見的詩意晦澀，在四百多首擬作中較特別；另於形式句法言，除張正見擬爲雜體外，餘爲五言。

三、《烏生》　（《樂府詩集》第二十八卷，相和歌辭三）

> 烏生八九子，端坐秦氏桂樹間。唶！我秦氏家有遊遨蕩子，工用睢陽強，蘇合彈，左手持強彈，兩丸出入烏東西。唶！我一丸即發中烏身，烏死魂魄飛揚上天。阿母生烏子時，乃在南山巖石間。唶！我人民安知烏子處，蹊徑窈窕安從通？白鹿乃在上林西苑中，射工尚復得白鹿脯。唶！我黃鵠摩天極高飛，後宮尚復得烹煮之；鯉魚乃在洛水深淵中，釣鉤尚得鯉魚口。唶！我人民生。各各有壽命，死生何須復道前後。

吳兢《樂府古題要解》有云：

> 右古詞烏生八九子，端坐秦氏桂樹間。言烏母生子，本在南山岩石間，而來爲秦氏彈丸所殺。白鹿在苑中，人得以脯，黃鵠摩天，鯉魚在深困，人可得而烹煮之，則壽命各有定分，死生何嘆前後也。〔註7〕

此詩借彈烏、射鹿、煮鵠、釣鯉比喻人生無常，禍福無形；借動物以寓言人自以爲無禍，各得其所，不意禍出於造次之間，而無可逃避。或有暗寓某些定命觀，及受宰制而無可違抗之無奈。

後代擬作本題，共有三首；梁劉孝威一首《烏生八九子》三、五、七言雜體二十六句，以「城上烏，一年生九雛」起句，全詩但詠烏而已，且文句晦澀。另有梁吳均一首五言八句《城上烏》，亦但詠烏而已，且末以「陛下三萬歲，臣至執金吾」作結，帶有歌功頌德性質。再如梁朱超一首《城上烏》五言四句，也以烏爲主體描述。大抵這三首擬作都類似詠物詩，以「城上烏」爲主，無復有如本辭般的富有憂患意識。

〔註7〕見其書，頁7802。

四、《孤兒行》（《樂府詩集》第三十八卷，相和歌辭十三）

孤兒生，孤子遇生，命獨當苦，父母在時，乘堅車，駕駟馬。父母已去，兄嫂令我行賈。南到九江，東到齊與魯。臘月來歸，不敢自言苦。頭多蟣蝨，面目多塵土，大兄言辦飯，大嫂言視馬。上高堂，行取殿下堂，孤兒淚下如雨。使我朝行汲，暮得水來歸。手為錯，足下無菲。愴愴履霜，中多蒺藜。拔斷蒺藜，腸肉中愴欲悲。淚下渫渫，清涕纍纍。冬無複襦，夏無單衣。居生不樂，不如早去，下從地下黃泉。春氣動，草萌芽。三月蠶桑，六月收瓜。將是瓜車，來到還家。瓜車反覆，助我者少，啗瓜者多。願還我蒂，兄與嫂嚴，獨且急歸，當興校計。亂曰：里中一何譊譊，顧欲寄尺書，將與地下父母，兄嫂難與久居。

此篇描繪孤兒為兄嫂所苦，受盡折磨，忍受飢寒奔波的情節，類似敘事詩章法，詩旨正如郭茂倩《樂府詩集》所云：

> 《孤子生行》，一曰《孤兒行》。古辭言孤兒為兄嫂所苦，難與久居也。（頁567）

幼年失怙，已是人生大不幸，再逢惡薄兄嫂，於是孤兒受盡委屈飢寒辛酸後，不覺生存樂趣，由而想從隨父母，下歸黃泉。再從瓜車翻覆，世人落井下石看來，其時風氣亦甚澆薄。因此，本篇在描述孤兒淒苦，暗控兄嫂的嚴苛時，也不免提醒世人對人性再進一層深思，尤其在人心惶惶、室家不保的時代裏。

《孤兒行》以簡單敘述手法，表現時政頹敗，情義乖離，風俗澆薄的現象；又名《放歌行》，如朱桂堂《樂府正義》所言：

> 放歌者，不平之歌也。孤兒兄嫂惡薄，詩人傷之，所以為放歌也。〔註8〕

至於此詩以近似敘事的方式，娓娓道來，於寫實的文字中真情自現。梁啟超《中國之美文及其歷史》評之為：

> 這首歌可算中國頭一首寫實詩，妙處在把瑣碎情節委曲描

〔註8〕黃節《箋》引，頁40。

寫，內中行汲收瓜兩段特別細敘，深刻情緒自然活現。〔註9〕
詩之所以動人，即在其內蘊的深情；越是質樸無華，不刻意經營的文字，越能顯其真性情，而《孤兒行》及大多數漢民間樂府，都具有這方面特色。

《孤兒行》在後代有三首擬作，不過標題皆作《放歌行》，如晉傅玄之詩流露長嘯高歌的意念，言人世無常，年壽有盡，見丘冢林立而不辨新舊，復於曠野四望無人，愁子見孤豹虎鳥，各自為親，不禁心中感傷，泣下太息，而引為長歌。另有宋鮑照一首《放歌行》，據吳兢《樂府古題要解》有言：

> 鮑照「蓼蟲避葵菫」之類，言朝廷方盛，君上愛才，何為
> 臨路相將而去也。〔註10〕

此詩文字艱澀，然大抵有冠蓋滿京華，斯人獨憔悴的感傷。詩中鋪陳洛城聚集四方才子，明君將有所重用，然而或為小人所陷，因之而懷才不遇；那種默默不為人知的感傷，在「今君有何疾，臨路獨遲回」反問句中，有著隱約孤芳自賞，及落寞悲嘆的意味浮現。另唐王昌齡《放歌行》，言天子坐明堂見諸侯的情形，用清樂、慶雲形容昇平年代，可以有起而論道的精神追求；而「今者放歌行，以慰梁甫愁」，所謂「梁甫」即山名，在今山東省泰安縣南，郭茂倩《樂府詩集》引《琴操》曰：

> 曾子耕泰山之下，天雨雪凍，旬月不得歸，思其父母，作
> 《梁山歌》。（頁605）

因之，唐王昌齡之放歌，乃指為官孝子思其母而欲奉之豐羞，因而引歌以慰其孝思之義。

綜觀《孤兒行》在後代擬作，標題更為《放歌行》；就內容言，由兄嫂虐待孤子的不平之歌，變為抒發個人情感的不平之歌；或感時傷逝，或懷才不遇，或以慰孝思。寫作立場由客觀的代抒不平之心，變成主觀的縱聲高歌，因之內容各自獨立。至於形式句法，由雜言體

〔註9〕見其書，頁64。
〔註10〕見其書，頁7810。

的《孤兒行》，轉爲三首五言體的擬作。

五、《雁門太守行》（《樂府詩集》第三十九卷，相和歌辭十四）

孝和帝在時，洛陽令王君，本自益州廣漢蜀民。少行官，學
通五經論。一解　明知法令，歷世衣冠。從溫補洛陽令。治行
致賢，擁護百姓，子養萬民。二解　外行猛政，內懷慈仁。文
武備具，料民富貧。移惡子姓，篇著里端。三解　傷殺人，比
伍同罪對門，禁鋻矛八尺，捕輕薄少年，加笞決罪，詣馬市
論。四解　無妄發賦，念在理冤。敕吏正獄，不得苛煩。財用
錢三十，買繩禮竿。五解　賢哉賢哉，我縣王君。臣吏衣冠，
奉事皇帝。功曹主簿，皆得其人。六解　臨部居職，不敢行恩。
清身苦體，夙夜勞勤。治有能名，遠近所聞。七解　天年不遂，
早就奄昏。爲君作祠，安陽亭西。欲令後世，莫不稱傳。八
解

此詩吳兢《樂府古題要解》有言：

漢孝和帝時，洛陽令王君，當時廣漢郪人。王渙字稚子，
父順，安定太守。渙少好俠，尚氣力，數通輕剽少年晚改
節，博學通於法律，舉茂才，除溫令，政化大行。〔註11〕

吳兢根據《後漢書》爲解題，卻不言爲何將敘述洛陽令的行誼，題爲
《雁門太守行》。誠然樂府詩因爲樂譜之故，可能內容不盡如標題，因
而有題與旨不同的情形；亦可能本辭流佚，導致錯亂的結果。〔註12〕

後代題名爲《雁門太守行》的作品共有六首，梁簡文帝的擬作，
據《樂府詩集》引《樂府解題》曰：

若梁簡文帝『輕霜中夜下』，備言邊城征戰之思，皇甫規雁
門之問，蓋據題爲之也。（頁574）

此詩原寫邊秋寒涼，馬疲蕭瑟之氣，末二句則據題附會。簡文帝另有

〔註11〕見其書，頁7804。
〔註12〕郭茂倩引《全漢詩》注：「按其歌辭歷述渙本末，與本傳合。其題當
　　　　作《洛陽行》，其調則爲《雁門太守行》也。」再則《宋書‧樂志》
　　　　題上有《洛陽行》三字。

一首《雁門太守行》「隴暮風恒急，關寒霜自濃」，五言十四句，寫的亦是邊地秋重，追逐單于之詩。

　　至如梁褚翔《雁門太守行》「三月楊花合，四月麥秋初」，五言十六句一詩，描述戍守雁門，即將結束戍役之人，憶及邊地征戰歲月，而「寄語閨中妾，忽忽寒牀虛」之想念心情。唐李賀一首：

> 黑雲壓城城欲摧，甲光向月一作日金鱗開。角聲滿天秋色裏，塞上燕支凝夜紫。半卷紅旗臨易水，霜重鼓寒聲不起一作鼓聲寒不起。報君黃金臺上意，提攜玉龍爲君死。

此詩以較抒情的語言，鋪敍塞上秋色，並表達忠君赤忱。相反的唐張祐《雁門太守行》「城頭月沒霜如水，趒趒踏沙人似鬼」一首七言九句，則流露戍士傷感情緒，以致有「寄語年少妻莫哀……雁門山邊骨成灰」的悲壯豪情。最後，唐莊南傑以七言八句寫的一首《雁門太守行》，全篇充滿戰爭俐落的雄邁動感，然在旌旗閃閃，跨下嘶風之餘，末了卻以「九泉寂寞葬秋蟲，濕雲荒草啼秋思」的幽怨作結。

　　綜觀《雁門太守行》在後代擬作中，就內容言，由敍述表彰洛陽令王渙的政績，到描寫邊城征戰之思之間，有一段明顯距離；至於六首擬作均呈現邊秋戍役之聲，只是重點著墨、抒寫的情緒不同。其中之所以偏向戰爭邊塞詩，或恐是雁門山、雁門關給人邊地征戍的意象連想所致。再者，唐戰爭詩蔚爲一格，也有助於此意象的強化。不過，《全漢詩》所言亦甚是，即《雁門太守行》爲調，《洛陽行》爲題，則本辭與六首擬作間，實難找出類同的痕跡；再就形式句法觀之，由本辭的雜言體到五、七言齊體之間，呈現不同風格，或恐原調已亡佚，徒留標題的擬作而已。

六、《巫山高》（《樂府詩集》第十六卷，鼓吹曲辭一）

> 巫山高，高以大；淮水深，難以逝。我欲東歸，害（曷）不爲？我集無高曳，水何（曷）湯湯回回。臨水遠望，泣下霑衣。遠道之人心思歸，謂之何！

漢鐃歌十八曲之七《巫山高》，乃遊子思歸之詩。藉巫山高大、淮水

深濶，暗喻東歸之受阻隔。兩「梁」字郭茂倩以爲乃表聲字，「害不爲」意概指嗟嘆東歸之不可爲；另有他本則以爲「害梁不爲」，如張壽平解爲「自嗟其欲渡之無橋也」〔註13〕，王先謙解爲「我今何欲，但欲東歸，奈當時以閣道浮梁爲害，而不爲」。〔註14〕至於下面的「我集無高曳，水何湯湯回回」斷句亦有出入；如照郭茂倩句讀，則可解釋爲我欲歸去，但苦無牽引之物，水勢爲何要如此蕩蕩旋流？另有他本則斷爲「我集無高，曳水何梁，湯湯回回」，張壽平之說解爲「我之往就，幸無高山險阻，然亦必須曳衣涉水，何有橋梁？」〔註15〕，王先謙則解爲「我雖欲集高山，而無高可集，既不能登山而歸，且關中諸水，阻我歸路。昔有梁可渡，今何從得曳水之梁，而水流則湯湯，水大則回回」。〔註16〕既不得歸鄉，故臨水遠眺，不禁興起去國懷鄉之感，淚下濕衣；遠道遊子思歸，可是卻不知何以言之。

　　基本上，《巫山高》表現一種思歸心情，不論句讀採用何種形式；然而其寫作背景卻眾說紛紜，附會於不同歷史事件，殊難定論，此乃自古以來說詩者共有的特質。至於《巫山高》意旨，吳兢《樂府古題要解》已有貼切說明：

　　　　大略言江淮水深，無梁可度，臨水遠望，思歸而已。〔註17〕

　　如就詩論詩，《巫山高》以一種素樸白描勾勒遊子思鄉情緒，不過巫山在今四川省巫山縣東南，縣以山名；而淮水源自河南，經安徽、江蘇入海，因此李純勝認爲此乃「江淮間覊旅懷念故鄉」之作。〔註18〕度其詩意，或是遠適巴蜀之人思歸，而以巫山高、淮水深爲東歸時重重阻礙爲宜。

　　至於後人擬作《巫山高》者，爲數不少，計有二十二首作品。標

〔註13〕見《兩漢民間樂府與樂府歌辭》，頁107。
〔註14〕見《漢鐃歌釋文箋正》，頁29。
〔註15〕同註14，頁107。
〔註16〕同註14，頁29。
〔註17〕見其書，頁7805。
〔註18〕見《漢魏南北朝樂府》，頁33。商務，民國60年三版，台北。

題都是《巫山高》，然而詩旨已有大幅度轉變，如齊王融和梁范雲皆就「巫山高」標題而發揮，描述巫山景致及其傳說故事，吳兢《樂府古題要解》云：

> 若齊王融「相像巫山高」，梁范雲「巫山高不極」，雜以陽臺神女之事，無復遠望思歸之意也。〔註19〕

陽臺神女之典出自宋玉《高唐賦序》，楚襄王與宋玉遊於雲夢之臺，王見高唐之觀上有雲氣，問玉此何氣也，玉對曰所謂朝雲也，王復問，玉曰：

> 昔者先王嘗游高唐，怠而畫寢，夢見一婦人曰：『妾巫山之女也，爲高唐之客，聞君游高唐，願薦枕席。』王因而幸之。去而辭曰：『妾在巫山之陽，高丘之阻，旦爲朝雲，暮爲行雨，朝朝暮暮，陽臺之下。』〔註20〕

是以後世稱男女歡合之所曰高唐，曰巫山，曰陽臺，而把歡合之事稱爲雲雨。《巫山高》二十二首擬作，都圍繞巫山神女這個主題意象描述；尤以齊梁陳時代，宮體詩流行，文學大走豔情之道，更是就其纏綿部分發揮，而以高唐雲雨爲題材，如陳後主一首：

> 巫山巫峽深，峭壁聳春林。風巖朝蕊落，霧嶺晚猿吟。雲來足薦枕，雨過非感琴。仙姬將夜月，度影自浮沈。

在齊、梁、陳三朝《巫山高》的擬作主題裏，普遍呈現一種共通意識。然而到了唐朝十三首擬作，詩旨便不那麼一致；有仍圍繞高唐神女寫的，或以楚王、宋玉爲題鋪陳的，因而唐人擬作《巫山高》，便不是單純如南朝詩人般，僅就高唐神女、巫山雲雨作正面敘述，或藉暗喻引人連想；而是從較廣深的角度，詮釋宋玉《高唐賦》。雖然唐人十三首擬作中，也有幾近一半純就楚王夢神女此神話著墨，然而較之齊梁詩人，多了一種精神內涵；至少轉以含蓄手法，藉寫景而隱約影射其事，或間接予以評價。

〔註19〕見其書，頁 7805。
〔註20〕見梁昭明太子撰，《文選》卷第十九，宋玉《高唐賦》序，頁 176。藝文，民國 48 年 4 月四版，胡克家仿宋本。

　　大致說來，此二十二首擬作風格極爲接近；用字除普遍使用到巫
山、高唐、陽臺、朝雲、暮雨、神女以外，猿聲的聽覺意象也大量被
使用，在二十二首中便出現十四次。後魏酈道元《水經江水注》有言：

　　　　江水又東逕巫峽，江水歷峽東，逕新崩灘下注云：……其
　　　　間首尾一百六十里，謂之巫峽，蓋因山爲名也。每至晴初，
　　　　霜旦林寒澗肅，常有高猿長嘯，屬引淒異，空岫傳響，哀
　　　　轉久絕，故漁者歌曰：「巴東三峽巫峽長，猿鳴三聲淚沾裳。」
　　　　〔註21〕

巫峽在四川省巫山縣東，因巫山爲名，兩岸絕壁，常有猿猴鳴吟其間，
以致猿聲儼然成爲巫山一景。再者，在唐人十三首擬作中，喜用巫山
「十二峰」，此數字共出現六次。宋祝穆撰《方輿勝覽》曾載十二峰
之名〔註22〕，而蘇轍《巫山賦》亦言：

　　　　峯連屬以十二兮，其九可見而三不知。〔註23〕

或恐唐人喜用排行數字代稱人名，對數字特感興趣，因而突出巫山「十
二」峯意象歟？

　　綜觀《巫山高》古辭，在後代擬作中，就內容言，從遠遊思歸的
鄉愁，轉變成以巫山爲連想，而針對楚王夢神女薦枕的故事大加描寫；
二十二首擬作在主題上一致，可是卻大大不同於原《巫山高》古辭。
就形式句法言，從原先的雜言體，過渡到十九首五言體、一首七言體，
及唐末的兩首三、七言體。然而《巫山高》標題，則一直沿用不變。

第二節　擬作部分由本辭標題連想而來

一、《折楊柳行》(《樂府詩集》第三十七卷，相和歌辭十二)

〔註21〕見《永樂大典本・水經注》，《水、水經十三》，頁610～611。
〔註22〕曰望霞、翠屏、朝雲、松巒、集仙、聚鶴、淨壇、上昇、起雲、飛
　　　　鳳、登龍、聚泉。其中以飛鳳峯最爲纖麗秀拔；峯下有神女廟。
〔註23〕見《欒城集》上，卷第十七，頁255。王雲五主編，國學基本叢書四
　　　　百種，商務。

默默施行違，厥罰隨事來。末喜殺龍逢，桀放於鳴條。一
解　祖伊言不用，紂頭懸白旄。指鹿用爲馬，胡亥以喪軀。
二解　夫差臨命絕，乃云負子胥。戎王納女樂，以亡其由
余。璧馬禍及虢，二國俱爲墟。三解　三夫成市虎，慈母
投杼趨。卞和之刖足，接輿歸草廬。四解

此詩分爲四解，首二句提綱，以下引述歷史故事：如夏桀放于南巢；
商紂赴火而死，頭斬懸以白旗；秦二世失權，使趙高得以指鹿爲馬；
夫差自陷絕地，至悔不用子胥之言；戎王好女樂怠於政，其賢人由余
遂去降秦；晉獻公以寶馬璧玉，假虞道攻虢國，因而唇亡齒寒，二國
皆亡；三傳曾參殺人，曾母因之踰牆而走；卞和獻璧，楚王刖之，楚
狂接輿躬耕以食，莫知所往。此詩藉歷史典故，寓有警世規戒意，尤
多君不聽忠諫，致至亡國禍亂。如陳胤倩所謂：

　　此應是賢者諫不得行，而作詩以諷，其言危切。〔註24〕

　　後代擬作《折楊柳行》，計有四首，然不復有古辭原意；如魏文
帝一首，以「西山一何高，高高殊無極」起句，接寫服藥遊仙事，末
則以爲「百家多迂怪，聖道我所觀」；疑神仙之說，惟習我聖道，順
命應天行事已矣。

　　另有晉陸機以「遨矣垂天景，壯哉奮地雷」起句之《折楊柳行》，
取《毛詩·小雅》「昔我往矣，楊柳依依」之意，以興今昔變遷、盛
衰興亡之感。對人世亦有喟嘆於其中，因之有「人生固已短，出處鮮
爲諧」之慨。

　　再者宋謝靈運兩首《折楊柳行》，一以「鬱鬱河邊樹，青青野田草」
起句，描述一貧士遠別故鄉，妻妾牽衣哭，託子於兄嫂之離情，而以
「誰令爾貧賤，咨嗟何所道」之無奈作結。另一首則感於光陰流逝，「空
對尺素遷，獨視寸陰滅」，而興發「語默寄前哲」自勉反省意。

　　綜觀《折楊柳行》，由用典最多的警世詩，到後代四首擬作，內
容無相關；除陸機借爲今昔盛衰對照，及謝靈運感於春去秋來，和另

―――――――――――――

〔註24〕黃節《漢魏樂府風箋》引，頁31。

一個以折楊柳起興的別離意象外，魏文帝之遊仙思想，乃借題發揮。
至於在形式句法方面，本辭與擬作皆爲五言。

二、《豔歌行》（《樂府詩集》第三十九卷，相和歌辭十四）

翩翩堂前燕，冬藏夏來見。兄弟兩三人，流宕在他縣。故
衣誰當補，新衣誰當綻。賴得賢主人，覽取爲吾紅。夫婿
從門來，斜柯西北眄。語卿且勿眄，水清石自見。石見何
纍纍，遠行不如歸。

南山石嵬嵬，松柏何離離。上枝拂青雲，中心十數圍。洛
陽發中梁，松樹竊自悲。斧鋸截是松，松樹東西摧。特作
四輪車，載至洛陽宮。觀者莫不歎，問是何山材。誰能刻
鏤此？公輸與魯班。被之用丹漆，薰用蘇合香。本自南山
松，今爲宮殿梁。

《豔歌行》兩首，其一描述的是兄弟流蕩異鄉，衣服破蔽，主人
婦憐之而代爲縫補，卻遭主人懷疑，以致興起歸思。詩首言「翩翩堂
前燕，冬藏夏來見」，蓋《禮記·月令》言及：

仲春之月……玄鳥至……仲秋之月……玄鳥歸。〔註25〕

本詩不言燕秋去春來，而道冬藏夏見，以《漢書·武帝紀》：

太初元年……夏五月正歷，以正月爲歲首。〔註26〕

據此，龔慕蘭《樂府詩選註》有言：

正歷前之夏，即正歷後之春，正歷前之冬，即正歷後之秋。
此詩不曰秋去春來，而言冬藏夏見，殆爲漢武帝改元以前
之作無疑。〔註27〕

再者，汪中《樂府詩選註》亦因而疑此詩爲西漢之作。〔註28〕

詩首以「翩翩堂前燕」起興，如李子德所言：

〔註25〕參見《禮記》注疏卷之十五，頁299、頁324。《十三經注疏》之五，
　　　　藝文。
〔註26〕見《前漢書補注》，頁99。
〔註27〕見其書，頁42。
〔註28〕參見其書，頁18。

起二句如六義之興，以見久旅忘歸，不及梁燕之知時也。
〔註29〕

兄弟兩三人，遠遊他鄉，生活起居幸賴居停賢婦照顧，不料卻引起主人猜忌。遊子爲表明立場，故語主人水清石自見；然主人以爲心跡固明，那如歸去之爲宜。黃節引張蔭嘉之言曰：

「語卿」二句，客曉居停婦夫之詞，以喻出之，言簡意括。
末二，夫答客之詞，蒙上喻接口而下，言心跡雖明，不如
歸去之嫌疑自釋也。〔註30〕

《豔歌行》之二，描述生於南山的高大松樹，被選中爲洛陽宮殿正梁，於是本爲聳立青雲的松柏，被雕繪薰香成宮樑的寓言。全詩以白描直述句鋪陳，大抵可從中體會一種自然被人工所變而產生的哀淒；或引申爲君子貴適性，立於天地間茁然自育，反不願爲利祿所用的追求自然心態。黃節引朱止谿之言曰：

《豔歌行》歌南山。或云：隱者見微，大用於時；詩人美
之。余曰：非也。讀「松樹竊自悲」，一似非時而榮，君子
所悼。一曰諷土木繁興也。〔註31〕

朱止谿之言，或可參考；然其以爲君子悼非時而榮，倒不如認可君子輕榮祿、追求自然的一種理念。

以上兩首《豔歌行》內容，彷彿無涉於標題文字，梁啓超《中國之美文及其歷史》曾言及：

普通大曲，曲前有豔，或末解之前有「豔」，此歌及《羅敷》
《何嘗》等四章，殆全曲皆「豔」的音節，故專以「豔歌」
名，後人指香奩體爲豔歌，誤也。〔註32〕

《古今樂錄》亦言及：

《豔歌行》非一，有直云《豔歌》，即《豔歌行》是也。若

〔註29〕見黃節《箋》引，頁45。
〔註30〕同上。
〔註31〕同上，頁46。
〔註32〕見其書，頁67。

《羅敷》《何嘗》《雙鴻》《福鍾》等行，亦皆豔歌。〔註33〕
然而《豔歌雙鴻行》、《豔歌福鍾行》今皆不傳。郭茂倩曰：

> 諸調曲皆有辭、有聲，而大曲又有豔、有趨、有亂。辭者
> 其歌詩也，聲音若羊吾夷伊那何之類也，豔在曲之前，趨
> 與亂在曲之後，亦猶吳聲西曲前有和，後有送也。（《樂府詩
> 集》，頁377）

因此，《豔歌行》本辭兩首，內容互不干涉，或本是豔歌某某行，以
其失傳，故直呼為豔歌行耶？

　　在後世擬作中，有《豔歌行有女篇》一首，《豔歌行》六首，但
其內容已無關乎本辭，而是就「豔歌」的字面引起連想，於是便偏於
形容美女的豔色殊貌方面，如晉傅玄《豔歌行有女篇》便是以「有女
懷芬芳，媞媞步東廂。娥眉分翠明，明眸發清揚」起句，描繪一絕代
佳人，豔冠群芳，貞德良善而宜配與侯主。全詩用華麗文藻，極盡鋪
陳能事。另有宋劉義恭《豔歌行》，詩首言江濱淑女「中情未相感」，
下以悲鴻戀儔侶，與濱女之求思與嘆息，或恐是暗喻濱女欲求偶之閨
情。其次梁簡文帝一首五言三十六句《豔歌行》，描述一鳳樓倡女故
事。另外一首五言八句《豔歌行》「雲楣桂成戶，飛棟杏為梁」，觀詩
中所言，似是一官家貴婦，期待夫君返家；藉詩首四句，勾勒富貴人
家居室豪華之狀。最後，陳顧野王亦有三首擬作，其一描述燕姬趙女，
出入王宮府第彈瑟唱歌嬉玩情形；其二「夕臺行雨度，朝梁照日輝」，
表現採桑返時，男子以歌戲挑碧玉之景。其三則是一首七言十句《豔
歌行》，大致描寫齊倡趙女妖姿巧笑，能傾城而得君恩的內容。

　　另外說明的是，雖然後代把《豔歌行》擬成描繪女子美豔的情態
方面，但並不表示如陸侃如於《樂府古辭考》裡所謂的「豔歌亦名妍
歌」〔註34〕，因為或可推測「豔歌」行的標題，其實與內容無涉。因
此，它可以表現遊子思歸，可以指示嚮往自然，也可以涵蓋其他種種。

〔註33〕《樂府詩集》引，頁579。
〔註34〕見其書，頁109。

至於在擬作中出現四首內容相近的「豔歌」，其實就如《巫山高》的擬作一樣，是出於望文生義的結果；因此，倒也不一定要附會是由於擬作《豔歌羅敷行》的緣故。

綜觀《豔歌行》兩首古辭，在後代擬作中，就內容言，與本辭毫不相涉；甚且七首擬作的主題意識，也互有歧異。不過可以發現其中四首，是就美女豔麗的容色發揮，大概取義於「豔歌」行的字面而引起連想。另就形式句法言，擬作中除了顧野王有一首三、五、七言雜體，一首七言體外，其餘五首皆與本辭一樣採用五言體，只是長短不一。至於標題，除了傅玄衍為《豔歌行有女篇》外，其餘仍保持《豔歌行》原題。

三、《前緩聲歌》（《樂府詩集》第六十五卷，雜曲歌辭五）

> 水中之馬必有陸地之船，但有意氣，不能自前。心非木石，荊根株數，得覆蓋天，當復思。東流之水必有西上之魚，不在大小，但有朝於復來。長笛續短笛，欲今皇帝陛下三千萬。

此詩主題在闡揚窮則變、變則通之道；雖時勢窮厄，亦不可意氣用事，如黃節《箋》注所言：

> 是故事不在大小，小之如馬也、船也、水也、魚也，并有窮而思變之道；大如天下、國家，可不思變乎？〔註35〕

黃節《箋》引《漢詩說》：

> 長笛言樂，乃頌禱之詞。〔註36〕

黃節《箋》引李子德亦曰：

> 緩聲當為笛曲，而末則離調，用致祝於君也。所謂離調致祝，如南曲之有合歌也。〔註37〕

因知此詩末二句，乃對君王的祝禱詞。總結而言，或是勸諫人君兼有讚誦之詞。至於「緩聲」，郭茂倩以為「緩聲本謂歌聲之緩，非言命

〔註35〕見其書，頁169。
〔註36〕同上，黃節《箋》引。
〔註37〕同上。

也」，朱秬堂《樂府正義》則言：

　　王朴云：「半之者，清聲也；倍之者，緩聲也。」〔註38〕

　　《前緩聲歌》本辭標題命意由來，大抵由聲律引氣短長所致，因而在後代六首擬作中，也就各有所申：晉陸機《前緩聲歌》「遊城聚靈族，高會曾城阿」，就郭茂倩所言「言將前慕仙遊，冀命長緩，故流聲於歌曲也」。然從全詩描述仙女遊蹤，末以「清輝溢天門，垂慶惠皇家」看來，應是遊仙詩而寓祝頌禱詞。宋孔甯子一首「供帳設玄宮」，中有脫字，然而內容亦言遊仙羽化思想。宋謝惠連之《前緩聲歌》，言「處山勿居峰，在行勿爲公」，詩旨大抵如郭茂倩所謂「大略戒居高位而爲讒諂所蔽，與前歌之意異矣」，且末以「滑滑相混同，終始福祿豐」爲祝禱作結。

　　另外有三首更標題爲《緩歌行》之擬作，宋謝靈運「飛客結靈友，凌空萃丹丘」，敘述娥皇之遊仙思想。唐李頎一首描繪遊俠浪蕩子，小時放任胡爲，被貴遊子弟棄如敝屣後，發憤自強求得功名，在擁有鼎食、美女、權勢後，方有「早知今日讀書是，悔作從來任俠非」之感。此詩娓娓道來，頗有緩聲之調。

　　綜觀《前緩聲歌》六首擬作中，有四首言及羽化遊仙思想，且其中兩首寓有致祝於君之意，基本上合於本辭標題之旨。至於無祝禱之意的李頎擬作，可能有其「緩歌」之調；再者孔甯子與謝靈運兩首但述遊仙之詩，或恐受陸機擬作影響。在句法方面，由本辭的雜體，變爲擬作的四首五言，一首七言，一首雜體。

四、《隴西行》（《樂府詩集》第三十七卷，相和歌辭十二）

　　天上何所有，歷歷種白榆。桂樹夾道生，青龍對道隅。鳳凰鳴啾啾，一母將九雛，顧視世間人，爲樂甚獨殊。好婦出迎客，顏色正敷愉。伸腰再拜跪，問客平安不。請客北堂上，坐客氈氍毹。清白各異樽，酒上正華疏。酌酒持與

〔註38〕同上。

客，客言主人持。卻略再拜跪，然後持一杯。談笑未及竟，
左顧勅中廚。促令辦粗飯，慎莫使稽留。廢禮送客出，盈
盈府中趨。送客亦不遠，足不過門樞。取婦得如此，齊姜
亦不如。健婦持門戶，一勝一丈夫。

此詩一曰《步出夏門行》，敘健婦能持門戶之詩。然禮不入寡婦之門，
故其夫可能遠遊，或好婦而不幸無夫無子，因有必需不得已親自待客
之理。全詩似無刺意，《樂府詩集》引《樂府解題》曰：

始言婦有容色，能應門承賓。次言善於主饋，終言送迎有
禮。（頁542）

至於隴西，據《通典》曰：

秦置隴西郡，以居隴坻之西為名。〔註39〕

而朱秬堂有云：

秦之隴西，今之鞏昌、臨洮，姜戎雜居，民尚氣力；小戎
婦人，亦知勇於戰鬥，其來舊矣。讀此可以知隴西之俗焉。
〔註40〕

在後代題名為《隴西行》之擬作十首，內容與古辭迥異，晉陸機
一首：

我靜如鏡，民動如煙。事以形兆，應以象懸。豈曰無才，
世鮮興賢。

此詩隱有懷才不遇之感。宋謝靈運、謝惠連各以四言詩述己志，謝康
樂願「耿耿僚志，慊慊丘園。善歌以詠，言理成篇」仿老子之至理成
篇，而惠連以「運有榮枯，道有舒屈」起句，微露身世之感。以上三
首《隴西行》以四言詩表現一種天道人世，淡淡抒憂之情懷，且文字
風格頗雷同。

以下七首《隴西行》，在內容上呈現共同意識，即是關乎戰事邊役
之描寫。梁簡文帝有兩首五言詩，一首五、七言，描述「長安路遠書
不還，寧知征人獨佇立」的邊秋異鄉情緒；第二首敘述「隴西四戰地，

〔註39〕《樂府詩集》引，頁542。
〔註40〕黃節《箋》引，頁27。

羽檄歲時聞」，勸士兵「當思勒彝鼎，無用想羅裙」；第三首敘隴西戰事平服郅支、單于，「方觀凱樂盛，飛蓋滿西京」的凱旋回歸盛況。

　　梁庾肩吾《隴西行》，言及「寄語幽閨妾，羅袖勿空縈」；而唐王維則但述戰況：

> 十里一走馬，五里一揚鞭。都護軍書至，匈奴圍酒泉。關
> 山正飛雪，烽戍斷無煙。

唐耿湋《隴西行》，敘「雪下陽關路，人稀隴戍頭」，亦言邊將事蹟。唐長孫左輔，敘隴上陰雲飛雪，征役之苦至於人寒馬凍，射雁充飢，斧冰止渴，末言「早晚邊候空，歸來養羸卒」，更烘托出邊塞之淒清。

　　綜觀《隴西行》本辭，由敘健婦能持門戶之詩，至言身世天道三首及敘戰事征役之七首擬作間，似無任何關連；然因唐戰爭詩流行，且《隴西行》標題易引起邊塞征戰之連想，或因此之故而擬成戰爭詩，亦未可知。至於從形式句法觀來，陸機等三首四言擬作，在句式上頗值注意。

五、《猛虎行》(《樂府詩集》第三十一卷，相和歌辭六)

> 飢不從猛虎食，暮不從野雀棲。野雀安無巢，遊子為誰驕。

此乃勸人謹於立身，而思歸之詩。張蔭嘉曰：

> 此客游不合，思歸之詩。言野雀則安分無巢，遊子何為辭
> 家久客，徒使人致怪。其不苟棲食，以貧賤驕人也。自嘲
> 之中，仍有人不我知意。〔註41〕

張氏此說，誠為的評。詩含謹行才能安身立命，偶有勸世意味。

　　後世擬此詩者，有十首同標題作品。就內容言，單指猛虎的有五首，唐儲光羲一首五言十六句，有「太室為我宅，孟門為我鄰。百獸為我膳，五龍為我賓」之形容，又狀其牙爪能雄武臣。唐韓愈五言三十二句一首，以「猛虎雖云惡，亦各有匹儔」起句，言虎群行於深谷，威風無敵，而猛虎氣性乖戾，朝夕之間殺其子殄其妃，因而匹儔四散

〔註41〕黃節《漢魏樂府風箋》引，頁 17。

走，後孤淒悲啼，為狐鵲猴豹熊所欺，猛虎遂無助坐死而慚前所為。韓愈藉猛虎行跡以闡明句末「故當結以信，親當結以私。親故且不保，人誰信汝為！」的道理。

　　唐張籍也有一首純粹描述猛虎的詩，七言十句，言猛虎白日遶山村行走，常向村中取黃犢充飢，向晚則於當道覓食，稱霸山中而養子於深谷；因之「五陵年少不敢射，空來林下看行跡」，由此而見猛虎兇殘之狀。唐僧齊己的三、七言雜體九句《猛虎行》，言虎飢時攫食他物，而「橫行不怕日月明，皇天產爾為生獰」，肯定其生而猛殘的本質，然「前村半夜聞吼聲，何人按劍燈熒熒」，似有捕虎的行動暗示。宋謝惠連一首作品：

　　　　猛虎潛深山，長嘯自生風。人謂客行樂，客行苦心傷。

此詩雖以猛虎起興，但下兩句卻以主客體不同，對境遇的感受也就不同為比喻，而有客自悲傷，旁人反以為樂之句。此亦可解為猛虎雖長嘯生風，不可一世，然其內心是否如表面之神武，則不得而知。或作者以此詩暗寓一己心中之苦悶。

　　以上五首均述及猛虎，有單純敘事詠物，亦有富含興託於其中者。以下五首則不單言猛虎，亦或不言及猛虎者，如晉陸機一首以「渴不飲盜泉水，熱不息惡木陰」起興，雜體二十句的《猛虎行》，《樂府古題要解》言：

　　　　陸士衡渴不飲盜泉水，言從遠役，猶耿介，不以囏險改節
　　　　也。〔註42〕

陸機以忍渴於惡名之盜泉，興「志士多苦心」；士懷耿介不苟棲食，肅敬時君之命而執鞭遠適，行役苦勞，日以屢歸而功未立，然「急絃無懦響，亮節難為音」，人生多艱，因之「眷我耿介懷，俯仰愧古今」，庶幾無忝於天地然。

　　宋謝惠連一首雜體十句的《猛虎行》，以「貧不攻九疑玉，倦不憩三危峰」起句，接言志士「如何抵遠役，王命宜肅恭」，然而「伐

─────────────────────

〔註42〕見其書，頁7810。

鼓功未著，振旅何時從？」此詩與陸機《猛虎行》有相同之比興，但較偏於遠役之描寫。

唐李白一首五、七言雜體四十四句《猛虎行》，以「朝作猛虎行，暮作猛虎吟」起興，接寫秦燕戰役，後敘韓信、張良、劉邦、項羽等事，闡明榮華翻覆無常，而有「賢哲栖栖古如此，今時亦棄青雲士。有策不敢犯龍鱗，竄身南國避胡塵」之感。在歷史事件觀照下，遂有「我從此去釣東海，得魚笑寄情相親」之豁達。

至於唐李賀一首四言十六句《猛虎行》，以「長戈莫舂，強弩莫抨」起興，下接險怪典故，如世所詫爲牛鬼蛇神、鯨呿鰲擲者；至於詩末「泰山之下，婦人哭聲。官家有程，吏不敢聽」則以喻猛虎傷人纍纍，以至吏不敢聽官司捕虎期限，懼傷於虎之情，由而見猛虎兇殘食人駭人之狀。再有魏文帝一首五言六句，以「與君媾新歡，託配於二儀」起句，言嬪妃攀龍附鳳之事，語涉色情。

以上言及十首《猛虎行》，另有梁簡文帝一首《雙桐生空井》，五言六句，《樂府詩集》引《樂府解題》曰：「又有《雙桐生空井》，亦出於此。」然觀其詩寫「季月對桐井，新枝雜舊株」但言景，末以「還看稚子照，銀牀繫轆轤」作結，無涉於《猛虎行》本辭原意。

綜觀《猛虎行》十一首擬作，有但成爲詠物詩者，有從虎起興而另託他意者，亦有如李賀連想至「苛政猛於虎」，或李白之寓託歸隱意念者，因而本辭之擬作呈現出較大的差異。

六、《怨詩行》（《樂府詩集》第四十一卷，相和歌辭十六）

> 天德悠且長，人命一何促。百年未幾時，奄若風吹燭。嘉賓難再遇，人命不可續。齊度遊四方，各繫太山錄。人間樂未央，忽然歸東嶽。當須盪中情，遊心恣所欲。

此詩言人命短促，倏忽去來，無可延續；因之當趁有生之年，及時尋歡，恣所行樂。題爲《怨詩行》，以心中有怨而抒之於言；因人生苦短，春花秋月不盡眼，而歲月不待，不於青春少壯遊樂，只恐老去徒

自傷嘆。本詩表露者無疑是享樂的現實主義，勸人把握眼前歡樂。

後代擬作《怨詩行》有同標題作品三首，魏曹植一首「明月照高樓，流光正徘徊」，此詩言愁思婦之閨怨；君出行十年，客子妻寂聊無依心境，是曹植頗負盛名之作。宋僧惠休一首「明月照高樓，含君千里光」起句的《怨詩行》，亦寫孤妾含情相思而又自傷的情景。全詩起承轉合有曹植《怨詩行》之意識，尤其詩末結尾「願作張女引，流悲繞君堂。君堂嚴且祕，絕調徒飛揚」更是脫胎換骨的模擬方式。

再則晉梅陶一首以「庭植不材柳，花育能鳴鶴」起興的《怨詩行》，題旨不明；末以「庇身蔭王猷，罷蹇反幻迹」作結，似有自述心跡之意。

其次《怨詩行》的擬作另有一組《怨詩》二十二首，篇製較短，內容大都表衷心有怨，至於因何而怨，所怨為誰，則略有不同，不過有十三首乃出於情愛之怨。如陳江總「憶昔相期柏樹林」、「情去思移那可留」兩首七言體，皆描述情去恩斷之怨。

唐薛奇童一首五言八句，寫失寵嬪妃的深宮怨，有「不堪深殿裡，簾外欲黃昏」之情調。唐張汯一首七言四句，描述離別一年，不知何處為征客寄寒衣的怨婦惆悵。唐劉元濟「玉關芳信斷，蘭閨錦字新」，亦言閨怨愁緒。唐李暇兩首五言詩，述及相思別後之怨，孟郊則敍貞烈婦之苦情，同於唐劉又以鳥獸比翼並肩，言及「丈夫不立義，豈如鳥獸情」，而烘托醜婦死守貞之剛烈怨憤。

唐鮑溶以一種委婉心境，敍一女子由初婚至榮華衰弱，夫有新人後，「希君舊光景，照妾薄暮年」之悲怨，與白居易一首失寵「尋思倚殿門」之女子，有同樣情結，唐姚氏月華有兩首情意深摯，述與君形影分離之女子相思之怨。

除情感受挫引起之怨外，尚有感於人生世道之怨；如魏阮瑀「民生受天命，漂若河中塵」，以為人世難免罹禍而恒苦辛。另如晉陶潛《怨詩》，言世阻身貧，天道幽遠，身後之事渺若浮烟，因而「慷慨激悲歌」，其怨帶有無奈安貧之感。

　　另外有六首題名為《怨詩》，卻敘事描景，頗不似衷心有怨，因略去不論。再者陳張正見一首「新豐妖冶地，遊俠競嬌奢」起句，全詩以穠豔文字鋪陳衣香紅妝之《怨詩》，看不出怨由何起，《百三名家集》題作情詩，或可參信。

　　綜觀《怨詩行》於後代擬作，三首同標題作品及二十二首《怨詩》中，流露對情感之怨最多；包括相思、離怨、失寵、被棄之哀，而皆以女子口吻道出。另有兩首感於身世飄零引發對人生之怨，由此角度觀照，跳脫感情藩籬，頗特殊而可喜。至於另七首題名《怨詩》，卻不知何怨之有，想是借題發揮、自出新意。

第三節　擬作與本辭完全無關

一、《平陵東》（《樂府詩集》第二十八卷，相和歌辭三）

　　　　平陵東，松柏桐，不知何人劫義公。劫義公，在高堂下，
　　　　交錢百萬兩走馬。兩走馬，亦誠難，顧見追吏心中惻。心
　　　　中惻，血出漉，歸告我家賣黃犢。

吳兢《樂府古題要解》：

　　　　「平陵東，松柏桐，不知何人劫義公」，此漢翟義門人所作
　　　　也。義，丞相方進之少子，字文中，為東郡太守，以王莽
　　　　篡漢，起兵誅之不克而見害，門人作歌以怨之。〔註43〕

崔豹《古今注》亦言：

　　　　《平陵東》，漢翟義門人所作也。（《樂府詩集》引，頁409）

本詩如不牽附史實來看〔註44〕，是一首反抗政治壓迫的詩。漢法可以貨贖罪，因此若能救義公，則不惜交錢百萬，使兩人走馬救之，但為吏士所追，因而心惻血滲，於是歸去賣犢買刀，以死救之為義復仇。全詩充滿填膺的義憤，雖懷救贖之心，卻傷力有未逮，其情甚哀，但

〔註43〕見其書，頁7802。
〔註44〕參見《前漢書》卷八十四，列傳第五十四翟方進；及黃節《箋》注，
　　　　頁10。

也流露民歌質樸的眞性情。同時對漢代政治濁亂，亦有所暴露。

《平陵東》在後代只有魏曹植擬作一首：

> 閶闔開天衢，通被我羽衣乘飛龍。乘飛龍，與仙期，東上
> 蓬萊採靈芝。靈芝採之可服食，年若王父無終極。

此詩黃節《漢魏樂府風箋》句讀爲「閶闔開，天衢通」，言天門開，
被我羽衣乘雲氣，御飛龍，於四海之外遨遊，似較合理。接著言與仙
期會，東上蓬萊採可服食之靈芝，期望父王得以年壽無疆。因而此詩
含有追求長生不老思想，且附有祝壽意。

樂府命題，原不必盡用本意；因此《平陵東》唯一的擬作，與本
辭毫不相涉，不必如朱秬堂般定要將曹植擬作的與《平陵東》本辭扯
上關係〔註45〕；再者，在形式句法上，二者也不盡相同。

二、《婦病行》(《樂府詩集》第三十八卷，相和歌辭十三)

> 婦病連年累歲，傳呼丈人前一言，當言未及得言，不知淚
> 下一何翩翩。「屬累君兩三孤子，莫我兒飢且寒，有過甚莫
> 笪笞，行當折搖，思復念之」。亂曰：抱時無衣，襦復無裏。
> 閉門塞牖舍，孤兒到市，道逢親交，泣坐不能起。從乞求
> 與孤買餌，對交啼泣淚不可止。「我欲不傷悲不能已」。探
> 懷中錢持授，交入門，見孤兒啼索其母抱，徘徊空舍中，
> 行復爾耳，棄置勿復道！

此詩描述婦病已久，夫不在傍，傳言託孤，淚下淒苦的情景。婦自謂
行將就死，因屬其夫善待其子。亂曰以下是樂之卒章，亦敘及婦沒後
事。孤子無衣無裏，表生活困苦，然後大孤兒往市從親交乞錢；爲孤
兒之請，親交眷顧而悲憤至極。與錢送歸，見小孤兒啼哭索母抱，親
交感慨良多，但只能空舍徘徊，徒喚奈何。

此詩讀之，令人生不忍之心，張蔭嘉曰：

〔註45〕黃節《箋》引朱秬堂之言曰：「言神仙事，非言神仙也；言翟公當亂
世不得其死，若閶闔開，天衢通，則君子得時行道之日，君臣相保，
年若王父也。故亦以《平陵東》題之」，頁81。

> 此刺爲父者不恤無母孤兒之詩。然「不恤」意卻在病婦口
> 中、親交眼中顯出，絕不一語正寫。蓋斥父不慈，非以教
> 孝，此詩人忠厚得體處也。〔註46〕

先儒有言，世治則世家相保，世亂則室家相棄。人生天地間，所能操
之在己者委實不多。尤以動亂時代，政治不明，民生不穩；人生其中，
真可如草芥般渺小而不得安寧。因之《婦病行》流露骨肉不保的悲哀，
同時也暗示在亂世自身難保的情況下，人性及天倫所受的考驗。

　　《婦病行》在後代擬作，只有陳江總一首「窈窕懷貞室，風流挾
琴婦」，此篇描述春閨少婦，題爲《婦病行》，似有閨怨之意，或可解
爲病在相思，而江總以其善寫宮體詩之癖，擬此《婦病行》，卻與本
辭淒愴悲苦聲，大相逕庭；甚且其所謂病者，是另一種精神上懶怠之
病，與漢樂府婦病之形體上的病，有完全不同的詮釋。

　　《婦病行》的後世擬作，內容由貧婦託孤的臨終情態，變爲閨怨
少婦；形式句法由雜言變成五言，標題雖不變，但流露之意識，兩者
不僅相反，且在深受人世貧病煎熬的苦痛，與不知疾苦優裕的春思
中，察覺時代背景的差異。

三、《古咄唶歌》（《樂府詩集》第七十四卷，雜曲歌辭十四）

> 棗下何攢攢，榮華各有時。棗欲初赤時，人從四邊來。棗
> 適今日賜，誰當仰視之。

此詩陳述盛衰無常之道，潘安仁《笙賦》有言：

> 詠園桃之夭夭，歌棗下之纂纂。歌曰：棗下纂纂，朱實離
> 離。宛其落矣，化爲枯枝。〔註47〕

郭茂倩引《笙賦》之言而注曰：

> 纂纂，棗花也。棗之纂纂盛貌，實之離離將衰，言榮謝之
> 各有時也。（《樂府詩集》，頁1045）

　　此詩大抵借用棗樹花茂盛實離離，比興人世代謝有時，或隱譬世

〔註46〕黃節《箋》引，頁38。
〔註47〕見昭明太子，《文選》卷十八，頁173。

情冷暖，原題名《古咄唶歌》，後梁簡文帝引其「棗下何纂纂」首句
為題，擬作一首「垂花臨碧澗」五言十句詩，但言「落日芳春暮，遊
人歌吹晚」等春逝郊景，與本辭迥異。至隋王冑亦襲此標題，擬作兩
首五言四句詩，言及柳黃、草綠；「還得聞春曲，便逐鳥聲來」，無怪
乎郭茂倩加注曰：「按詩詠春景，與題不相應，疑題有誤」（《樂府詩
集》，頁1046）

　　其實，王冑之擬作可推測源於簡文帝改作的主題意識，至於簡文
帝之所以將「棗下何纂纂」借為標題，擬出春遊詩，則未知其因；或
由棗花繁盛興起的意象，亦未遑定論。因而本組三首擬作，與本辭之
間，似無牽涉。

四、《東門行》（《樂府詩集》第三十七卷，相和歌辭十二）

> 出東門，不顧歸。來入門，悵欲悲。盎中無斗米儲，還視
> 架上無懸衣。拔劍東門去，舍中兒母牽衣啼。他家但願富
> 貴，賤妾與君共餔糜。上用倉浪天故，下當用此黃口兒。
> 今非，咄！行！吾去為遲，白髮時下難久居。

吳兢《樂府古題要解》：

> 右古辭云：「出東門，不顧歸」，言士有貧，不安其居者，
> 拔劍將去，妻子牽衣留之，願共餔糜，不求富貴。且曰：
> 今時清，不可為非也。〔註48〕

《東門行》一辭，蓋貧士失職不平之作。社會動亂不安，民生經濟不
穩，於是寒門家庭中，夫因貧困欲出外謀生，以其困迫至於食不飽、
衣不足，故拔劍出外鋌而走險；其妻不忍其夫輕生觸法，以言相勸，
願與其共食粥，不求富貴，復以當上畏天譴、下顧兒女，戒其所行非
善計。「今非，咄！行！」以下，不甚可解，黃節《箋》曰：

> 蓋夫答婦之詞，謂今非咄嗟之間行，則吾去為已遲矣。髮
> 白且落，不可久處矣。〔註49〕

〔註48〕見其書，頁7803。
〔註49〕見其書，頁34。

潘重規《樂府詩講稿》亦有言：

> 今若此，誤矣誤矣！妻言至此殆已泣不成聲。其夫感寤，
> 行步為之重遲，不禁嘆息曰：白髮欺人，當世溷混，雖隱
> 忍饑寒終難久居也。〔註50〕

再者，《東門行》另有一首晉樂所奏，可能有樂工隨意增改，詩的前
半部大致相同，唯後半部有出入，列於下以供比較：

> ……共餔糜，上用倉浪天故，下為黃口小兒。今時清廉，難
> 犯教言，君復自愛莫為非。三解　今時清廉，難犯教言，君
> 復自愛，莫為非。行！吾去為遲，平慎行，望君歸。四解

故張壽平以為本辭中：

> 其「今」、「非」二字間當有缺文，疑即此篇中「今時清廉
> 難犯，教言君復自愛莫為非」一語。〔註51〕

大抵從本辭可知，在社會變動中貧士的悲憤、為人妻的淑賢，更因之
反應時政紊亂，與小百姓們堅貞的愛情，如梁啓超《中國之美文及其
歷史》所謂：

> 此篇寫一有骨氣的寒士家庭，人格嶽嶽難犯，愛情卻十分
> 濃摯，又是樂府中一別調。〔註52〕

《東門行》在後代同標題的有三首擬作，但作品內容已毫不相涉，
如晉張駿《東門行》以鮮麗文字描述春遊情景，敘及郊外景致，用祥
雲、甘雨、綠野、百花、鳥鳴、香氣來鋪陳麗景；然春遊者欣臨陽春，
又不免為悲逝者而觸景傷情。《詩紀》卷三六，注此詩於《選詩外篇》
裡為《遊春詩》〔註53〕，詩中內容不相涉於漢樂府的《東門行》。再如
宋鮑照亦有一首《東門行》，據吳兢《樂府古題要解》所評論：

> 若鮑照「傷禽惡弦驚」，但傷離別而已。〔註54〕

鮑照於詩中表達的情景，一言以蔽之，就是行子倦客傷別離之心；原

〔註50〕龔慕蘭，《樂府詩選註》引，頁33。
〔註51〕見其《漢民間樂府與樂府歌辭》，頁128；且其句讀與郭茂倩不同。
〔註52〕見其書，頁62。
〔註53〕《樂府詩集》引，頁551。
〔註54〕見其書，頁7803。

欲長歌稍寬慰，不意卻因之而飲恨斷腸。

　　唐柳宗元亦有一首《東門行》，分段描寫漢家將軍、馮敬、魏王、子西等事件，似屬詠史詩，內容亦無涉於《東門行》古辭。

　　綜觀《東門行》古辭，在後代擬作中，內容由本辭至三首擬作間互相獨立，彼此表達的詩旨互不關連。至於形式句法，則由本辭的雜言，變為兩首五言二十句，一首七言十八句；標題則沿襲不變。

五、《董逃行》（《樂府詩集》第三十四卷，相和歌辭九）

　　吾欲上謁從高山，山頭危險大難（言）。遙望五嶽端，黃金為闕，班璘。但見芝草，葉落紛紛。一解　百鳥集。來如烟。山獸紛綸，麟、辟邪；其端鵾雞聲鳴。但見山獸援戲相拘攣。二解　小復前行玉堂，未心懷流還。傳教出門來：「門外人何求？」所言：「欲從聖道求一得命延。」三解　教敕凡吏受言，採取神藥若木端。白兔長跪搗藥蝦蟆丸。奉上陛下一玉柈，服此藥可得神仙。四解　服爾神藥，莫不歡喜。陛下長生老壽，四面蕭蕭稽首，天神擁護左右，陛下長與天相保守。五解

黃節《箋》引吳旦生曰：

　　樂府原題謂《董逃行》，作於漢武之時。蓋武帝有求仙之興，董逃者，古仙人也。〔註55〕

《樂府古題要解》則云：

　　吾欲上謁從高山，山頭危險大難（言），言五嶽之上，皆以黃金為宮闕，而多靈歌仙草，可以求長生不死之術，令天神擁護人君以壽考也。〔註56〕

至於後漢游童作的《董逃歌》，非出於後漢，且與本詩無涉。

　　關於此詩作者，朱止谿云：

　　《董逃行》，古辭。《小雅》之歌壽考，天子宴樂則歌之。或曰：諷也。王者服藥求神仙，其志蠱矣。曲中傳教、教敕、求言、受言，此方士迂怪語，使王人庶幾遇之。或武

〔註55〕見其書，頁18。
〔註56〕見其書，頁7802。

帝時使方士入海求三神山，爲公孫卿輩所作。〔註57〕

大抵《董逃行》出於西漢，鋪陳遊仙思想，且有致祝於君之意。詩採白描直敘方式，不失民歌風格。

　　在後代四首擬作中，內容均有別於本辭，晉陸機一首表達「感時悼逝傷心」，而託言「人生居世爲安，豈若及時爲歡」之六言詩，《樂府古題要解》云：

　　陸士衡「和風習習薄林」……，但言節物芳華，可及時行
　　樂，無使徂齡坐徒而已。〔註58〕

唐元稹之《董逃行》，以「董逃董逃董卓逃，揩鏗戈甲聲勞嘈」起句，敘漢末長安大亂，曹瞞篡奪漢家天下，民喜董卓逃亡；與唐張籍另一首「洛陽城頭火曈曈」敘述亂兵爭戰情形，末歸結於「董逃行，漢家幾時重太平？」一樣，將《董逃行》附會爲《董逃歌》，因有如是擬作。

　　晉傅玄一首「董逃行歷九秋篇」，爲六言六十句長詩，帶有《楚辭》騷體形式，分爲十二章，言夫婦別離之思，及婦情意之深，只因胡越分隔，「影欲捨形高飛，誰言往恩可追」之歎。但因何題爲《董逃行歷九秋篇》，則莫知其所以。

　　綜觀本述遊仙思想之《董逃行》，至後代擬作爲《董逃歌》，及陸機、傅玄兩首出自己意的擬作，可謂皆異於本辭原意。至於形式，則由本辭的雜體，至擬作中的兩六言、兩雜體。

六、《步出夏門行》(《樂府詩集》第三十七卷，相和歌辭十二)

　　邪徑過空廬，好人常獨居。辛得神仙道，上與天相扶。過
　　謁王父母，乃在太山隅。離天四五里，道逢赤松俱。攬轡
　　爲我御，將吾上天遊。天上何所有，歷歷種白榆。桂樹夾
　　道生，青龍對伏趺。

此詩末四句與《隴西行》前四句幾乎一樣，雖然《隴西行》又曰《步出夏門行》，但兩首內容完全不同。此詩言獨居修仙者之遊仙經歷。

〔註57〕黃節《箋》引，頁20。
〔註58〕見其書，頁7802。

在後代擬作《步出夏門行》，計有魏武帝、明帝兩首。武帝以「雲行雨步，超越九江之皋」爲豔起句的「東臨碣石，以觀滄海」篇，共分四解；「觀滄海」一解，「冬十月」二解，「河朔寒」三解，「神龜雖壽」四解，總共六十三句，可謂長篇鉅製，每解皆以「幸甚至哉！歌以詠志」作結。此詩乃曹孟德北征烏桓所作，自述功德偉大，立國已具根基，能務農通商，爭取關隴之地，以得賢士爲致王之本；末則抒發「驥老伏櫪，志在千里；烈士暮年，壯心不已」老當益壯的吞吐宇宙雄心。

魏明帝《步出夏門行》，以「步出夏門，東登首陽山」起句，全詩四十八句，分爲二解，一豔一趨；然似有拼湊雜集之痕，如雜用魏文帝《丹霞蔽日行》整首十句詩，及套引魏武帝「烏鵲南飛，繞樹三匝」《短歌行》中的意象。

此兩首擬作，武帝抒發己志，立國雄心昭然顯現；明帝則以伯夷叔齊相互退讓，至于今傳頌不絕，興其處於骨肉見猜的政治風暴中，而流露無枝可依之哀。兩首擬作皆與古辭原意不同，至於形式句法，由原先的五言變爲四言詩，也是曹氏父子在樂府創作上的特色。

七、《樂府》（《樂府詩集》第七十七卷，雜曲歌辭十七）

行胡從何方，列國持何來。氍毹氈㲪五木香，迷迭艾蒳及都梁。

此詩乃賈胡持西域特產，與漢人交易之詩。題名作《樂府》，乃如朱秬堂所言：

以失題無所附麗，故郭氏統曰《樂府》而編諸雜曲。〔註59〕

因此所謂《樂府》，實同「無題」，而樂府之標題自與其內容毫不相涉，所以《樂府詩集》收錄的九首題爲《樂府》的擬作，也有類似情況；亦即內容各自獨立，或述新嫁娘、或言朱樓朝臣、或狀蓮子綠萍等不一而足，嚴格說來，此組同標題作品，本辭與後代九首作品間沒有擬作關係，只因標題相同，因而郭氏歸納合併於古辭後面。本文不擬詳加

〔註59〕見黃節《箋》引，頁189。

探討，在全部漢民間樂府與其擬作關係中，本組是較特殊的個例。

第四節　後代無擬作之本辭

一、《上邪》（《樂府詩集》第十六卷，鼓吹曲辭一）

> 上邪！我欲與君相知，長命無絕衰。山無陵，江水爲竭，
> 冬雷震震夏雨雪，天地合，乃敢與君絕。

《上邪》是漢鐃歌之十五，言天啊！我欲與君相知，永世不衰歇，直到山平水枯，冬雷夏雪，天地合，乃敢與君絕。就文字來看，殆爲誓詞，情感熱烈，然此誓詞用於何途，則有不同看法；或謂男女間誓詞，或如王先謙《漢鐃歌釋文箋正》所言：

> 歌者不見知於君，而終不忍絕也，乃呼天而誓之曰上
> 邪。……陳沆曰，此忠臣被讒自誓之詞與，抑烈士久要之
> 信與，廩廩然，烈烈然。〔註60〕

然陸侃如則以爲：

> 此篇之爲誓詞，甚爲明顯。……或者是男女間的誓詞。〔註61〕

《上邪》列於鐃歌之一，按理言，應類於忠臣不見知於君所與之誓言，然因鐃歌不全用於軍旅戰陣，因而也不可排斥其爲男女間誓詞的可能性。甚且揆度詩意，較類於愛情之誓言。再者，在《樂府詩集》收錄的年代裡，《上邪》並無擬作。〔註62〕

二、《滿歌行》（《樂府詩集》第四十三卷，相和歌辭十八）

> 爲樂未幾時，遭時嶮巇，逢此百離。伶丁荼毒，愁苦難爲。
> 遙望極辰。天曉月移。憂來塡心，誰當我知。戚戚多思慮，
> 耿耿殊不寧。禍福無形，惟念古人，遜位躬耕。遂我所願，
> 以〔茲〕自寧。自鄙棲棲，守此末榮。暮秋烈風，昔蹈滄海，

〔註60〕見其書，頁65。
〔註61〕見其《樂府古辭考》，頁66。
〔註62〕王先謙《漢鐃歌釋文箋正》收有明李攀龍、王世貞之《上邪》。

心不能安。攬衣瞻夜，北斗闌干。星漢照我，去自無他。奉事二親，勞心可言。窮達天爲，智者不愁，多爲少憂。安貧樂道，師彼莊周。遺名者貴，子退同遊。往者二賢，名垂千秋。飲酒歌舞，樂復何須。照視日月，日月馳驅。轗軻人間。何有何無。貪財惜費，此一何愚。鑿石見火，居代幾時？爲當歡樂，心得所喜。安神養性，得保遐期。

吳兢《樂府古題要解》有言：

> 右古詞「爲樂未幾，遭世嶮巇」。其始言「逢此百罹，零丁荼毒」。古人遜位躬耕，遂我所願。次言窮達天命，智者不憂。莊周遺名，名垂千載。終言命如鑿石見火，當自娛以頤養，保此百年也。〔註63〕

此詩似有志之士壯志難伸而引發遁世思想中的享樂現實主義；理想既不得施展，唯委之於現實且追求快樂，師法古人，以其高風亮節爲典範，而令一己悠遊人世，在現實理想間知所進退。

關於此詩，朱秬堂《樂府正義》有云：

> 滿歌，懣歌也。胸懷憤懣，因而作歌。〔註64〕

朱秬堂則以爲「『日中必移，月滿必虧』，是即《滿歌行》之志也」。〔註65〕大抵此詩在表現顚危之世，壯志難酬，上友古人而隱寓達觀的遁世思想。然則，此詩至唐，無有擬作。

三、《焦仲卿妻》（《樂府詩集》第七十三卷，雜曲歌辭十三）

孔雀東南飛，五里一徘徊。「十三能織素，十四學裁衣。十五彈箜篌，十六誦詩書。十七爲君婦，心中常苦悲。君既爲府吏，守節情不移。〔賤妾留空房，相見常日稀。〕雞鳴入機織，夜夜不得息。三日斷五疋，大人故嫌遲。非爲織作遲，君家婦難爲。妾不堪驅使，徒留無所施。便可白公姥；及時相遣歸。」府吏得聞之，堂上啓阿母：「兒已薄祿

〔註63〕見其書，頁 7803。
〔註64〕黃節《箋》引，頁 59。
〔註65〕同上。

相，幸復得此婦。結髮同枕席，黃泉共爲友。共事二三年，
始爾未爲久。女行無偏斜，何意致不厚？」阿母謂府吏：「何
乃太區區。此婦無禮節，舉動自專由。吾意久懷忿，汝豈
得自由。東家有賢女，自名秦羅敷。可憐體無比，阿母爲
汝求。便可速遣之，遣去慎莫留。」府吏長跪告：「伏惟啓
阿母。今若遣此婦，終老不復取。」阿母得聞之，槌牀便
大怒：「小子無所畏，何敢助婦語。吾已失恩義，會不相從
許。」府吏默無聲，再拜還入戶。舉言謂新婦，哽咽不能
語。「我自不驅卿，逼迫有阿母。卿但暫還家，吾今且報府。
不久當歸還，還必相迎取。以此下心意，慎勿違吾語。」
新婦謂府吏：「勿復重紛紜。往昔初陽歲，謝家來貴門。奉
事循公姥，進（心）〔止〕敢自專。晝夜勤作息，伶俜縈苦
辛。謂言無罪過，供養卒大恩。仍更被驅遣，何言復來還。
妾有繡腰襦，葳蕤自生光。紅羅複斗帳，四角垂香囊。箱
簾六七十，綠碧青絲繩。物物各自異，種種在其中。人賤
物亦鄙，不足迎後人。留待作遣施，於今無會因。時時爲
安慰，久久莫相忘。」雞鳴外欲曙，新婦起嚴妝。著我繡
袷裙，事事四五通。足下躡絲履，頭上玳瑁光。腰若流紈
素，耳著明月璫。指如削蔥根，口如含朱丹。纖纖作細步，
精妙世無雙。上堂謝阿母，母聽去不止。「昔作女兒時，生
小出野里。本自無教訓，兼愧貴家子。受母錢帛多，不堪
母驅使。今日還家去，念母勞家裏。」却與小姑別，淚落
連珠子。「新婦初來時，小姑如我長。勤心養公姥，好自相
扶將。初七及下九，嬉戲莫相忘。」出門登車去，涕落百
餘行。府吏馬在前，新婦車在後。隱隱何甸甸，俱會大道
口。下馬入車中，低頭共耳語：「誓不相隔卿。且暫還家去，
吾今且赴府。不久當還歸，誓天不相負。」新婦謂府吏：「感
君區區懷。君既若見錄，不久望君來。君當作磐石，妾當
作蒲葦。蒲葦紉如絲，磐石無轉移。我有親父兄，性行暴
如雷。恐不任我意，逆以煎我懷。」舉手長勞勞，二情同
依依。入門上家堂，進退無顏儀。阿母大拊掌：「不圖子自

歸。十三教汝織，十四能裁衣。十五彈箜篌，十六知禮儀。
十七遣汝嫁，謂言無誓違。汝今無罪過，不迎而自歸。」
蘭芝慚阿母：「兒實無罪過。」阿母大悲摧。還家十餘日，
縣令遣媒來。云「有第三郎，窈窕世無雙。年始十八九，
便言多令才。」阿母謂阿女：「汝可去應之。」阿女銜淚答：
「蘭芝初還時，府吏見丁寧，結誓不別離。今日違情義，
恐此事非奇。自可斷來信，徐徐更謂之。」阿母白媒人：「貧
賤有此女，始適還家門。不堪吏人婦，豈合令郎君。幸可
廣問訊，不得便相許。」媒人去數日，尋遣（承）〔丞〕請
還。說「有蘭家女，承籍有宦官」。云「有第五郎，嬌逸未
有婚，遣丞為媒人，主簿通語言。」直說「太守家，有此
令郎君。既欲結大義，故遣來貴門」。阿母謝媒人：「女子
先有誓，老姥豈敢言。」阿兄得聞之，悵然心中煩。舉言
謂阿妹：「作計何不量。先嫁得府吏，後嫁得郎君。否泰如
天地，足以榮汝身。不嫁義郎體，其往欲何云。」蘭芝仰
頭答：「理實如兄言。謝家事夫婿，中道還兄門。處分適兄
意，那得自任專。雖與府吏要，渠會永無緣。登即相許和，
便可作婚姻。」媒人下牀去，諾諾復爾爾。還部白府君：「下
官奉使命，言談大有緣。」府君得聞之，心中大歡喜。視
曆復開書，便利此月內。六合正相應，良吉三十日。「今已
二十七，卿可去成婚。」交語速裝束，絡繹如浮雲。青雀
白鵠舫，四角龍子幡。婀娜隨風轉，金車玉作輪。躑躅青
驄馬，流蘇金鏤鞍。齎錢三百萬，皆用青絲穿。雜綵三百
匹，交廣市鮭珍。從人四五百，鬱鬱登郡門。阿母謂阿女：
「適得府君書，明日來迎汝。何不作衣裳，莫令事不舉。」
阿女默無聲，手巾掩口啼，淚落便如瀉。移我瑠璃榻，出
置前窗下。左手持刀尺，右手執綾羅。朝成繡裌裙，晚成
單羅衫。晻晻日欲暝，愁思出門啼。府吏聞此變，因求假
暫歸。未至二三里，摧藏馬悲哀。新婦識馬聲，躡履相逢
迎。悵然遙相望，知是故人來。舉手拍馬鞍，嗟嘆使心傷。
「自君別我後，人事不可量。果不如先願，又非君所詳。

我有親父母，逼迫兼弟兄。以我應他人，君還何所望。」
府吏（爲）〔謂〕新婦：「賀卿（德）〔得〕高遷。磐石方（可）
〔且〕厚，可以卒千年。蒲葦一時紉，便作旦夕間。卿當
日勝貴，吾獨向黃泉。」新婦謂府吏：「何意出此言。同是
被逼迫，君爾妾亦然。黃泉（不）〔下〕相見，（忽）〔勿〕
違今日言。」執手分道去，各各還家門。生人作死別，恨
恨那可論。念與世間辭，千萬不復全。府吏還家去，上堂
拜阿母：「今日大風寒，寒風摧樹木，嚴霜結庭蘭。兒今日
冥冥，令母在後單。故作不良計，勿復怨鬼神。命如南山
石，四體康且直。」阿母得聞之，零淚應聲落。「汝是大家
子，仕宦於臺閣。慎勿爲婦死，貴賤情何薄。東家有賢女，
窈窕豔城郭。阿母爲汝求，便復在旦夕。」府吏再拜還，
長嘆空房中，作計乃爾立。轉頭向戶裏，漸見愁煎迫。其
日牛馬嘶，新婦入青廬。菴菴黃昏後，寂寂人定初。我命
絕今日，魂去尸長留。攬裙脫絲履，舉身赴清池。府吏聞
此事，心知長別離。徘徊庭樹下，自掛東南枝。兩家求合
葬，合葬華山傍。東西植松柏，左右種梧桐。枝枝相覆蓋，
葉葉相交通。中有雙飛鳥，自名爲鴛鴦。仰頭相向鳴，夜
夜達五更。行人駐足聽，寡婦（赴）〔起〕傍徨。多謝後世
人，戒之慎勿忘。

　　此詩《玉臺新詠》卷一作《古詩爲焦仲卿妻作》，以首句之故，
又名《孔雀東南飛》，全詩三百五十三句，一千七百六十五字，是民
間敘事詩巨構，其序曰：

　　漢末建安中，盧江府小吏焦仲卿妻劉氏，爲仲卿母所遣，
　　自誓不嫁。其家逼之，乃沒水而死。仲卿聞之，亦自縊於
　　庭樹。時人傷之而爲此辭也。

　　此詩郭茂倩云「不知誰氏之所作也」，就其長篇巨構觀之，恐非
出於一人一時之作，或乃始出於民間無名詩人，將當時流行的故事鋪
敘成樂府，獲得人們認可與共鳴後，在傳承過程中，經過無數再創造，
才形成今日面目。因此詩中出現的名詞、風格等便不純然漢風，由而

引起若干紛議。

　　《孔雀東南飛》已有前賢專著甚多，由於此詩問世，證明民間文學集體創作的特性，且在中國敘事詩不發達的情況下，本篇確能代表民間樂府、敘事詩中極至的成就，而在文學史上，位於樂府邁入五言詩成熟的階段，亦可說樂府詩發展至東漢末的一篇具代表性詩歌。再者，融合特殊社會背景、歷經大眾集體創作的《孔雀東南飛》，後代雖無法、也不能擬作，但其精神意識與故事模型，卻影響及於後世。

第四章　作者之環境與身分

　　文學雖由緣情感物創作而得，但其與所處之社會、政治、時代等人文背景，及風土、氣候等自然因素，有密不可分關係；而作者個人身分地位及其境遇因緣，更能影響左右作品之內涵風格。情以物遷，辭以情發，感心動物之餘，文學乃由作者寄託七情、苦悶於其中；甚且作品表露之精神意識，莫不與其政、經生活或一生窮達禍福息息相連。

　　本章所將探討者，乃作者本身與環境加諸於擬作之影響。第一節就時代、政治等社會因素探討各代文學思潮；第二節以下整理本文有關之一百五十二個作者身分地位、窮達遇合對擬作之影響及其擬作特色；為方便研究歸納，第二節先從具有特殊身分地位的擬作者談起，第三節再就性質互關連的仕宦與文人部分研析。

第一節　魏至唐之時代背景與文學思潮

　　文學原受其所處之時代影響甚深，作品內容因此可傳達社會意識、民情疾苦，特別是兩漢民間樂府別於士大夫辭賦文學，以呈現民聲的眞實爲其創作方式。因而漢世社會於民生經濟方面，由《漢書‧食貨志》載董仲舒上武帝之言中可知：

> 至秦則不然，用商鞅之法，改帝王之制，除井田，民得賣買。
> 富者田連仟佰，貧者亡立錐之地，又顓川澤之利，管山林之
> 饒，荒淫越制，踰侈以相高。邑有人君之尊，里有公侯之富，

> 小民安得不困。又加月爲更卒，已復爲正，一歲屯戍，一歲
> 力役，三十倍於古。田租口賦鹽鐵之利，二十倍於古，或耕
> 豪民之田，見稅什五，故貧民常衣牛馬之衣，而食犬彘之食。
> 重以貪暴之吏，刑戮妄加，民愁亡聊，亡逃山林，轉爲盜賊，
> 赭衣半道，斷獄歲以千萬數。漢興，循而未改。〔註1〕

　　由上述陳言，可觀漢世貧富懸殊，豪貴者侈富而貧者無立錐之差
距；加以租稅賦歛嚴苛，徭役繁重，因而富貴之家奴僕以千計，妓樂
充堂，貧賤之戶卻爲生計而拋妻別子，鋌而走險。再者，兩漢戰事連
連，漢武帝拓疆攘外，征伐不休，致使士卒長年戍役在外，如《鹽鐵
論》所言：

> 今中國爲一統，而方內不安。徭役遠，而外內煩也。古者
> 無過年之徭，無踰時之役。今近者數千里，遠者過萬里，
> 歷二期長子不還，父母愁憂，妻子詠歎。憤懑之恨，發動
> 於心，慕思之積，痛於骨髓。〔註2〕

因而可知，在漢帝國蓬勃發展，工商繁榮基礎上，帝王貴族享樂淫佚，
平民卻流離困迫。

　　另外，漢陰陽家盛行，讖緯之術造就神秘之說。在上者冀求長生
不老，嚮往神仙道術；下焉者困於生計，思藉神仙思想以解脫。復以西
漢黃老治術流風所及，並東漢佛教傳入，導致有漢普遍存在一種對無極
宇宙天道之幻夢。然因世亂不保，來者難期，因而在神秘的佛道思想塡
補心靈空虛不安之外，一種及時行樂的功利現實主義便應世而生。

　　從上述言及之兩漢政經與思潮，再反省本文民間古辭所展現之意
識，計有表現戰爭、愛情、別離、哀輓、遊仙及社會人倫道德，與反
映政治吏治得失褒貶之內容而言，可明文學作品乃時代之反映，尤其
民間文學更以直接鮮明面貌指陳兩漢大環境之人文背景。因此在探討
本文四百零九首擬作前，茲先從各代政、經、文學思潮談起。

〔註1〕見《前漢書補注》卷二十四，頁518～519。
〔註2〕見漢桓寬撰，《鹽鐵論》卷第九，《繇役》第四十九，收於清孫星衍
　　　《岱南閣叢書》第貳函，論九，頁2。

一、魏　晉

魏晉南北朝三百七十餘年來世局不穩，爭戰不息，國祚更迭，民生依舊疲病，可謂動盪不安，人民擾攘。政治情勢自東漢以下之影響與轉變，如龔鵬程所言：

> 後漢的政治，自桓靈以下，混亂的型態根源於宦官，而其亂直接來自黨錮之禍和黃巾、黑山之亂。前者本為學術理想與現實政治的一種爭鬥，後者則是由政治腐敗所導致漢代民間五行流俗信仰混合著政治意義的叛反。由此，不僅影響了後漢以至三國兩晉南北朝的政治、社會、經濟等結構的重新組合，也直接刺激了士人出處思想和學術方法、目的的改變。由儒術而清談。〔註3〕

兩漢儒風昌熾，玄學化的經學指導朝政達於獨裁地步，但自桓靈黨錮之禍以來，士人受此打擊，轉往玄言清談之路，而儒學有讖緯符命的群經失去指導民心作用，整個社會、政治、民心在漢末至六朝處於一種不安狀態，帶動文學思潮亦起有極端變化。

漢末一連串亂禍，內有天災，外有羌胡侵寇，海賊、盜賊亦多，復以黃巾作亂二十四年；至三國鼎立，逐鹿中原，更是戎馬倥傯，民不聊生，可謂「家家思亂，人人自危」，其後司馬氏專橫，繼以「八王之亂」，五胡南侵，干戈紛紛，而生民憤怨溢懷。然於此戰火遍野中，對文化與思潮卻有相當影響，如賀昌群《漢末大亂中原人民之流徙與文化之傳播》一文有言：

> 戰爭與文化，相反而實相成，戰爭足以破壞舊有之文化，亦能促進一種新的文化之興起。……漢末百餘年之擾攘，兩漢大一統之帝國文化被破壞，而促進魏晉時代，政治社會學術思想之解放，與長江流域之開發，永嘉亂後，遂形成中國文化史上所謂南北性格之殊異。〔註4〕

〔註3〕見其《由鮑照詩看六朝的人生孤憤》一文，刊於《鵝湖》3：4，頁27。

〔註4〕收錄於姚季農主編，《三國史論集》第一集，古籍史料出版社，民國61年10月初版。

魏晉思想於此政治紊亂、民生凋敝、儒學墮落聲中重新孕育，新思潮的提倡與曹氏父子息息相關。在漢兩百年元氣大傷，世風丕變時，曹操的若干政策風尚實富有領導作用。如其於建安十五年下「求賢令」曰：

> 今天下尚未定，此特求賢之急時也。……若必廉士而後可用，則齊桓其何以霸世？今天下得無被褐懷玉而釣於渭濱者乎？又得無盜嫂受金而未遇無知者乎？二三子其佐我明揚仄陋，唯才是舉，吾得而用之。〔註5〕

此令一出，儼然以人才是用，而不問其德性可否，由是上行下效，儒風日益衰頹。文帝丕承乃父之風，《晉書》傅玄有言：

> 近者魏武好法術，而天下貴刑名。魏文慕通達，而天下賤守節。其後綱維不攝，而虛無放誕之論盈於朝野，使天下無復清議。〔註6〕

再者，曹操治國，頗雜刑名，持法峻刻，於是清議熄而名理之說景然風行，加上社會苦悶，人心惶惶，士子遭黨錮迫害後，遂轉往老莊思想恬淡寡欲、不涉時事之思想鑽研。於是老莊思想支配魏晉人心，浪漫主義興起，士子為求全避世，遂談玄論理，追求虛無自然。

社會混亂，人命如草介，士子有老莊杜康以託身立命，一般百姓卻無以為憑，漢末魏晉在此政治動搖民不聊生的背景下，遂使宗教趁勢發展。農民附會張陵五斗米教、張角太平道，及新興的佛教以尋寄託，然在下層民眾的宗教行為，卻不免採用一種佛道不分的綜合形式，直到清談風氣盛行，老莊哲學與佛學始成為魏晉思想學術主流，而與民間的佛道宗教信仰，分行發展。

大抵而言，魏晉於上述政治、思想背景籠罩中，促使人生觀自習禮克欲的儒教修養，反動為展現人性本然真實自由面目；亦即解脫加諸於身的種種束縛，只為人性生存。這種覺醒意識，導其人生觀至率

〔註5〕見《魏書·武帝紀》，載於斷句本《二十五史》、《三國志集解》，頁0046，新文豐出版。

〔註6〕見《晉書》卷四十七，《列傳》第十七傅玄，頁635。藝文。

性無僞，或追求享樂逍遙縱慾的人生觀；崇尚個人、自然主義，形成利己的無爲思想。但在厭世覺醒的過程中，魏晉人又以養生爲其韜光養晦、保性全眞的方法。總言之，魏晉士子受此大時代激盪，一方面修養身心，避亂隱處，一方面卻以追求心靈逍遙自由、偏重人性本慾的享樂爲其安身立命圭臬。

　　文學既與時代互通，在魏晉如此反動丕變時代裡，文風卻蓬勃燦爛，此趨勢與曹氏父子大力推展不無關係，因而造成建安風骨之光輝盛世。至若其與前代不同及變化過程，劉師培《論漢魏之際文學變遷》一文有言：

> 建安文學，革易前型，遷蛻之由，可得而說：兩漢之世，戶習七經，雖及子家，必緣經術，魏武治國，頗雜刑名，文體因之，漸趨清峻，一也；建武以還，士民秉禮，迨及建安，漸尚通侻，侻則侈陳哀樂，通則漸藻玄思，二也；獻帝之初，諸方棋峙，乘時之士，頗慕縱橫，騁詞之風，肇端於此，三也；又漢之靈帝，頗好俳詞，見楊賜《蔡邕傳》。下習其風，益尚華靡，雖迄魏初，其風未革，四也。〔註7〕

建安文壇在帝王提倡，建安七子等才俊之士烘托圍繞下，其盛況如《文心雕龍・時序篇》所言：

> 自獻帝播遷，文學蓬轉，建安之末，區宇方輯，魏武以相王之尊，雅愛詩章；文帝以副君之重，妙善辭賦；陳思以公子之豪，下筆琳琅，並體貌英逸，故俊才雲蒸。……傲雅觴豆之前，雍容袵席之上，灑筆以成酣歌，和墨以藉談笑，觀其時文，雅好慷慨，良由世亂離，風衰俗怨，並志深而筆長，故梗概而多氣也。至明帝纂戎，制詩度曲，徵篇章之士，置崇文之觀，何劉群才，迭相照耀。少主相仍，唯高貴英雅，顧盼合章，動言成論，于時正始餘風，篇體輕澹，而嵇阮應繆，並馳文路矣。〔註8〕

〔註7〕收於《中國中古文學史》，頁8。河洛圖書出版社，民國69年1月臺景印初版。
〔註8〕見《文心雕龍注》，頁673～674。

　　建安之初，雖世局不穩，長年爭戰，然帝王及御用文人之作品處
於同樣時勢中，卻不免有共通之處，如《文心雕龍・明詩篇》所指陳：

　　　暨建安之初，五言騰踊，文帝陳思，縱轡以騁節；王徐應
　　　劉，望路而爭驅；並憐風月，狎池苑，述恩榮，敍酣宴，
　　　慷慨以任氣，磊落以使才；造懷指事，不求纖密之巧；驅
　　　辭逐貌，唯取昭晰之能；此其所同也。〔註9〕

大抵建安諸子於創作內容上，以歌詠羈戎、征行、爭戰事蹟及遊宴酬
酢爲主；而辭藻則走往華靡綺麗。此外，魏文帝《典論論文》之發表，
使文學得以獨立發展，下開純文學新紀元，也因而使建安時代在文學
史上具有劃時代意義。

　　關於兩晉詩壇，《詩品》序有言：

　　　永嘉時，貴黃老，稍尚虛談。於時篇什，理過其辭，淡乎
　　　寡味。爰及江左，微波尚傳，孫綽、許詢、桓、庾諸公，
　　　詩皆平典似道德論，建安風力盡矣。〔註10〕

在老莊哲理及道家高蹈神秘思想影響下，晉之遊仙詩與玄言詩、田園
詩應世而生，其中不免摻雜及時行樂的現世思潮及玄言哲理。其次自
曹丕後，文學取得地位與尊嚴，因而各種文學理論紛陳出新，其中有
關本文模擬說部分，茲略探究。

　　漢世尊古之風盛熾，曹操挾天子自重，勢振海內，其以亂世梟雄
之心，術尚權變，秉性狡詐，由而因時治宜，處於政治轉型期，儼然欲
另創新機，不尊古法；因此在其《求賢令》及若干政策中，皆可看出違
反儒教傳統之魄力。《魏志》武帝紀載建安二十五，王崩于洛陽，遺令
曰：「天下尚未安定也未得遵古也。」〔註11〕，循此反古精神，表現於
文學上即是反模擬；另外晉陸機以純文學觀點，亦贊同此說。不過在此
進步文學理論提出的同時，晉代擬古風氣卻十分盛行，如楊明所謂：

　　　晉代擬古風氣很盛，……晉人對相近文體的辨析十分注

〔註 9〕同上，頁 66〜67。
〔註10〕見汪中選注《詩品注》，頁 10，正中書局，民國 67 年 10 月六版。
〔註11〕同註5，頁 0070。

意，而且認為文體特點應該固定不變，后人所作在文辭和
表現手法上會有變化，但不可乖離文體應具的特點。這種
看法對后人也頗有影響。而此種觀點的形成，與封建社會
的發展變化緩慢實有密切聯係。〔註12〕

關於擬作風氣，此處略表，餘容後敘。在魏晉人之政治、人生觀、
文學進展等各方面影響下，其文學思潮的重點，可以下文作一概念說明：

魏晉人……對於作品中具有審美意義的一些特點，已經有
較明確的認識。這是魏晉文學思想的重要內容……對於文
學作品以情動人這一特性，魏晉人相當重視……有意識地
追求作品的語言風格之美，也是魏晉人文學思想中的一個
重要方面，……魏晉人認為文章對于作者來說，乃是一種
宣弛情志、消愁解悶、自我娛樂之具。〔註13〕

有關魏晉文學的藝術特點，下文將有詳述，此處僅提綱挈領略為提
過。另外，樂府詩於此階段，由民間過渡到文人創作模擬，至其初作
情形如何，胡適《白話文學史》有言：

樂府民歌的影響固然存在，但辭賦的舊勢力也還不小，當
時文人初作樂府歌辭，工具未曾用熟，祇能用詩體來達一
種簡單的情感與思想，稍稍複雜的意境，這種新體裁還不
夠應用。所以曹魏的文人遇有較深沈的意境，仍不能不用
舊辭賦體。〔註14〕

魏晉思想本文僅略從政治、社會現象談起，以明其時人生觀及大
時代背景；其餘在文學思潮方面，續文將以專章討論。以下則接言南
北朝之政壇、文壇情況。

二、南北朝

晉懷、愍二帝被擄，永嘉之亂後，中原遭五胡侵擾，殘破不堪，
元帝即位建業，是為東晉。西晉士大夫帶持中原文化南渡，此後政治

〔註12〕見楊明，《魏晉文學批評序論》一文，《复旦學報》，1985，No.2。
〔註13〕同上。
〔註14〕見其書，頁57。

中心南移，長江流域繼黃河流域形成文化發源重地，從此下開南北對峙局面，復經宋、齊、梁、陳四朝咸建都建業，因而史稱從東晉元帝大興元年至陳後主禎明三年（公元 318～589）二百餘年為南朝。相對的北朝前期概稱五胡十六國，與東晉對峙；其後自北魏迄北齊、北周，則與宋齊梁陳同步。茲後楊堅滅陳，統一南北朝之分裂，始開隋唐盛世。

南朝自偏安江左，歷朝諸君昏淫者多，且政權屢經轉移，然行政風格卻無甚差異。其時有心之士思圖恢復中原，但各朝君主莫不苟安江南，加以南方山明水秀，氣候溫潤，雖國祚南移，尚能維持偏安小康局面，如《南史・循吏列傳》記載：

> 宋武起自匹庶，知人事艱難，及登庸作宰，留心吏職，……黜己屏欲，以儉御身，……家給人足，即事雖難，轉死溝渠，於時可免。凡百戶之鄉，有市之邑，歌謠舞蹈，觸處成群，蓋宋時之極盛也。永明繼運，垂心政術，都邑之盛，士女昌逸，歌聲舞節，炫服華妝，桃花淥水之間，秋月春風之下，無往非適。〔註15〕

再如《南齊書・良政列傳》序言及：

> 永明之世，十許年中，百姓無雞鳴犬吠之警。都邑之盛，士女富逸；歌聲舞節，祛服華粧，桃花綠水之間，秋月春風之下，蓋以百數。〔註16〕

由上述可見其時國風閒逸繁華之狀，此現象除建立在偏安苟且的政治意識外，主要乃來自南方商業經濟型態，以商賈買賣為其營生方式，及江南特有之地理風情，與南人熱情奔放習性，及未經戰火戎馬踐踏所維持的富庶環境所致。江南號稱魚米之鄉，南朝二大都會揚州、荊州繁盛之狀，如《宋書・沈曇慶列傳》所言：

> 江南之為國盛矣，雖南包象浦，西括邛山，至於外奉貢賦，

〔註15〕見唐李延壽《南史》卷七十，《列傳》第六十，頁 0786。新文豐出版。
〔註16〕見梁蕭子顯，《南齊書》卷五十三，《列傳》第三十四，頁 0420。新文豐。

> 内充府實，止於荊揚二州。……自元熙十一年馬休之外奔，
> 至于元嘉末三十有九載，兵車勿用，民不外勞。……役寬
> 務簡，氓庶繁息。至餘糧栖畝，戶不夜扃，蓋東西之極盛
> 也。〔註17〕

因而除去南朝在政治上積弱、不思圖振作，常改朝換代的政局不穩因
素外；大抵而言江南經濟繁庶，南人浪漫多情的特質，則是有其自然
地理及歷史人文背景因素的。

　　除上述政治積弱、各朝代謝不能長治久安、民生經濟康樂，君臣
上下率圖苟安、不思北伐外，南朝社會還有一種特殊現象，即沿封建
舊習，歷魏晉以來「九品中正」制度，緣於政權不穩而愈趨牢固的門
第世族觀念與勢力，此門閥世家集團的發展情形，如劉亮所言：

> 自東漢以來，豪門世族逐漸發展，貴賤身分，日顯差別，
> 至於魏晉，朝代雖時時更替，而豪門世族勢力則絕不動搖，
> 王氏有與司馬共天下諺。當時之人力物力以及政權實際均
> 轉入私門，君權至為縮小，豪門世族既成為社會政治經濟
> 之現實力量。〔註18〕

因而南朝統治階層雖歷四朝，然社會結構卻無甚改變，此乃源於豪門
世家盤根結錯之故。再者，於此權力移轉，貴族凌駕王室的特殊背景
下，南朝社會突出世家地位形象，由而影響其考選制度，造成所謂「上
品無寒門，下品無士族」的不平現象；在此壓力與世亂情態中，南朝
一般寒門士子因之普遍產生一種孤憤情結。

　　門閥勢力之外，瀰漫南朝的還有一種玄風宗教氣氛，此乃承繼
魏晉玄風而來，在談玄論道的神秘思想中，漸漸助長佛教流傳，自
東晉後迄南北朝末，「寺院高達萬三千餘所，僧侶總數三百餘萬人」。
〔註19〕再者，道教自東漢流行民間，至其時也擁有一定的群眾基礎；

〔註17〕見梁沈約，《宋書》卷五十四，《列傳》第十四，頁0786。新文豐。
〔註18〕見其《魏晉南北朝文化的特色》一文，刊於《中華文化復興月刊》，
　　　　第十二卷，第九期，頁36，1979。
〔註19〕參見同註18，頁34。

因爲家國不保，人心飄盪，遂尋求宗教力量以爲嚮導。因而南朝君臣士庶，莫不躬行或浸沈佛道信仰中。至於其時上層貴族爲何亦披沐此風，臺靜農《中國文學史稿》有言：

> 佛教的出世思想所以能盛行於南北朝的原因，不外南北朝
> 都在動亂不安的情形之下，佛教思想遂被接受；帝室王公
> 世族豪疆於安樂的生活中，又往往有人生無常之感，於是
> 將精神寄託於佛教以求解脫；又因感於人生的無常，遂抓
> 住現實而過著無止境的淫逸生活；如此，人間的歡樂既滿
> 足，死後又可得救升天。〔註20〕

由以上政經思潮言及南朝人生觀，大抵上層豪門閒逸淫奢，享有人間聲色之極，伎樂之盛令耳不暇聽，禮佛問道之餘，仍不棄世間情事。下層農民則認同佛教諸惡莫作、眾善奉行等教義，在崇信鬼神之際心得依歸；也因此宗教有安定民心之功，方使動亂時代的社會不致渙散，在混亂局勢仍存有某種程度的維繫力量。然於上下層夾縫中生存的知識分子，一方面承受由門閥觀念所加諸的不遇失路困挫，再方面因社會政局等特殊結構，所感於外的種種苦悶憂傷、人生無常之感，使其不免油然生憤，悲從中來。因此南朝社會大致呈現一種極不諧調的生活型態、人生理念，在不同物質、精神層次的士人之間。

然而，在勢局多變中，文學卻有一番燦爛風貌。南朝君主雖非仁主雄才，然多雅好樂章，上行下效，文學集團各擁其主，互競文采。在江南柔媚風光、商賈重色的地理經濟條件下，民間豔情小調油然而生，此亦南朝清商樂《吳歌》《西曲》興起緣由。迨其發展盛行後，上層階級受其奢靡生活的情態趨使，亦認同並進而喜歡此種惻豔小曲，在此新聲風尚下，漢魏舊曲已漸式微，盧清青《齊梁詩探微》一書中言及：

〔註20〕引自林文月《南朝宮體詩研究》一文，收於《澄輝集》，頁 188。洪範，民國72年2月。

當時被認為「雅樂正聲」的漢魏舊曲，也只為少數好古之
士所欣賞罷了，民間新聲或文人擬作，均時頡新歌以創新
調。〔註21〕

自建安以下，詩風歷「淡乎寡味」的晉、宋階段，已有日趨柔麗
綺靡之勢。至齊永明時，受佛經轉讀、印度拼音文字輸入的影響，「四
聲」發明，「八病」確立，在此音律對仗講求中，齊梁詩之共同風格
於焉形成，如《南齊書・陸厥傳》記載：

永明末，盛為文章。吳興沈約、陳郡謝朓、琅邪王融，以
氣類相推轂。汝南周顒善識聲韻。約等文皆用宮商，以平、
上、去、入為四聲。以此制韻，不可增減，世呼為永明體。
〔註22〕

再如《南史・庾肩吾傳》所謂：

齊永明中，王融、謝朓、沈約，文章始用四聲以為新變。
至是轉拘聲韻，彌為麗靡，復踰往時。〔註23〕

其實齊代文學除在音律上有其突破發明，加上沿自宋「大明泰始中，
文章殆同書抄」的用典用事風氣，其文學流派及特色，可以《南齊書・
文學傳論》之言說明：

今之文章，作者雖眾，總而為論，略有三體。一則啟心閒
繹，托辭華曠，雖存巧綺，終致迂回，宜登公宴，本非准
的，而疎慢闡緩，膏盲之病，典正可採，酷不入情；此體
之源，出靈運而成也。次則緝事比類，非對不發，博物可
嘉，職成拘制，或全借古語，用申今情，崎嶇牽引，直為
偶說，唯觀事例，頓失精采；此則傅咸五經，應璩指事，
雖不全似，可以類從。次則發唱驚挺，操調險急，雕藻淫
豔，傾炫心魂，亦猶五色之有紅紫，八音之有鄭衛，斯鮑
照之遺烈也。〔註24〕

〔註21〕見盧清青，《齊梁詩探微》一書，頁79。文史哲，民國73年10月初
版。
〔註22〕見《南齊書》卷五十二，《列傳》第三十三，文學，頁0413。新文豐。
〔註23〕見《南史》卷五十，《列傳》第四十，頁0575。新文豐。
〔註24〕見《南齊書》卷五十二，《列傳》第三十三，頁0418。新文豐。

由以上可知，謝靈運、鮑照對齊文壇之影響，及其隸事用典、漸尙雕藻淫靡之風。

由於宋齊之君對文學樂章之提倡愛好，使文人集團之盛，至梁受禪後，更達於另一高峯。《南史・文學傳》言及：

> 自中原沸騰，五馬南渡，綴文之士，無乏於時。降及梁朝，其流彌盛。蓋由時主儒雅，篤好文章，故才秀之士，煥乎俱集。於時武帝每所臨幸，輒命群臣賦詩，其文之善者，賜以金帛。是以縉紳之士，咸知自勵。〔註25〕

梁氏父子在此階段文學中，實扮演舉足輕重地位，梁武帝好隸事遊戲，在其調教影響下，梁氏諸王莫不雅好樂章；加上其時貴族生活放蕩、伎樂充耳，文學走往審音度律、纖巧柔麗風格，並及民間側豔新聲興起，梁簡文帝與其文學集團入主東宮後，便以「宮體」文學風靡春坊。梁武帝雖曾不悅其格，然茲後「宮體」之勢不可扼，遂形成其時代特色。《北史・文苑傳》敍有言：

> 梁自大同之後，雅道淪缺，漸乖典則，爭馳新巧。簡文湘東啓其淫放，徐陵庾信分路揚鑣。其意淺而繁，其文匿而彩，詞尙輕險，情多哀思，格以延陵之聽，蓋亦亡國之音也。〔註26〕

關於宮體文學之緣起及發展，可參照劉漢初《蕭統兄弟的文學集團》一文所言：

> 側豔體的文學，血統來源是很不高貴的。第一，它的祖先出於《吳歌》、《西曲》，是南方小老百姓的歌謠，下里巴人，不入雅耳。第二，它經過湯惠休、鮑照等寒人的摹作，專走偏鋒，極不溫潤，而且局面狹小。但徐摛等人不管那許多，他們爲求新變，更不惜把歌謠中的戀情成分削去，卻加進當時流行的詠物風氣，於是宮體詩再不是吟詠戀情的篇什，而是美人、孌童之類的肉體或衣飾之描繪，這在

〔註25〕見《南史》卷七十二，《列傳》第六十二，頁 0815。新文豐。
〔註26〕見唐李延壽，《北史》卷八十三，《列傳》第七十一，頁 1217。新文豐。

　　　精神上的確是繼承了民歌中坦率及大胆的成分的。他們使
　　　這些側豔詩的技術更精巧，但內容也更趨狹窄。〔註27〕
雖然宮體於風行之初，或可知簡文帝標榜的一時代有一時代之文學，
然而入於陳後主宮庭，經一班狎客唱和後，宮體始墮入不堪目之色
情文學；也正因其褻淫部分，造成「宮體文學」在文學史上變成一個
特殊焦點，而難登大雅之堂。

　　　大抵南朝詩風普遍形成的特色，可如鄭雷夏《齊梁詩與齊梁詩人》
一文所謂：

　　　這時期的文學作品，尤其是詩，也就不由自主的趨向於抒
　　　寫個人日常生活的情感了。這樣，不必說、經緯天地、作
　　　訓垂範、匡主和民的作品，不得一見，就是憂國、傷時，
　　　或高遠疏淡之作，也不再得見。再加上，當時文人集團，
　　　以天子、宗室、大臣為主；流風所尚，自然所作的不是偏
　　　向淫麗、側豔的宮庭詩，就是色澤妍麗、清新俊逸的純寫
　　　情、純寫景的小詩了。〔註28〕

另外，關於本文在民間樂府擬作部分至南朝的發展情形，正如林文月
所說：

　　　詩人們一方面吸取民間歌謠的精神，另一方面又從事於詩
　　　的聲病韻律的研究，使綺豔的主題，配合調諧的韻律，於
　　　是宮體詩無論內容或聲調都日趨精巧靡麗了。他們對韻律
　　　既有相當的認識，於是再回頭來整理原始的民歌體裁，以
　　　成熟的技巧重賦小詩，使之更富於聲韻美。〔註29〕

由此可知，南朝擬樂府不可避免地滲入宮體詩的技巧特色、精神意
識，以及在清商樂盛行下所波及的若干改變與影響。

　　　至於北朝在永嘉亂後，滿目瘡痍，然在胡人華化過程中，其文學
思潮大抵受南方影響，尤其帶有齊梁特色，加上本文涉及的北朝擬作

─────────────

〔註27〕見其文，頁101。臺大碩士論文。
〔註28〕見其文，頁 3，收於《台北市立女子師範專科學校學報》，1977，5
　　　　月。
〔註29〕見林文月，《南朝宮體詩研究》一文，收於《澄輝集》，頁156～157。

爲數不多，因而就此附上一筆，不予深究。

三、隋　唐

　　楊堅統一南北朝，雖曾與民休養生息，但隋祚不旋踵即敗於煬帝之手。至唐興，始另開經南北朝外胡融華之後的一個華夏盛世。初唐至貞觀之治，奠立盛唐繁榮的穩固基礎，其版圖聲威凌越秦漢，形成經濟、思想、交通、文藝等各方面與外族異國交流的情形，由而使大唐天威輻射鄰國，雄霸東亞。然自天寶之亂後，國力大傷，從此一蹶不振，民生經濟在戰亂中益發失所；蕃鎮割據、宦官專權、黨爭不休、邊敵入寇，使唐在內憂外患中，逐漸步入衰頹。

　　再者，在大唐聲勢升降中，其民人經濟及生活理念，大抵在最盛的開元時日，社會安定繁華，由杜甫〈憶昔〉一詩可窺知：

> 憶昔開元全盛日，小邑猶藏萬家室。稻米流脂粟米白，公私倉廩俱豐實。九州道路無豺虎，遠行不勞吉日出。齊紈魯縞車班班，男耕女桑不相失。〔註30〕

然而唐人一方面安享帝國繁盛的庇蔭，卻同時要爲此付出代價，亦即連年擴邊所需擔待的徭役，和由戰爭引發的局部不安；另外唐初均田制實施失敗，也造成土地兼併，農民流落無著，加上稅賦繁重，益使唐人在強大帝國的籠罩下，顯出其無力的一面。尤其開元盛世一過，民生在政治日益腐朽無能、內爭外戰的情形下，實漸凋敝。

　　其次，隋唐承南北朝混亂局勢，雖唐以其新興華化異族身分入主中國，奠立大一統，然於社會思想方面，卻無明顯思潮，此乃唐初重武功忽文治之果。在其武力崇拜、不循禮教道德的特性下，中原漢族原本建構起禮義之邦、儒教的社會常模（Social Norm）便遭破壞。〔註31〕在此混亂空洞的精神層面中，武則天當權後禮遇文官，

〔註30〕見唐杜甫著，清楊倫箋注，《杜詩鏡銓》卷十一，頁 497～498。里仁，民國 70 年 8 月。
〔註31〕參見楊孝濚《中國社會思想史》，頁 141。五南圖書出版公司，民國 71 年 11 月初版。

改革科舉，重視民意，確使原本混沌的文化意識出現轉機，但終其有唐一代，在社會思潮體系建構上，實無特出表現。不過，科舉制度打破六朝以來世族干祿的特權，將政權開放給平民智識階級，而此舉不但將經過戰亂、日益崩潰的門閥制度瓦解，更進而影響唐代文學及社會結構的改變，更甚而影響中國智識分子與仕宦間之種種情態。此外，佛教發展至隋唐大盛，提昇至哲學境界。

　　在以上述及的政經社會思潮下，隋唐文學繼踵事增華的南北朝，又開拓出一番新氣象；其中民間文學─歌賦、變文、傳奇、文人詞的勃興，說明其文壇多樣發展，而唐詩盛況實乃中國詩歌之成就巔峯。大抵隋及初唐承齊梁遺風，迨陳子昂詩歌革命，洗滌華靡之風，下開盛唐李杜極至表現，與王孟田園，岑高邊塞，各逞風騷。此時之所以能登峯造極，乃有賴於詩人對古樂府之涵養，以及接受民間歌辭的哺育所致，詩風因而普遍呈現泱泱大國風貌、浪漫主義色彩。如新編《中國文學史》提及：

>唐代民間文學對唐代詩人起了極大的影響，早在盛唐時，李白、王昌齡等作品中，就可以看出學習民歌的痕迹。中唐以後，民間文學更加繁榮發展了，許多文人去聽講變文，去學習和仿作民歌。〔註32〕

唐擬樂府在濡染民間文學及學習民歌的過程中，有其一定發展，至其發展過程則如胡適所言：

>盛唐的詩的關鍵在樂府歌辭。第一步是詩人倣作樂府。第二步是詩人沿用樂府古題而自作新辭，但不拘原意，也不拘原聲調。第三步是詩人用古樂府民歌的精神來創作新樂府。〔註33〕

大抵說來，唐詩人多半受古樂府影響，由其學習仿作中提昇作品內涵，因此胡適再言：

>唐人的詩多從樂府歌詞入手，後來技術日進，工具漸熟，

〔註32〕見新編《中國文學史》，第二冊，頁17，文復書店。
〔註33〕見其《白話文學史》上卷，頁221。

個人的天才與個人的理解漸漸容易表現出來，詩的範圍方
才擴大，詩的內容也就更豐富，更多方了。故樂府詩歌是
唐詩的一個大關鍵。〔註34〕

逮及中唐，前期有韋、劉、大歷十才子擅場；後期則於社會民窮
財盡，國勢傾頹的局勢下，出現現實主義風潮與元、白新樂府運動。
在此新思潮風起雲湧中，擬樂府衰退，代之而有敘述性樂府推陳出
新，如邱燮友所言：

這一期的詩人，大都放棄樂府舊題的擬作，而大膽地嘗試
「新樂府」的創作。在形式上，他們採用七言的歌行體，
來代替過去的五言詩，仿照「變文」中的歌行方式來說故
事，給故事詩啓開了一條新的道路。〔註35〕

此新樂府運動乃建立於中唐政經社會問題的基礎上，在其創作理念中充
滿人道主義、現實精神。茲後下至晚唐，在杜牧、李賀、李義山之詩作
中，可見強弩之末之音，如新編《中國文學史》一段話可爲之說明：

到了晚唐，由於中央的軟弱，政治的無比昏暗，民族與社會
問題的嚴重，唐帝國已經是日薄西山，暮氣沈沈，……而士
大夫本身的局限，又使他們或者放浪於歌樓妓院，沈湎酒色，
或者陷入纏綿悱惻的愛情而不能自拔，感傷情緒成了他們詩
歌的基調。他們的詩歌具有積極浪漫主義的因素，但在希望
和激情中充滿了悲涼，同時也有許多消極的因素。〔註36〕

綜上觀之，唐詩興盛普及全國階層，除了文學本身進展外，尚有
賴其政經烘托，以及科舉制度之提倡；而其詩風分期各有特色，實繫
於國祚強弱，民生安樂疾苦之變化關鍵上，以致而有浪漫、現實主義
此起彼落現象。另外，自漢樂府歷經魏晉南北朝隋唐之擬作，至新樂
府運動興起後，擬樂府始告衰退。

本節探討魏至唐各代政治概況、民生經濟、社會思潮與文學發

〔註34〕同上，頁236。
〔註35〕見邱燮友，《中國歷代故事詩》下冊，頁388，三民，民國60年。
〔註36〕同註33，頁16。

展，因所涉範圍龐雜，故只能博觀約取，擇與本文相關者略述梗概。
魏至唐大抵多爭戰，各時代有其獨特思潮與人生觀，而在文學方面更
是豐收燦爛，於詩壇部分舉《明史・文苑傳》載林鴻論詩大指：

> 漢魏骨氣雖雄，而菁華不足；晉祖元虛，宋尚條暢，齊梁
> 以下，但務春華，少秋實，惟唐作者可謂大成。〔註37〕

及傅隸樸所指：

> 有了建安的風骨，然後形成唐詩的遒勁；有了兩晉的意境，
> 然後形成唐詩的高妙；有了宋齊的藻繪，然後形成唐詩的
> 清麗；有了齊梁的聲病，然後形成唐詩的諧美；有了梁陳
> 的宮體，然後形成唐詩的細膩。〔註38〕

上文明歷代演變情形；雖不盡然如是，但至少可於其間窺出各代風貌
特色，以爲本節小結。

第二節　作者之特殊身分對擬作之影響

在研究本節及第三節主題前，本文製作附表（四）列於下以供參
考。表中排列一百五十二名作者之擬作標題、數量及身分地位。於身
分一欄計可分爲帝、王、貴族、仕宦、文人、僧、婦女七種，在身分
後面括號中標明職別，例如在政界浮沈之仕宦，則標示其致仕時之官
名，亦即以最後擔任的職務爲主，至於文人，則可分爲御用文人及一
般文人，括號中代表其隸屬何種文學集團，或曾擔任何等職位。其次，
仕宦與文人之區別，在於仕宦是其一生與政界關連甚深者，如果曾任
官爲時不長，或職位不高，而文名頗著者，仍以文人看待。

本表之製作，參考《魏書》、《晉書》、《宋書》、《齊書》、《梁書》、
《陳書》、《隋書》、（新）《舊唐書》、《南史》、《北史》、《唐才子傳》
（辛文房）、《齊梁詩探微》（盧清青）、《蕭統兄弟的文學集團》（劉漢
初，台大碩士論文）等各書而成。

〔註37〕見清張廷玉，《明史》卷二百八十六，《文苑》二，頁3142。新文豐。
〔註38〕見其《中國韻文通論》，頁197。正中，民國71年10月台初版。

附表（四）：魏至唐人擬兩漢民間樂府作者一覽表

排行	時代	人名	身分	擬作數量	擬作標題
1	梁	蕭綱	簡文帝	23	江南思（2）、江南曲、採蓮曲（3）、採菱曲、長安有狹斜行、中婦織流黃、採桑、怨詩、有所思、雙桐生空井、隴西行（3）、豔歌行（2）、上留田行、雁門太守行（2）、雞鳴高樹巔、棗下何纂纂
2	陳	陳叔寶	後主	19	採蓮曲、三婦豔詩（11）、採桑、日出東南隅行、有所思（3）、巫山高、飛來雙白鶴
3	唐	李白	文人（曾供奉翰林）	17	採蓮曲、湖邊採蓮婦、相逢行（2）、陌上桑、日出行、有所思、來日大難、猛虎行、長歌行、白頭吟（2）、豫章行、戰城南、上留田行、枯魚過河泣、悲歌行
4	晉	陸機	東吳貴族。仕宦晉（河北大都督）	13	長安有狹斜行、日出東南隅行、挽歌（3）、猛虎行、長歌行、隴西行、豫章行、上留田行、前緩聲歌、折楊柳行、董逃行
5	宋	鮑照	寒族。仕宦（參軍）	13	採菱歌（7）、採桑、蒿里、挽歌、白頭吟、放歌行、東門行
6	梁	沈約	仕宦宋、齊、梁三朝（尚書令轉左光祿大夫）。竟陵八友	10	江南曲、相逢狹路間、長安有狹斜行、三婦豔詩、日出東南隅行、有所思、長歌行（2）、豫章行、緩歌行
7	唐	劉希夷	文人（進士及第）	10	江南曲（8）、採桑、白頭吟
8	魏	曹丕	文帝	9	陌上桑、善哉行（4）、猛虎行、上留田行、豔歌何嘗行、折楊柳行
9	宋	謝靈運	貴族（康樂公）。仕宦（臨川內史）	9	日出東南隅行、善哉行、長歌行、隴西行、豫章行、上留田行、緩歌行、折楊柳行

10	陳	張正見	仕宦梁、陳二朝（尚書度支郎、通直散騎侍郎）	9	長安有狹斜行、三婦豔詩、採桑、豔歌行、怨詩、有所思、白頭吟、戰城南、晨雞高樹鳴
11	魏	曹植	王（陳思王）	8	怨詩行、薤露、惟漢行、當來日大難、鰕䱇篇、豫章行（2）、平陵東
12	梁	吳均	文人（南平王集團）	8	採蓮曲（2）、三婦豔詩、陌上桑、採桑、有所思、戰城南、城上烏
13	晉	傅玄	仕宦（司隸校尉）	7	豔歌行、惟漢行、長歌行、豫章行苦相篇、豔歌行有女篇、放歌行、董逃行歷九秋篇
14	宋	謝惠連	仕宦（司徒府法曹參軍）	7	相逢行、長安有狹斜行、猛虎行（2）、隴西行、豫章行、前緩聲歌、相逢狹路間
15	唐	李賀	沒落王孫。仕宦（協律郎）	7	江南曲、江南弄、難忘曲、日出行、巫山高、猛虎行、雁門太守行
16	魏	曹操	魏王。追尊爲武帝	6	陌上桑、薤露、蒿里、善哉行（2）、步出夏門行
17	唐	孟郊	仕宦（興元軍參謀）	6	怨詩、有所思、巫山高、樂府（3）
18	魏	曹叡	明帝	5	善哉行（2）、長歌行、樂府、步出夏門行
19	梁	蕭衍	武帝	5	江南弄、採蓮曲、採菱曲、長安有狹斜行、有所思
20	陳	顧野王	仕宦梁、陳二朝（光祿卿）	5	羅敷行、有所思、豔歌行（3）
21	唐	張籍	仕宦（國子司業）	5	江南曲、採蓮曲、猛虎行、白頭吟、董逃行
22	唐	王昌齡	仕宦（龍標尉）	5	採蓮曲（3）、長歌行、放歌行
23	唐	僧貫休	僧	5	蒿里、善哉行、戰城南（2）、上留田行
24	唐	元稹	仕宦（中書門下平章事）	5	當來日大難、決絕詞（3）、董逃行

25	晉	陶　潛	沒落貴族。隱逸文人（彭澤令）	4	怨詩、挽歌（3）
26	梁	蕭　繹	元帝	4	採蓮曲、巫山高、長歌行、飛來雙白鶴
27	梁	劉孝威	御用文人（蕭綱）	4	採蓮曲、怨詩、雞鳴篇、烏生八九子
28	陳	江　總	仕宦梁、陳二朝（太子詹事）	4	怨詩（2）、今日樂相樂、婦病行
29	唐	白居易	仕宦（邢部尚書）	4	採蓮曲、怨詩、挽歌、反白頭吟
30	唐	僧齊己	僧	4	採蓮曲、巫山高、善哉行、猛虎行
31	齊	王　融	仕宦（寧朔將軍）。竟陵八友	3	三婦豔詩、有所思、巫山高
32	梁	江　淹	仕宦宋、齊、梁三朝（金紫光祿大夫）	3	採菱曲、善哉行、王子喬
33	梁	費　昶		3	採菱曲、有所思、巫山高
34	梁	蕭　統	昭明太子	3	相逢狹路間、三婦豔詩、有所思
35	梁	庾肩吾	御用文人（蕭綱、蕭繹）	3	長安有狹斜行、有所思、隴西行
36	梁	王　筠	御用文人（蕭統）。仕宦（太子詹事）	3	三婦豔詩、陌上桑、有所思
37	隋	盧思道	仕宦北周、隋二朝（散騎侍郎）	3	採蓮曲、日出東南隅行、有所思
38	唐	于　鵠	一般文人	3	江南曲、挽歌（2）
39	唐	陸龜蒙	隱逸文人	3	江南曲（2）、陌上桑
40	唐	崔國輔	仕宦（竟陵司馬）	3	採蓮曲、怨詩（2）
41	唐	儲光羲	仕宦（監察御史）	3	採蓮曲、採菱曲、猛虎行
42	唐	鮑　溶	文人（進士）	3	採蓮曲（2）、怨詩
43	唐	李　暇		3	怨詩（3）

44	唐	沈佺期	仕宦（太子少詹事）	3	有所思、巫山高（2）
45	晉	張駿		2	薤露、東門行
46	齊	劉繪	文人（西邸學士）遷太子中庶子	2	有所思、巫山高
47	梁	朱超		2	採蓮曲、城上烏
48	梁	沈君攸		2	採蓮曲、採桑
49	梁	江洪	文人（西邸學士）。建陽令	2	採菱曲（2）
50	梁	張率	御用文人（蕭綱、蕭統）	2	相逢行、日出東南隅行
51	北周	王褒	仕宦梁、周二朝（車騎大將軍）	2	長安有狹斜行、日出東南隅行
52	後魏	高允	仕宦（陳留太守）	2	羅敷行、王子喬
53	隋	王胄	仕宦陳、隋二朝（秘書郎）	2	棗下何纂纂（2）
54	唐	宋之問	仕宦（汴州長史）	2	江南曲、王子喬
55	唐	溫庭筠	文人（方山尉）	2	江南曲、張靜婉採蓮曲
56	唐	王勃	文人（朝散郎）	2	江南弄、採蓮歸
57	唐	戎昱	文人（辰州刺史）	2	採蓮曲（2）
58	唐	韋應物	仕宦（蘇州刺史）	2	相逢行、有所思
59	唐	虞世南	仕宦陳、隋、唐三朝（秘書監）	2	中婦織流黃、飛來雙白鶴
60	唐	薛奇童		2	怨詩（2）
61	唐	姚氏月華	一般婦女	2	怨詩（2）
62	唐	盧照鄰	仕宦（新都尉）。後隱逸	2	巫山高、戰城南
63	唐	劉言史	一般文人	2	樂府（2）
64	魏	阮瑀	御用文人（曹操、倉曹掾屬）	1	怨詩
65	魏	繆襲	仕宦（侍中）	1	挽歌
66	晉	梅陶		1	怨詩行

67	宋	湯惠休	仕宦（揚州從事）	1	江南思
68	宋	孔欣		1	相逢狹路間
69	宋	荀昶		1	長安有狹斜行
70	宋	劉鑠	王（南平穆王）	1	三婦豔詩
71	宋	僧惠休	僧	1	怨詩行
72	宋	劉義恭	王（江夏文獻王）	1	豔歌行
73	宋	吳邁遠	仕宦（江州從事）	1	飛來雙白鵠
74	宋	孔甯子		1	前緩聲歌
75	齊	謝朓	仕宦（尚書吏部郎）	1	有所思
76	齊	虞羲	御用文人（西邸學士）。常侍	1	巫山高
77	梁	柳惲	仕宦梁、陳、隋三朝（歧州司馬）	1	江南曲
78	梁	劉緩	御用文人（蕭繹）	1	江南可採蓮
79	梁	陸罩		1	採菱曲
80	梁	徐勉	御用文人（蕭統）	1	採菱曲
81	梁	劉孺	御用文人（蕭統、蕭綱、蕭繹）	1	相逢狹路間
82	梁	劉遵	御用文人（蕭綱）	1	相逢狹路間
83	梁	王囧		1	長安有狹斜行
84	梁	徐防	御用文人（蕭綱）	1	長安有狹斜行
85	梁	劉孝綽	仕宦（秘書監）	1	三婦豔詩
86	梁	王臺卿		1	陌上桑
87	梁	姚翻		1	採桑
88	梁	劉邈	御用文人（蕭綱、蕭繹）	1	採桑
89	梁	蕭子範	御用文人（蕭統）	1	羅敷行
90	梁	蕭子顯	仕宦（吏部尚書、加侍中）	1	日出東南隅行
91	梁	王僧孺	文人（西邸學士）	1	有所思
92	梁	范雲	御用文人（蕭統）	1	巫山高

93	梁	王　泰	仕宦（吏部尚書）	1	巫山高
94	梁	褚　翔		1	雁門太守行
95	梁	高允生		1	王子喬
96	梁	李鏡遠		1	蛺蝶行
97	陳	徐　陵	仕宦	1	中婦織流黃
98	陳	盧　詢		1	中婦織流黃
99	陳	賀　徹		1	採桑
100	陳	傅　縡		1	採桑
101	陳	徐伯陽		1	日出東南隅行
102	陳	殷　謀		1	日出東南隅行
103	陳	陸　系		1	有所思
104	陳	蕭　詮		1	巫山高
105	北齊	祖孝徵		1	挽歌
106	北周	蕭　撝	王孫。仕宦梁、北周二朝（蒲陽郡守）	1	日出行
107	後魏	裴讓之	仕宦（中書舍人事）	1	有所思
108	隋	殷英童		1	採蓮曲
109	隋	李德林		1	相逢狹路間
110	隋	薛道衡	仕宦北齊、北周、隋三朝	1	豫章行
111	唐	劉慎虛	文人（夏縣令）	1	江南曲
112	唐	丁仙芝		1	江南曲
113	唐	李　益	仕宦（禮部尚書）	1	江南曲
114	唐	李商隱	仕宦（工部員外郎）	1	江南曲
115	唐	韓　翃	仕宦（中書舍人）	1	江南曲
116	唐	羅　隱	文人（司勳郎中）	1	江南曲
117	唐	徐彥伯		1	採蓮曲
118	唐	賀知章	仕宦（禮部侍郎兼集賢院學士）	1	採蓮曲

119	唐	閻朝隱		1	採蓮女
120	唐	劉禹錫	仕宦（太子賓客）	1	採菱曲
121	唐	崔 顥	文人（尚書司勳員外郎）	1	相逢行
122	唐	董思恭		1	三婦豔詩
123	唐	王紹宗		1	三婦豔詩
124	唐	常 建	仕宦（盱眙尉）	1	陌上桑
125	唐	郎大家宋 氏	一般婦女	1	採桑
126	唐	李彥遠		1	採桑
127	唐	王 建	仕宦（陝州司馬）	1	採桑
128	唐	張 泌		1	怨詩
129	唐	劉元濟		1	怨詩
130	唐	劉 叉	一般文人	1	怨詩
131	唐	盧 仝	一般文人	1	有所思
132	唐	劉氏雲	一般婦女	1	有所思
133	唐	趙微明	一般文人	1	挽歌
134	唐	孟雲卿	文人（校書郎）	1	挽歌
135	唐	鄭世翼		1	巫山高
136	唐	張循之		1	巫山高
137	唐	劉方平	一般文人	1	巫山高
138	唐	皇甫冉	仕宦（拾遺左補闕）	1	巫山高
139	唐	李 端	文人（杭州司馬）	1	巫山高
140	唐	于 濆	文人（進士）	1	巫山高
141	唐	韓 愈	仕宦（兵部侍郎京兆尹兼御史大夫）	1	猛虎行
142	唐	王 維	仕宦（尚書右丞）	1	隴西行
143	唐	耿 湋		1	隴西行

144	唐	長孫左輔	一般文人	1	隴西行
145	唐	顧　況	仕宦（饒州司户）	1	樂府
146	唐	權德輿	仕宦（禮部尚書同中書門下平章事）	1	樂府
147	唐	陸長源	一般文人	1	樂府
148	唐	劉　駕		1	戰城南
149	唐	張　祐		1	雁門太守行
150	唐	莊南傑	一般文人	1	雁門太守行
151	唐	李　頎	文人（新鄉縣尉）	1	緩歌行
152	唐	柳宗元	仕宦（柳州刺史）	1	東門行

一、皇　帝

　　在中國幾千年專制政體中，九五之尊乃位於至高地位，至富至貴，享有人間一切之極者。賢君明主日理萬機，在時間上或有不容於文學創作之投注，昏庸荒淫之主則沈迷聲色，才思不濟，或無能從事文思之建構。因此歷代君王中雖不乏舞文弄墨者，但真有作品流傳後世，且能以文才佔一席地位，在諸代帝系中，確實微乎其微。

　　帝王文學殆起於漢高祖《大風歌》，其次武帝亦有詩歌辭賦傳於今，至東漢儒風昌盛，帝王提倡經學不遺餘力，導致朝臣上下莫不文質彬彬。下迄魏晉南北朝，帝王文學才思的發揮表現，始達一高峯。本文所錄一百五十二名作者中，即有梁簡文帝、陳後主、魏文帝、魏明帝、梁武帝、梁元帝等六位君主參與古辭模擬行列，甚且其擬作數量不在少數，而以家族型態出現。不過基於所處時代不同，個人才情殊科，導致文學風格呈現異樣氣質，如林文月所言：

> 在中國文學史上，以政治領袖的地位而兼具文學修養的家
> 庭，魏之曹氏父子以後，復有梁之蕭氏父子。這兩個家庭
> 在政壇上的時間都很短，在文學上所代表的意義卻不相
> 同：曹氏父子風雲氣多，創清峻通侻的風格；蕭氏父子則

兒女情長，開輕豔柔弱之文風。〔註39〕

曹魏、蕭梁之所以有此分別，原因很多，當然存在有建安風骨及宮體盛行之故，不過居於帝位的作者，除了國祚短長國勢興衰不論外，一般在民生基本需要上均不虞匱乏，在名利權勢的掌握已達顛峯，因此大抵而言，作品中較少出現對功名富貴的追求與不遇落寞的嘆息。本文六位皇帝的擬作可大別爲對國事的關心、對其愛賞或所沈浸之生活背景的描寫兩類，而其中梁簡文帝擬作數量之多居本文擬作者之首，故以下略從蕭綱論起。

蕭綱四十七歲即帝位，位居東宮當儲君幾達二十年之久，宮體詩即在其入主東宮時所倡行的新體。簡文雅好文章，立身行道不失爲正直之士，緣於愛好新變，且在「立身之道，與文章異。立身先須謹重，文章且須放蕩」〔註40〕的原則下，始有宮體名號，特出輕豔唯美文風。觀其樂府及詩，率多浮豔之宮體，後人對其作品卻無甚好評，如唐岑參《岑嘉州詩集》，杜確序言：

> 梁簡文帝及庾肩吾之屬，始爲輕浮綺靡之辭，名曰宮體。
> 自後沿襲，務爲妖豔。謂之擒錦布繡焉。其有敦尚風格，
> 頗存規正者，不復爲當時所重，諷諫比興，由是廢缺，物
> 極則變，理之常也。〔註41〕

宮體詩於後世評價不高，固有其所以然之理；但宮體文學雖不在內涵意境上對世道人心有所提昇作用，然其追求藝術形式，細膩刻劃之唯美技巧，卻有不能一概抹煞的價值。觀簡文帝模仿兩漢民間樂府的二十三首擬作中，有宮體傾向的只有三、四首，且無甚誨淫之作；其中模仿最多的乃關於江南工作歌方面，及描繪春郊景致者計有九

〔註39〕見林文月，《南朝宮體詩研究》一文，收於《澄輝集》一書，頁181。洪範，民國72年2月初版。

〔註40〕見其《誡當陽公大心書》。刊於清嚴可均編，《全上古三代秦漢三國六朝文》七，《全梁文》卷十一，頁1。世界，民國50年3月初版。

〔註41〕刊於唐高適、岑參撰，《高常侍集・岑嘉州詩》。廣文，民國59年元月初版。

首，另外也有二、三首兒女情長，五首戰爭戍役，及一首留心生民田事，描敘宮廷清閒生活之詩。大抵說來，簡文雖寫有豔情小品，然在擬漢樂府時，卻以柔膩寫實的直陳方式，描摹景物，寫情達意，雖不免雜有貴族奢侈之作，然亦不乏剛健清峻的邊塞詩。

次及陳後主，宣弟長子，即帝位後，日與嬪妃狎客遊宴賦詩，《南史・後主本紀》載其：

> 荒于酒色，不恤政事。左右嬖佞珥貂者五十人，婦人美貌麗服巧態以從者千餘人。常使張貴妃、孔貴人等八人夾坐，江總、孔範等十人預宴，號曰「狎客」。先令八婦人襞采箋制五言詩，十客一時繼和，遲則罰酒，君臣酣飲，從夕達旦。〔註42〕

陳後主原「生深宮之中，長婦人之手，既屬邦國殄瘁，不知稼穡艱難。」〔註43〕，加上其時輕靡浮淫的宮廷氣氛，使其在既有傳統背景、加上個人情性的配合下，遂走上荒淫之路，連帶葬送陳祚，也一併將宮體詩墮落爲色情文學。

陳後主即帝位只有六年時間，隋師攻入時，尚詩酒不輟，奏伎行樂，可見其昏庸於政，卻又浪漫於文之狀。後人嗤其爲亡國之君，然其能詩，又有音樂方面才情，從中不難看出其具有文人氣質，《隋書・音樂志》有云：

> 後主亦自能度曲，親執樂器，悅翫無倦，倚絃而歌，別採新聲，爲〈無愁曲〉。音韻窈窕，極於哀思，使胡兒閹官之輩，齊唱和之。曲終樂闋，莫不隕涕，雖行幸道路，或時馬上奏之，樂往哀來，竟以亡國。〔註44〕

陳自宣帝太建十一年北征彭汴慘敗後，至後主至德初年，未嘗不力圖振作，但如陶希聖之言：

〔註42〕見唐李延壽《南史》卷十，《陳本紀》下第十，頁0143。新文豐。
〔註43〕見唐姚思廉等撰，《陳書》卷六，《後主本紀》，魏徵曰，頁0053。新文豐。
〔註44〕見唐魏徵等著，《隋書》卷十四，志第九，音樂中，頁0181。

周隋篡奪之變,繼之以隋文帝對待陳氏的和議陰謀,陳君
遂得以偷安而甘心沈醉於詩酒婦人,以待滅亡。〔註45〕

此則陳後主自我放棄,進而追求慾樂之時代背景,或因此譜出亡國之
音。《陳書・後主本紀》魏徵評曰:

古人有言,亡國之主,多有才藝,考之梁、陳及隋,信非
虛論。然則不崇教義之本,偏尚淫麗之文,徒長澆僞之風,
無救亂亡之禍矣。〔註46〕

陳後主在本文擬作者中,排名第二,計有一九首擬作,全部描繪
色與情,其中有五首敘及情思方面,餘則皆爲浮靡之辭,林文月言及:

後主今存的樂府辭有六十五首,其中約五分之四都是極濃
膩的豔情詩。並且常有同一樂府題而作多首者。〔註47〕

正如其擬《有所思》三首、《三婦豔詩》十一首,可見其沈迷於香軟
氣氛不克自抑之情狀。然後主以宮體精神擬漢樂府,卻只見一片綺麗
風光,美人橫陳、情濃意切之狀。

復次魏文帝曹丕,性好文學,博聞強記,善技擊,由《魏書》記
載:

年八歲能屬文,有逸才。遂博貫古今經傳、諸子百家之書。
善騎射,好擊劍。〔註48〕

及其《典論自敘》所言:

余是以少誦詩論,及長而備歷五經四部史漢諸子百家之
言,靡不畢覽。〔註49〕

由而見其自少文武雙全,家學淵源,在好學的曹操王侯之家所培育出
的穎慧早熟天才。

〔註45〕見其《蕭梁瓦解與陳代興亡》一文,刊於《食貨》・五・一,頁16。
1975,4月。
〔註46〕同註43,頁0054。
〔註47〕見林文月,《南朝宮體詩研究》一文,收於《澄輝集》,頁203。
〔註48〕見盧弼,《三國志集解》,《魏書》二,《文帝紀》第二,頁0074。
〔註49〕見清嚴可均編,《全上古三代秦漢三國六朝文》三,《全三國文》卷
八,頁8。

曹丕以其冷靜內斂性格，於建安二十二年得立為魏儲君，迨曹操於建安二十五年卒，丕便繼立為魏王，尋篡漢，國號魏。大抵而言，丕富行政治事之能，深慮遠謀，又有體民利民之仁心，不失為負重致遠、以國為己任之帝王，惜在位六年崩，於四十英年早卒。

曹氏在建安文壇舉足輕重，兼負政治領袖地位，對推動影響當時文風有其歷史性意義，《宋書·謝靈運傳》言及：

> 至于建安，曹氏基命，二祖陳王，咸蓄盛藻，甫乃以情緯文，以文被質。〔註50〕

加以曹丕《典論論文》確立文學的獨立地位，開啟文學批評先河，從而塑造「辯而不華，質而不俚，風調高雅，格律遒壯」〔註51〕之建安風骨。而於此敦厚渾樸、中正達情，揉和老莊清靜無為、道教遊仙思想及佛教出世願景的時代詩風中，曹丕雖婉約善感，卻又帶有科學意識，因此林文月有言：

> 從曹丕的日常生活觀其為人，他的性格是多愁善感的，較之曹操更富於文人氣息，因此他的詩章裏到處在表現著敏銳的感傷與飄忽的思想。在他做太子的時期，便染著濃厚的、文人特有的神經質……曹丕是不迷信的，他雖感歎歲月易逝，年華不再，然而他僅止於這種感傷程度。他並不像曹操或當時一般人求助於神仙幻遊，相反的，他還在詩裏攻擊迷信思想。〔註52〕

觀其於擬漢樂府居排行第八的九首擬作中，就有反迷信的《折楊柳行》，關懷民生疾苦與求賢之作，以及描述感時嘆逝、酣宴酬賓之詩。基本上，其表達方式承其性格含蓄隱忍的纖細特質，用之於詩，則柔婉悲涼，而又富於絃外之音，不過這與其好用典故—尤於《詩騷》，及其深情感傷細緻敏銳的天性有關。

〔註50〕見梁沈約，《宋書》卷六十七，列傳第二十七，頁0861。
〔註51〕見魏慶之撰，《詩人玉屑》，頁224，建安總論條下云。商務人人文庫，民國72年9月台四版。
〔註52〕見林文月，《談談曹氏兄弟的詩》一文，收於《澄輝集》一書，頁40～42。

　　排行第十八，有五首擬作的魏明帝，乃繼丕即帝位。其擬漢樂府中有兩首描述戰爭，及三首自傷感懷之作，後者可能其未即帝位前困挫憂懷之詩。

　　排行十九，有五首擬作的梁武帝，博學多能，生活較簡樸，尤至晚年信佛以後，更守清規，不近聲色。其作品以樂府居多，現存五十餘首，大多模仿《吳歌》《西曲》，近似江南民謠體。本文選錄的就有三首江南方面作品，及描述貴族生活與兒女情思之作各一首。

　　最後言及梁元帝蕭繹，在其爲湘東王時，便已爲宮體詩中堅，觀其排行二十六之四首擬作中，有兩豔情，一及時行樂，一近似詠物詩看來；雖其好學向上，著述《金樓子》，然其擬作及作品特色，仍不免參揉宮體成分。

　　以上言及的六位皇帝，其擬作除有關征伐、酣宴、求賢、關心民生疾苦、貴族生活之描寫等，乃緣於皇帝身分所帶來的影響外；其餘在色情部分，則反是利用其權勢而更加重其淫樂程度。另外，皇帝以一國之尊統領國家，其所好賞或所創作的文學特質，一定在其時有相當程度地影響力，這是在探討皇帝擬作者時，所當注意而不得忽略之處。

二、王侯貴族

　　本文選錄的擬作者中屬於王侯貴族的計有謝靈運（康樂公）、曹植（陳思王）、曹操（魏王）、蕭統（昭明太子）、劉鑠（南平穆王）、劉義恭（江夏文獻王）等人。以下茲從謝靈運談起。

　　謝靈運，南朝宋陽夏人，謝玄孫，襲封康樂公。出身門閥制度興盛時的豪門世家，加以天性自私任性孤傲，因此成就其豪華奢侈、簡單狂放、而又標新立異的特性。如《宋書・謝靈運傳》有言：

> 性奢豪，車服鮮麗，衣裳器物多改舊制，世共宗之，咸稱
> 謝康樂也。〔註53〕

―――――――――――――――

〔註53〕見《宋書》卷六十七，列傳第二十七，頁 0845。

康樂少博學，工書畫，詩文縱橫，獨步江左，乃元嘉詩壇代表人物，尤以其山水詩之創作，更以浪漫、唯美、寫實而金碧輝煌面貌呈現風景，《文心雕龍‧明詩篇》有云：

> 宋初文詠，體有因革，莊老告退，而山水方滋。儷采百字
> 之偶，爭價一句之奇。情必極貌以寫物，辭必窮力而追新。
> 〔註54〕

此乃建立在其博覽群書、詞采絢麗的基礎，因而能創新立異，大變詩體。

謝靈運雖出身兩大名門之一，享有人世富貴，不必爲生活不遇遭憂，然其兩度從政，在永嘉太守任內縱情山水，不務政事，免歸後尋爲臨川內史，不改舊習，仍放浪任性。在其一生貴公子瀾綽的生涯裡，得以全力發展其文學稟賦，將延續魏晉玄言傳統的山水詩，加重寫景技巧，擴大應用範圍，並融入情感意象，使山水寫作開出另一番新天地，如王師夢鷗所言：

> 作品裏模山範水，遠出《詩騷》；然而因方借巧，即勢會奇，
> 至謝靈運乃大開此一法門，使後世文學作品，內意外象，
> 以理入景者隨在可見；流弊所及，演成「連篇累牘，不出
> 月露之形；積案盈箱，唯是風雲之狀。」〔註55〕

當然，文學走往綺麗乃魏晉以下的共通趨勢，而謝康樂更加重其雕繪琢磨功夫，有傷眞意，但其於山水詩用力客觀描摹，確使其於詩壇具有歷史性意義。

本文擬作者排行第九，有九首擬漢樂府的謝靈運，於其作品中表現的計有郊遊、老莊思想、夫婦別離、達士處樂等內容，而字裡行間隱現一種無奈的嘆逝情緒。雖以其高門子弟身分，已享有比他人優渥的各種待遇，仍不免感染魏晉人普遍的無常感，因爲這種人性共有的時代情結，想必不是藉貴族身分所能化解而倖免的。

〔註54〕見其書，頁67。

〔註55〕見其《魏晉南北朝文學之發展》一文，刊於《中華文化復興月刊》，
第十四卷，第八期，頁110。1981，8月。

　　次及魏曹植，乃魏文帝之弟。少聰穎敏悟，才華過人，光芒外露，曾嚴重威脅曹丕之儲君地位；然以其浪漫風流，任情粗率之文人氣質，終於失去魏武帝的寵愛。迨其二十九歲，丕繼帝位後，曹植便從優遊專寵快意的日子，轉變為受壓抑冷落、迭遭遷徙貶官之命運。終其一生，深受落寞孤立。在由天之驕子的英才，流放為有名無實的藩王過程中，曹植不甘沈寂、浪漫多情的心，便在其兄、姪有意識的壓迫下，積鬱而亡，享年四十一。

　　曹植可謂建安文壇的巨擘，於五言詩擴大題材範圍，提昇藝術成就，使其居五言詩發展之關鍵地位。再者，漢樂府至曹子建又加入老莊與遊仙思想，此乃其於困厄感傷之環境與心情下，尋求心靈超脫的幻境與途徑。因此觀其於本文排行第十一，八首擬漢樂府，計有明言君道、求為自試、遊仙祝頌、懷憂悲嘆、引樽別友、落拓不遇的內容看來；可見其熱情上表，求為登用，卻又落寞寡歡之狀。另一方面，又見其儒家、道家思想參揉並存，欲入世卻又不得不以出世為其逃避依託之矛盾。大抵王侯身分加諸曹植的乃其一生動盪不安，意興風發與孤憤失意交織的命運，而其熱切渴望，卻又避世求仙的心態，在其擬漢樂府內容中，可一一尋出軌跡。

　　曹操乃魏王，曹丕即位後始追尊為武帝。操本東漢沛國譙人，雄才機詐富權謀，惜才而又知人善用，特好兵法，配合漢末大亂局勢，因而挾天子以自為丞相，雄霸一方。赤壁一戰受挫後，始開三國鼎立局面，然聲威猶凌駕孫、劉之上。操不僅有政治領導、出將入相之能，更於年少好學而博覽群書，二十舉孝廉，其勤學程度如曹丕《典論·自敘》所言：

　　　　上雅好詩書文籍，雖在軍旅，手不釋卷。每定省從容常言：
　　　　「人少好學則思專，長則善忘，長大而能勤學者，唯吾與
　　　　遠伯業耳。」〔註56〕

由此學養基礎，加上其瀟洒縱橫的氣魄，使操文武兼備，在歷史政治、

〔註56〕同註49。

文學史上各有席位，且下開鼓動建安文學之蓬勃發展。

　　曹操於本文擬作者中，排行十六，計有六首作品，其中陳述的有關於當代政壇之實況與評價，對歷代政治之評估、遊仙思想、自述心志於征伐途中，及一首內痛父亡、外悲君難之詩。在其字裡言外，透露一種禾黍之悲，一種遠懷政治理想、卻長年征戰身處亂世的英雄的感慨。在曹操作品中，以直陳的寫實方式，復古的詩體表現當時實況，以身為統治階層，卻寫出「老驥伏櫪，志在千里，烈士暮年，壯心不已」(《步出夏門行》)的古直蒼涼中，又帶積極陽剛之詩。王船山評其詩云：

> 不言所悲，而充塞八極無非愁者。孟德于樂府，殆欲踞第一位。惟此不易步耳。不知者但謂之霸心。〔註57〕

由此可知，政治家詩人在堅毅冷酷的外表下，所藏有的一顆易感悲憫之心。

　　曹操詩作以樂府體居絕大多數，且以四言為主，五言次之。另外，在其反擬古政策下，始用樂府舊調歌詠時事，此乃漢樂府至魏一大轉變關鍵；且在四言體逐漸為五言取代時，操仍致力四言樂府的創作，且有達於水準以上的成就，此二者乃魏武樂府兩大必須特別關照之處。

　　梁蕭統，梁武帝長子，五歲即通五經，過目成誦，天監中立為皇太子。東宮有書三萬卷，承乃父之風，亦好賞篇籍，加上其御用文人名才並集，遂下開晉宋以來文學集團盛況。秉性仁恕，能辨是非，果斷能幹，為帝左輔，不幸事母至孝，於丁貴嬪亡逝、居喪哀痛時不克自抑，遂憔悴瘦損，年三十一而薨。百姓愛戴，為之泣下。

　　昭明太子以編纂《文選》於文學史上留下永世功名，其於梁宮體始萌之際，較不為所染，以其高雅典重，對文學所持立論則是：

> 夫文典則累野，麗亦傷浮，能麗而不浮，典而不野，文質彬彬，有君子之致。吾嘗欲為之，但恨未逮耳。〔註58〕

〔註57〕見《三曹資料彙編》，頁25。木鐸出版社，民國70年10月版。
〔註58〕見其《答湘東王求文集及詩苑英華書》。刊於清嚴可均編，《全上古三代秦漢三國六朝文》七，《全梁文》卷二十，頁2。

由此可見其爲文之道，在本文排行第三十四，有三首擬作的昭明太子，其唯一宮體之作就是擬《三婦豔詩》；另外一首述貴族生活的《相逢狹路間》，及詠別離情長的《有所思》。從這三首擬作看來，昭明太子雖已較清雅爲文，然終究脫離不了緣其貴族王孫生活所帶來之風氣與影響。

最後述及排行七十的宋劉鑠，與排行七十二的劉義恭二人，乃劉宋宗室王弟。在二人唯一擬作《三婦豔詩》及《豔歌行》兩首內容，述及情感豔體看來，可明顯理解王族生活所加諸於其作品之映象。

以上所述六位王族擬作，在其優越物質條件與地位權勢配合下，奢靡題材乃貴族王孫所易採納的對象，而爲國懷憂或於政治上顛沛頓挫的王侯，則易將其際遇感懷流露詩文中。大抵而言，富貴佚樂與政治地位升降，乃王侯貴族身分所帶給擬作者作品內容的兩大影響主因。

三、僧　徒

佛教自東漢明帝傳入中國，趁其時亂勢暗，至南北朝迅速發展，而於隋唐大放異采。在其擴展階段中，及晉漸揉染於文物風化，至梁武崇佛，對三寶無不優渥禮遇，免稅免役，而亂世之民爲求苟安，紛紛剃度出家，造成僧徒眾多，使遁入空門衍爲一時風尚。不過一些有名無實的佛徒於佛法非但無識，反造成國家龐大負擔，因而敗壞社會風氣引起士人不滿，終於在西魏武帝、北周武帝及唐武宗時發生剿除佛教勢力的「三武之禍」，使佛教發展受到浩劫。但佛教發展勢不可遏，終於大唐形成佛學昌熾盛況。

本文擬作者具僧人身分的計有三位，以下略從唐僧貫休談起。據元辛文房《唐才子傳》記載：

> 休字德隱，婺州蘭溪人，俗姓姜氏。風騷之外，尤精筆札……賜號「禪月大師」……有集三十卷，今傳。休一條直氣，海內無雙，意度高疎，學問叢脞，天賦敏速之才，筆吐猛銳之氣，樂府古律，當時所宗……果僧中之一豪也。〔註59〕

──────────────

〔註59〕見其書，頁181。世界，民國49年11月初版。

貫休生當唐末,「七歲出家,日讀經書千字,過目不忘,既精奧義,詩亦奇險,兼工書畫。」〔註60〕後入蜀以詩投王建,受其禮遇,賜號「禪月大師」,年八十一終於蜀,有《西嶽集》傳世。

本文排行二十三的貫休,其五首擬作作品中,計有兩首《戰城南》、諷風氣不清的《上留田行》、蒼莽的《嵩里》,及一首較特別、以騷賦體寫成的《善哉行》──似在美人湘水背後,隱有求賢之意,觀其詩風呈現輕淡的憂憤氣質,對世道人心之希冀與評擊看來,以僧徒身分觀看世間人事,多少會帶有悲天憫人及寫實勸世色彩。

其次為唐僧齊己,本文排行三十,有四首擬作。《唐才子傳》有載:

> 齊己,長沙人。姓胡氏,早失怙恃。七歲穎悟,為大溈山寺司牧,往往抒思,取竹枝畫牛背為小詩。耆夙異之,遂共推挽入戒。風度日改,聲價益隆。……又撰「詩格」一卷……並其詩「白蓮集」十卷,今傳。〔註61〕

齊己,俗名胡得生,唐末人,「出家大溈山同慶寺,復棲衡嶽東林;後欲入蜀,經江陵,高從誨留為僧正,居龍興寺,自號衡嶽沙門。能詩,猶擅五律,與鄭谷倡和最頻。」〔註62〕齊己的《風騷旨格》在文學批評上有其重要性,下開「詩格」理論風氣,但觀其於本文擬作的《巫山高》、《猛虎行》,及遊仙的《善哉行》、青春馨香的《採蓮曲》四首看來,內容大抵是俗世寫實的,只有《巫山高》藉傳說而抒情。大抵齊己的詩作有以歷史典故為題的感懷,及寫景抒情、清淡自描之作;然於本文四首擬樂府看來;卻不大能於其中尋出其為僧徒身分所受之影響。

最後還有一宋僧惠休,於世祖時奉詔還俗,俗姓湯。因而本文將其分為兩種身分,一在排行六十七的湯惠休,擬作一首述鄉愁的《江

〔註60〕見陳香編校,《歷代名僧詩詞選》,頁196。佛教慈濟功德會出版,民國67年4月初版。
〔註61〕見其書,頁161。
〔註62〕同註60,頁188。

南思》，此乃其於揚州從事時所作之詩，一則爲排行七十一的僧惠休，
擬作一首《怨詩行》。惠休善屬文，尤以能詩名，然《詩品》評其：

> 惠休淫靡，情過其才。〔註63〕

《南史·顏延之傳》亦載：

> 延之每薄湯惠休詩，謂人曰：「惠休制作委巷中歌謠耳，方
> 當誤後事。」〔註64〕

可見其於當世受輕薄之狀。觀其於僧徒身分時所作的《怨詩行》，充
滿孤妾情思穠麗之境看來，其淫靡之評蓋其來有自。

以上述及三僧徒擬作內容，雖有出現勸世憂憤之作，然基本上仍
在某種程度中脫離不了人情人性的困誘，因而也不免雜有俗世作品於
其中。

四、婦　女

中國於男性專制政權下，婦女地位一直不見重視，至於婦女文學
之起源，如陶秋英《中國婦女與文學》一書所言：

> 最先人類母系制的推翻，使男權逐漸擴大；因爲男權逐漸
> 擴大，而種種禮法方面的壓迫女性，束縛女性的制度，漸
> 漸形成。……因女權日漸低落，而所受壓迫愈甚，在一霎
> 那間，也有不得不發出一種微弱的呼籲，這就是婦女文學
> 的開始。〔註65〕

中國古代婦女普遍對社會疏離，而無參與感，縱使有文學興趣、舞文
弄墨者，殆爲怡情悅性、抒憂解愁；加上婦女天生具有纖敏善感特質，
表現於作品之風格旨趣也就異於男性。

本文擬作者中有三位婦女皆出於唐代，以唐詩風盛行普及，如張

〔註63〕見楊祖聿，《詩品校注》，頁211。文史哲，民國70年1月初版。又《宋
　　　書》卷七十一《徐湛之傳》：「時有沙門釋惠休，善屬文，辭采綺豔。
　　　湛之與之甚厚。世祖命使還俗。本姓湯，位至揚州從事史。」，頁0891。
〔註64〕見《南史》卷三十四，列傳第二十四，頁0412。
〔註65〕見陶秋英，《中國婦女與文學》一書，頁301。藍燈出版，民國64年
　　　1月。

修蓉所言：

> 唐代爲中國詩歌黃金時代，上自帝王后妃之大力倡導，獎
> 掖有加，其流風所及，民間士子欲求科舉功名，必習作詩，
> 乃至社會各階層咸不分品位、不計時地，三五雅敍，即意
> 氣風發，率性而吟詠成章，相與傳頌不絕。至此，吟詩已
> 成爲表達情感最佳之文學形式。婦女們於耳濡目染之際，
> 亦不知不覺參與此行列。唐代社會，男尊女卑，女子乏受
> 教育之機會，然聰穎的才女，亦多能就其資賦，自學有成，
> 觀其詩作，尤不遜於男性詩人者。〔註66〕

《全唐詩》共載女性詩人一百十五人，約存詩作四百六十九首，在歷
史背景改變，唐有胡人母系傳統影響下，唐女詩人始能嶄露頭角，發
揮文學才情。

　本文排行六十一姚氏月華有兩首擬作，皆爲《怨詩》；排行一百
二十五的郎大家宋氏擬作一首《採桑》，排行一百三十二劉氏雲，有
一首《有所思》。在這四首作品中，不出相思、別離內容，由而可知
情感於女性所直接相感、而爲其關切投注之情形。再者，此三位女性
皆爲一般家庭婦女，在傳統社會下，自不可能有太多活動範圍，因而
造成其作品內容狹隘單純，如張修蓉言及：

> 在「婦德」至上觀念下，家庭婦女以品德爲重，鮮以詩名
> 爲人所知，故其作品或隱匿、或散失、或銷毀，留傳下來
> 者不多。考其內容大多描述愛情，抒寫閨怨，乃至少部分
> 贈別、詠物或擬古樂府，而以爲逍遣。〔註67〕

此外，《唐才子傳》亦附載劉雲、姚月華之文名與寫作內容：

> 如……劉雲……姚月華……皆能華藻，才色雙美者也。或
> 望幸離宮，傷寵後掖；或以從軍萬里，斷絕音耗；或祇役
> 連年，迢遙風水；或爲宦子妻，或爲商人婦，花雨春夜，
> 月露秋天，玄鳥將謝，賓鴻來居，搗錦石之流黃，織迴文

〔註66〕見張修蓉，《漢唐貴族與才女詩歌研究》一書，頁 115。文史哲，民
　　　　國 74 年 3 月初版。

〔註67〕同上，頁 116。

　　　　於緗綺，魂夢飛遠，關山到難，當此時也，濡毫命素，寫
　　　　怨書懷，一語一聯，俱堪墮淚。〔註68〕
從社會制度與女性天生特質而言，婦女將擬作藉爲抒發愁情、相思之
苦，也是自然之事。

　　以上述及三位婦女擬作者，其身分對其擬作題材選擇與內容呈
現，均有十足影響。

　　本節陳述本文擬作作者中，具有特殊身分——如皇帝、王侯貴族、
僧徒、婦女等，對於擬作內容之影響，結果發現大致在某種程度以上，
其身分所加諸其作品表達之理念，有一定影響力。至於其他部分，則
受時代及人性影響所形成之擬作內容，則無涉於其身分地位。

　　本文所錄一百五十二個作者，除上述四種特殊身分外，其餘爲仕
宦、文人，因而以下接敘此兩種身分其擬作之特色與意識形態。

第三節　仕宦與文人之擬作特色

一、唐以前知識分子與仕宦關係

　　中國知識分子向與政治結下不解之緣，讀書爲求干祿，學而優則
仕，乃中國在特有歷史背景、政治制度下，知識分子勤讀詩書時的一
種衷心嚮往。在冀求仕宦、發揮政治抱負的理想趨迫中，知識分子的
歷史命運便跟隨政治制度的興革而改變。

　　春秋戰國學術普及，造就一批新興士人，在「遊士」、「養士」名
詞裡，不難看出其周遊列國、無固定依附的飄零性，與寄食貴族豪門
供其資用，以知識謀生的情形。由上述二者，可知其時知識分子在封
建社會中，無政治地位及缺乏生產力的事實。雖然在政治、經濟上，
知識分子無法有效地佔有社會地位或自給自足，但基本上其於思想才
能方面的發揮，卻有充分自由，各逞所學；因而能百家爭鳴，造成中

―――――――――――――
〔註68〕見元辛文房撰，《唐才子傳》，於李秀蘭一欄下，頁27～28。

國學術思想第一個黃金時代。

迨於秦世，於專制政權下，知識分子被壓迫，而有焚書坑儒之禍，漢對知識分子採思想控制，藉此鞏固其專制政權的穩定，不過態度較溫和，使用獨尊儒術並及神仙之學導其思想入於規矩。另方面，爲疏散知識分子對思想統一可能產生的某些反社會行爲或不滿情緒，漢將政權適度開放，利用考試制度網羅人才，並提供一條勸誘士人突破嚴密社會階級以求取功名的途徑。

在封建貴族世襲社會中，讀書人一旦得有機會藉仕途以提高社會地位，則莫不風起雲湧，躍躍欲試。從此文人與仕宦建立溝通管道，卻也因此沈入不能自主的命運。如錢穆《中國歷代政治得失》一書所評：

> 自兩漢以來，早已把政權開放給全國各地，不斷獎勵知識份子加入仕途，而同時又壓抑工商資本……於是知識份子競求上政治舞臺去做官，仕途充斥，造成了政治上之臃腫病，讀書人成爲政治脂肪。〔註69〕

東漢從仕途徑，可分地方察舉與公府徵辟兩種，而地方又以舉孝廉爲主，因而形成讀書人爲求干祿，始重視在野清譽、維護社會形象，雖不免從中弊端層出，然大抵文士於此背景風潮下，漸成一股集團勢力。

東漢清議瀰漫，知識分子漸具社會影響力，卻遭兩次黨錮之禍，其勢力發展遭受打擊迫害。從此知識分子避世求全，下開魏晉清談玄風。另方面魏武爲打擊貴族勢力，加以其時社會亂離、儒教廢弛，於是其「求賢令」便以才能爲重，不問德行，明顯打破東漢舉孝廉之傳統，達到壓制士族勢力、鞏固新政權的目的。然而爲妥協於其時興起的掌有政治、經濟、教育等大權的門閥世家，魏武一方面抵制，又一方面設立「九品中正制度」以進行籠絡安撫。初始仍以達到州郡察舉之效爲其標的，然配合貴族社會地位及其掌握大權的實質，使九品中正變質而爲世

〔註69〕見錢穆，《中國歷代政治得失》，頁57。東大圖書公司，民國70年9月再版。

族進身之階，導致「上品無寒門，下品無士族」的社會。〔註70〕

　　魏晉南北朝本已混亂不堪，加上選才不公，使其時讀書士子普遍懷有不遇的憂憤心情，縱使才高學富，也不能與高門大族往來並列。於是在此世族操縱一切的社會結構與浪漫玄虛思潮中，文人不是遁往山林狂蕩不羈，便是攀附權貴，投其所好，以才學干求賞拔；士人名節從此敗壞，不復東漢的高風亮節。然有異於上述兩種行徑的文人，便在世族掌握控制社會、甚至領導文風的不平壓力中，透露一股孤憤與嘆逝之悲。

　　知識分子從門閥制度解放，重新獲得公平競爭機會以求仕進，乃從科舉制度實施之後。尤在武后改革科舉，以詩賦取士，並及重視文官的政策下，文人受到極大鼓勵，從此仕宦途上絡繹不絕，終南捷徑及溫卷干謁之風遂起。唐文人熱衷功名，求取官位之急切，使其德操於此現實利祿誘惑下，遭到極大考驗；且在競爭過程中，唐科舉制也暴露某些缺點，如錢穆所言：

> 唐代的科舉制度，實在亦有毛病。姑舉一端言之，當時科舉錄取雖有名額，而報名投考則確無限制。於是因報考人之無限增加，而錄取名額，亦不得不逐步放寬。而全國知識份子，終於求官者多，得官者少，政府無法安插，祇有擴大政府的組織範圍。唐代前後三百年，因政權之開放，參加考試者愈來愈多，於是政府中遂設有員外官，有候補官。所謂士十於官，求官者十於士，士無官，官乏祿，而吏擾人，這是政權開放中的大流弊。〔註71〕

在此流弊中，文人雖進士及第，未必見得獲有官位；且仕途多艱，升黜無常，因而唐文人與仕宦關係極為密切，且在此關係中影響其創作內涵。

〔註70〕關於九品中正之缺失，《晉書·衛瓘傳》載其上太尉汝南王亮疏曰：
　　　　「魏氏承顛覆之運，起喪亂之後，人士流移，考詳無地。故立九品之制，粗具一時選用之本耳。其始造也，鄉邑清議，不拘爵位，褒貶所加，足為勸勉；猶有鄉論遺風。中間所染，遂計資定品，使天下觀望，唯以居位為貴，人棄德而忽道業，爭多少於錐刀之末，傷損風俗，其弊不細。」

〔註71〕同註69，頁56～57。

　　以上所言乃唐以前知識分子與政治關係及其社會地位,至於本文所錄一百五十二個作者,絕大多數出於仕宦、文人階層,為明白其對擬作品內容影響程度,以下茲分三部分說明,並舉其中重要作者探討其風格特色。

二、仕宦文人

　　所謂仕宦文人,乃以仕宦為主的文人;在統合概說本文所錄仕宦文人擬作特質前,姑從幾個重要作者談起。

　　本文排行第四,有十三首擬作的陸機,乃西晉文壇代表作家;出於吳將名門之後,後入洛依附宗室,使得為官,然軍敗被譖而遇害,享年四十三,有《陸平原集》傳世。陸機以東吳貴胄之後,為尋庇求官,遂北上事敵,成為洛陽新寵,《漢魏六朝百三家集題辭注・陸平原集》張溥題辭曾責其「俯首入洛,竟麋晉爵;身事仇讎,而欲高語英雄,難矣!」。〔註72〕其實不僅陸機如此,西晉詩人一般皆有這種為求仕宦,而委身外戚宗室中爭權的情形。因此晉武帝太康年間,社會暫復秩序、繁榮,也因而活絡了太康詩壇。

　　陸機《文賦》乃晉文學批評之重要著作,其中揭櫫「詩緣情而綺靡」,提出文學以「情」為抒發對象,加強文學之獨立與藝術功能。其次在形式內容並重,講求音律,創新文辭,反模擬之前題下,將詩風轉往排偶雕琢的唯美路線,如沈德潛《古詩源》所評:

　　　　士衡以名將之後,破國亡家,稱情而言,必多哀怨。乃詞
　　　　旨敷淺,但工塗澤,復何貴乎?〔註73〕

另如《文心雕龍・體性篇》所言:「士衡矜重,故情繁而辭隱」〔註74〕,及《世說新語・文學》第四引孫興公云:「陸文深而蕪」,均可看出陸機的詩文風格。

〔註72〕見明張溥題辭,殷孟倫輯注,《漢魏六朝百三家集題辭注》,頁132。木鐸,民國71年5月初版。
〔註73〕見《古詩源》卷七,頁166。華正,民國64年1月臺一版。
〔註74〕見其書,頁506。

在本文擬作中，陸機描寫的內容計有感時悼逝、興衰盛亡之感、挽歌、感物憂思、及時行樂等對人世無常所起之悲嘆悼亡情緒，十三首擬作中，以這部分內容表現爲多。另外也有兩首身世之感，述己不以艱險改節，及一首遊仙求壽，與另一首美女豔歌，至其語言風格則呈現雕藻駢儷，擬作方式則大多出於一己胸臆。後人對士衡褒貶不一，然大抵以其繁縟下開南朝浮豔之濫觴，或言其內容空虛，爲文造情。然觀其擬作內容，充滿悼逝感物之哀，此情確與其上層社會的仕宦生活不合，大抵陸機身處繁華官場中，因而有豔歌遊仙等時尚的擬作，卻一方面背負東吳貴胄之後的歷史情緒，因而內心矛盾痛苦，在其感時悼逝的愁情中，可以解釋其乃出於臆想、非緣於心中實感；然亦不難從其仕宦西晉的心路歷程看出，其確有產生傷悲的心理因素。易言之，正由於陸機在攀求仕宦生涯，依附權貴的現實中，殘存希冀解脫卻又無奈的矛盾，致使其處於「詩緣情」卻爲文造情，反模擬卻有擬古詩仿作的矛盾出現。

宋鮑照，本文排行第五，有十三首擬作。鮑照家世貧賤，少有文思，由於出身寒微，因而史不立正傳。緣其寒素，故仕途不遇，世稱鮑參軍。鮑照詩存約二百零四首，樂府占有八十六首，乃其最富現實意義之精華部分，另外在七言詩開拓方面，鮑照亦居功不少。鍾嶸《詩品》評其云：

> 宋參軍鮑照：其源出於二張，善製形狀寫物之詞，得（張協）景陽之諔詭，含（張華）茂先之靡嫚，骨節強于謝混，驅邁疾于顏延，總四家而擅美，跨兩代而孤出。嗟其才秀人微，故取湮當代。然貴尚巧似，不避危仄，頗傷清雅之調，故言險俗者，多以附照。〔註75〕

由上文可見其格調；不過其樂府成就普遍被肯定，尤以七言最佳，且影響及於岑參、高適、李白。

鮑照在本文的擬作部分，計有懷才不遇、抱恨長嘆，及一首較明

〔註75〕見楊祖聿著，《詩品校注》，頁136。文史哲，民國70年1月初版。

朗的《採桑》,並及七言寫景抒懷的《採菱歌》,而此十三首擬古樂府皆以五言表現,且帶有強烈的鮑照個人色彩──亦即出於寒門及宦途蹭蹬之苦痛與寂寞,因而其詩便包含愁苦嗟嘆,及如《採桑》般之委巷歌謠兩類,如《南齊書・文學傳》所謂「發唱驚挺,持調險急,雕藻浮豔,傾炫心魂。亦猶五色之有紅紫,八音之有鄭衛,斯鮑照之遺烈也。」〔註76〕再者,鮑照一方面追隨康樂而作有山水詩,另方面卻反抗元嘉體而擬樂府,如葉慶柄言及:

> 鮑照生在劉宋所謂元嘉體盛行的時代。許學夷《詩源辨體》
> 解釋元嘉體說:「太康五言,再流而爲元嘉,太康體雖漸入
> 排偶,語雖漸入雕刻,其古體猶有存者。至謝靈運諸公,
> 則風氣漸漓,其習益移。故其體盡排偶,語盡雕刻,而古
> 體遂亡矣。」鮑照不滿於這種「體盡排偶,語盡雕刻」的
> 作風,於是擬作樂府詩以自解脫。他的樂府,題雖擬古,
> 體實創新。〔註77〕

從上文見其藉古題詠己意,及在下意識中反抗權貴、反排偶雕刻卻又雕藻淫豔的矛盾。

　　排行第六,有十首擬作的沈約,仕宦宋、齊、梁三朝,可謂貴顯亨通,其於文學上力倡四聲八病,規範詩歌的人爲聲律;然以其複雜新奇,沈約竟也很難遵守而有犯聲病之作。不過聲律論興起,引起文壇新變,加速唯美形式主義推展,使沈約因而功過難定。在本文擬作內容計有豔情的宮體、仕宦長嘆心聲、富貴高官生活、遊仙祝頌,及一首明媚的《江南曲》;大抵由此可見沈約仕途坦蕩、遇主隆恩,在文人集團享有聲名地位所加諸於其擬作之種種影響。

　　排行第十,有九首擬作的陳張正見,仕宦梁、陳二代,《陳書》本傳記載:

> 正見幼好學,有清才。梁簡文在東宮,正見年十三,獻頌,

─────────────────
〔註76〕見梁蕭子顯,《南齊書》卷五十二,《列傳》第三十三,頁0418。
〔註77〕見葉慶柄,〈李、杜比較觀〉一文,收於《唐詩散論》一書,頁76。
　　　　洪範,民國70年10月二版。

簡文深贊賞之，簡文雅尚學業，每自升座説經，正見嘗預
講筵，請決疑義，吐納和順，進退詳雅，四座咸屬目焉。
〔註78〕

可知其年少得志，深獲隆恩賞遇，因而仕途平順。觀其擬作中，大多
為豔體情思之作，及一首感嗟長嘆明志、一首戰爭詩與另一首晦澀、
似述及戰事之《晨雞高樹鳴》。

　　晉傅玄自幼孤貧，性剛毅，博學能文，武帝時掌諫職，盡責不苟，
奸佞因而懾伏。觀其排行第十三，寫有七首擬作的內容裡，計有關於
國事、感懷、對歷史事件評估，兩首美女豔歌，及自出新意的《董逃
行歷九秋篇》、《豫章行苦相篇》看來，其於清剛志節外，仍不免感染
上層社會擬作豔情之習。

　　本文排行十五，有七首擬作的唐李賀，生當由盛轉衰的中唐，身
為沒落王孫，自有憂時憂國情緒；加以十八歲父亡，須藉仕宦維持家
計，卻為同輩所排斥、不克登第，因而仕途一直不如意，遂屈居卑官，
窮愁潦倒，挹鬱病苦，終於年二十七夭亡。在李賀由貴族之後，轉折
至窮困不遇之過程中，其鬱悶自可想像。在其擬作中，有述戰事、巫
山、猛虎、日出、江南、閨情等，題材不一，且語多晦澀，表現出社
會關懷、對天道探詢，及將其孤憤不遇投射於同情女性而為之擬閨情
詩。不過從此七首擬作中，只能大略看出李賀不遇的仕途帶給其作品
的若干間接影響。

　　以上言及六位擬作較多的仕宦文人，其擬作內容在相當程度上受
其仕途運勢影響，遇主隆恩或坷坎不遇的仕宦生涯，會在作品留下不
同內容格調；且在六朝身居朝廷要津，接觸上流社會者，不免會有擬
作豔情宮體的傾向與環境。復觀以下擬作較少的仕宦文人，其作品大
抵抒懷明志、訴怨遭憂，或寫景道情，亦有遊仙戰爭；而唐之仕宦文
人喜擬江南小品，六朝則多濃情豔作，此則一般情形。

〔註78〕見《陳書》卷三十四，《列傳》第二十八，文學。頁 0217，新文豐出
　　　版，民國 64 年 3 月初版。

三、御用文人

本文所謂御用文人，乃指在南朝君王大力提倡下，招納文人共襄盛舉，以拓展充實侯府宮廷文學勢力；而於門閥制度中求利益或含有政治目的的文人，游於諸王門下，藉詩文以干謁，冀能獲主隆恩，思得進階。因此文人紛紛投入侯府，迎其所好，君臣唱和，形成一個個以王室爲中心之文學集團，本文即將此批寫作貴游文學的文人稱爲御用文人。至於本文列有的文學集團計有竟陵八友、西邸學士（皆由蕭子良領導），及梁簡文帝、梁元帝、梁昭明太子及南平王、曹操等所領導的文學集團。

關於文學集團的發展，從東晉以來至梁武帝大力提倡，諸王景然風從，及蕭統兄弟達於顚峯。至於文人加入集團的目的，劉漢初《蕭統兄弟的文學集團》一文有言：

> 文德省與壽光殿，是蕭衍儲備文人和作文學宴會的地方，能夠加入這個集團，便有才子的資格，也可以時時與皇帝親近，這無異是作官的最好門徑。爲要博得皇帝的歡心，像《休平賦》這種歌功頌德的文章必定不少，而受詔頒下一個題目據以賦詠的亦必時時有之。這些東西既非個人情志醞釀成熟而興酣落筆造成的作品，自難望其達到高度的文學水準，大多數只能做到冠冕堂皇四平八穩，足以表現王朝典雅雍容的氣度便可以了。眾文士望路爭馳的方向，說穿了不外如此。〔註79〕

由上述說法，不難印證知識分子干求功名之急切與委身屈志之悲哀，因此雖然本文所選錄的御用文人分屬於不同文學集團，然觀其擬作內容，不出於宮體、情感、詠物、貴族生活、工作歌方面；大抵以《三婦豔詩》、《陌上桑》、《採桑》、《相逢狹路間》、《長安有狹斜行》之擬作爲主，其中尤以《巫山高》、《有所思》兩首被模仿最多。可見在投其所好的攀附心態下，齊梁君王宮廷侯府好賞的豔情宮體，便普遍地

〔註79〕見其文，頁5。

投射到這批御用文人作品中。因此雖然本文羅列的御用文人不少，但是處於同一種好尚風潮下，其作品呈現的風格內涵便無所軒輊；也就是說，御用文人的身分對其擬作產生十足而直接的影響，因此在統一面貌中，尋不出個別才性情趣的差別，此乃因其創作動機不爲抒懷達情，而只爲御用、迎合主上之故。

不過，劉漢初有個觀念頗值注意，即是區別出王侯、君主集團，亦即地方與中央的御用文人相異之處，其言：

> 復次，王侯的集團與君主的集團也常常存著不同的作風。
> 出居外藩的王侯既遠離中央，大可不受皇帝的約制，充分
> 享受其個人的愛好。而地方上的文人也多非貴族出身，如
> 果外藩的王侯們大量羅致那些人在他們的集團中，則我們
> 可以想像，他們的作風跟中央多少會有些兩樣的。〔註80〕

審視本文南平王府中的御用文人吳均，排行第十二，有八首擬作，是御用文人中作品最多者，其所表現內涵以相思愛情爲主，縱是《三婦豔詩》也較不染宮體。其次吳均於寫情之作外，還有一首戰爭詩、一首詠物祝頌詞，這在御用文人的詩風裡，可算別致而另出己意的。

其次排行二十七，有四首作品的梁劉孝威，是御用文人中擬作次多的，其雖屬於建康的蕭綱集團，也同時隸屬彭城的劉孝綽親族集團。觀其擬作內容，計有明志不遇的《怨詩》、詠物託意的《烏生八九子》、《雞鳴篇》，及一首《採蓮曲》；非但無涉於豔體情思，且詩風晦澀難明，引用歷史典故、堅硬幽隱之狀，大別於其他御用文人之狎膩。

再者，除南朝御用文人繁多外，本文收有魏阮瑀的一首《怨詩》擬作，描述生民艱辛；其乃排行六十四，屬於曹操屬吏。因此在探討御用文人擬作風格特色時，應當考慮時代風潮、所依附君王之好尚，以及因王府政治勢力強弱所該攀附中央宮廷程度之高低，來決定御用文人擬作時之內容取向。

〔註80〕同上，頁11。

四、一般文人

本文所謂一般文人，乃指不為仕宦，或舉進士第而不仕官，或為官不久、官職極低，且以文名著稱；或史不立傳而有作品傳下者，皆納於一般文人範圍內。

本文排行第三，有十七首擬作的唐李白，是一般文人身分中最重要、也是擬漢樂府中具有特殊意義的一位，因而茲從李白談起。關於李白擬古動機，唐孟棨《本事詩》載李白自謂云：

> 梁陳以來，艷薄斯極，沈休文又尚以聲律，將復古道，非
> 我而誰？〔註81〕

李白是盛唐的才子詩人，梁陳宮體餘風至其掃蕩殆盡，而其擬古方式，如葉慶柄〈李、杜比較觀〉一文所謂：

> 李白多採漢、魏、六朝舊題，抒寫古意；採舊題寫新意者
> 較少，遙採新題者尤其罕見。高棅《唐詩品彙》說：「李翰
> 林天才縱逸，軼蕩人群。上薄曹、劉，下該沈、鮑。其樂
> 府古調，能使儲光羲、王昌齡失步，高適、岑參絕倒，況
> 其下乎！」對李白的擬古樂府極為推服。〔註82〕

後人對李白的擬古樂府，予以極高評價，謂其能曲盡「擬古之妙」
〔註83〕，觀其於本文收錄的擬作風格內容，也確能博此讚譽。

至於李白於樂府所抒發之內容，胡適提及：

> 李白的樂府有時是酒後放歌，有時是離筵別曲，有時是發
> 議論，有時是頌贊山水，有時上天下地作神仙語，有時描
> 摹小兒女情態，體貼入微，這種多方面的嘗試便使樂府歌
> 辭的勢力侵入詩的種種方面。兩漢以來無數民歌的解放的
> 作用與影響，到此才算大成功。〔註84〕

〔註81〕引自劉大杰，《中國文學發展史》，頁451。華正，民國69年5月版。
〔註82〕參見葉慶柄，〈李、杜比較觀〉一文。收於《唐詩散論》，頁76。洪
　　　　範，民國70年10月二版。
〔註83〕明胡震亨《唐音癸籤》卷九《評滙》五云：「李白於樂府最深，古題
　　　　無一弗似。或用其本意，或翻案另出新意，合而若離，離而實合，
　　　　曲盡擬古之妙。」
〔註84〕見其《白話文學史》上卷，頁248。

而其模寫樂府的技巧筆法，如《唐代詩學》所言：

> 樂府多學魏晉，惟魏晉人作詩，多不能變化，如陶淵明阮
> 籍祇精單筆，顏謝頗長於複筆。然不如太白之能變化。太
> 白七古多用單筆，而五古則喜用複筆。〔註85〕

李白乃盛唐大家，研究者不少，因而列舉前賢研究結果以說明李白擬
古樂府特色與被普遍認定的價值。此外，在探討其擬作內容前，先查
考李白生平思想，如葉慶柄所言：

> 李白的道家思想表現在行為上，不外隱居修道與及時享
> 樂，這可以說是李白一生中最重要的兩種生活。關於隱居
> 修道，李白從少隱岷山之陽跟東嚴子學道開始，很少間
> 斷……勤於學道，所以在他的詩歌中，言及煉丹服食的很
> 多。……人生享樂之道，主要的不外醇酒與婦人……酒能
> 銷愁，所以他嗜飲也甚於一般人。……至於婦人……魏顥
> 《李翰林集序》記載李白娶的有許、宗二氏，合的有劉氏
> 和魯一婦人。……（且又）樂於觀妓而不疲。〔註86〕

由上述可知李白的生活建築在酒色、道家神仙思想，及以一顆擊劍任
俠、天縱英才之心思，處於大唐盛世，遂譜出超拔不平凡之詩。

　　觀其於本文十七首擬作中，計有描述採蓮、情思、遊仙、長歌、
戰爭、警世、隱逸、天道、文君《白頭吟》等內容，而其擬作方式則
大抵以古題詠古意，加以感懷，衍為長篇歌行。雖有滲入個別的神仙
思想、感慨、情意，但基本上李白擬古樂府有相當程度的復古意義，
尤其能於南朝已轉換新意的某些古題模擬中，再重新把握兩漢民歌真
意，此則李白擬古樂府之一大特色。其次其擬作內容關涉層面較廣，
不只限於某種意識形態，一方面可從飄渺地上測天道、思慕神仙，落
實到關懷國事社會、抒憂明志；另方面又有鮮媚的工作歌，並及細膩、
帶有濃麗色彩的情詩，而從此廣範圍的擬作可見其寫作動機乃自由抒

〔註85〕見其書，頁156，正中書局編審委員會編著。正中，民國56年3月
　　　　初版。
〔註86〕同註82，頁53～57。

發、不爲何特定目的而作。再者，李白採古題詠古意，亦可見其從模仿中學習創作的精神。因此在李白縱橫詩壇前，走過的模擬路程確使其在精神意識上，比其他作家能更上承兩漢；不過這也是李白在掃蕩齊梁餘風、力追漢魏風骨的具體表現。

其次本文排行第七，有十首擬作的唐劉希夷，其中有八首《江南曲》及一首《採桑》，大抵描寫兒女情私，另一首《白頭吟》則抒寫悲逝傷謝心情。至於排行十四，有七首擬作的宋謝惠連，其作品呈現晦澀風貌不易解析，然大抵自出新意，且擬作句式較短，有一種被壓抑、隱微情感於其中；在表現古題內容之餘，滲入個人幽澀意志，達到借題發揮的目的。另外在一般文人擬作取材上，較多以江南方面、採蓮、採桑等工作歌，或《怨詩》、《有所思》、《挽歌》等寫景抒情之題爲其共鳴模寫對象。而這種屬於抒發情思之擬作格調，也正是一般文人以本我立場，不帶政治色彩，純自由發揮寫作之結果。

本章探討時代環境對擬作者之影響，先從大時代各思潮談起，以明本文所涵涉之時空範圍；再從作者不同身分找出對擬作內容之影響。大抵說來，人性人情在某種程度互通，所不同乃先天稟賦、後天出生環境與人世遇合的差異。如果作者純爲宣洩苦悶，抒發七情而爲詩文，則不免受其生平情志影響，尤以失意文人更能於作品見其抑鬱。另方面在六朝門閥中，產生的貴族豪門士族政治，使寒素之人與高門子弟爲文造情的擬作有顯著不同；至於讀書人與仕宦之間的歷史情結，使一般或隱逸文人的作品，有別於御用及從仕文人，此乃基於爲文目的的不同，而有自由發揮與干謁阿媚之差異。因此南朝御用文人會普遍擬作豔情宮體，仕宦文人會因仕途平順坎坷或得失而有不同作品，一般文人則可率性而爲。凡此現象，皆建立於作者貴賤仕庶的身分，加以時代環境因素，所加諸於擬作內容之影響。

第五章 作品分析

　　本章所探析對象，可分三方面而言，首先針對從本辭到擬作形式之分析—包括擬作的風氣，標題的採擇與傳承；擬作方式的探討，及由擬作數量多寡考查人性。其次第二節著重擬作內容意識的研析，第三節就本辭與擬作之比較作整理。

第一節　從本辭到擬作

一、模仿說與擬作風氣

　　模仿說（Theory of imitation）乃藝術起源的學說之一，其說認為模仿乃人類本能或衝動，因而激發藝術創作動機，例如畫之所繪、雕刻之所擬、詩人之所描寫、舞臺之所表演，莫不出於模仿自然或人生。自柏拉圖、亞里斯多德以後，此說廣於西方植根。在模仿概念下，可肯定的是文學作品乃實際經驗之臨摹，而以模仿理論處理一首詩，則「是把它當成一項已完成的行為，而不是一種活動：他們認為詩是一項產品而不是過程，以修辭結構為主要的引證來源，將詩裏的戲劇性經驗解釋為人類特有或普遍問題之典型體現。」〔註1〕或如劉若愚所

―――――――――――――――――――――――

〔註 1〕見 Charles Altieri 著，蔡源煌譯，〈詩乃心志活動—呈現說與模倣說的折衷〉一文。刊於《中外文學》6：11，頁 86。

解釋的「至於宇宙、作家、和文學作品間的互相關係，在西方的模倣理論中，詩人或被認為有意識地模倣自然或人類社會，如亞里士多德派和新古典派的理論。」〔註2〕

至於模倣理論在中國發展情形如何？劉若愚有言：

> 在中國的形上理論中，詩人被認為既非有意識地模倣自然，亦非以純粹無意識的方式反映「道」──……而是在他所達到的，主客的區別已不存在的「化境」中，自然地顯示出「道」。在形上觀點看來，作家與宇宙的關係是一種動力（dynamic）的關係，含有的一個轉變的過程是：從有意識地致力於觀照自然，轉到與「道」的直覺合一……然而，我並不是在暗示模倣的概念在中國文學批評中完全不存在，而只是說它並沒有構成任何重要文學理論的基礎。就文學分論的層次而言，次要意義的模倣觀念，亦即模倣古代作家，在中國的擬古主義中，正像在歐洲的新古典主義中一樣地顯著，不過……擬古主義並不屬於文學本論，而是屬於如何寫作的文學分論。〔註3〕

據以上說法，大抵可認為中國的擬古主義帶有學習文法技巧的傾向，事實上除了以同一題材風格模倣前人作品外，擬作更可能含有學習入門工夫於其中。魏晉時期就某一種文體或主題進行擬作的風氣極為盛行，如楊明所言：

> 魏晉人在文體研究方面取得成就，與詩文寫作中的擬古風氣有密切連繫。從漢代起，便有人采用前代某一著名作品的體裁，沿用其主題，以至模仿其風格、語言特色進行擬作。……到了魏晉，這種風氣繼續發展，有時幾位作者還相約一起擬作同一題目。〔註4〕

擬作風氣之盛行，迄南朝不衰，如盧清青所言：

〔註2〕見其《中國文學理論》，頁91。聯經，民國70年9月初版。
〔註3〕同右，頁91～92。
〔註4〕參見楊明，《魏晉文學批評序論》。《复旦學報》（社會科學版），1985，No. 2。

南朝摹擬風氣尤爲盛行，雖大家亦不例外，除相互觀摹外，
也受文學集團經常聚會競作或應和的影響，一則既可展露
才華，又帶有與前人一較長短的意味，因此逐漸形成一種
風尚。〔註5〕

　　魏至南朝，擬作風氣盛行，因而帶動文體論之興起；《文章流別
論》等總集的分體編纂，便是便於學習者揣摩模擬。自漢揚雄開啓模
擬之風，且值文體興盛，在賦、文相繼走往模擬方式的同時，民間樂
府也成爲文人習作的原型，如楊明所言：

　　許多人士愛好民間的俗樂，特別愛好那種情感激蕩的悲歌
　　苦調。〔註6〕

因而文士漸藉漢民間樂府以仿之。至於在此模擬過程產生何種變化，
以下先從標題的採擇談起。

二、擬作標題之採擇與對《樂府詩集》擬作編排之質疑

　　爲方便研究擬作標題如何採擇，本文製作附表（五）列於下供參
考，此乃實際把三十九首本辭與其擬作做配當對照，從中可見各擬作
標題產生先後、擬作數量，及各本辭於後代擬作多寡的情形。至於位
於本辭上方的數字，代表後代擬作多寡之次第；位擬作標題下方的數
字，則是其作品數量。

〔註 5〕見其《齊梁詩探微》一書，頁 217。文史哲，民國 73 年 10 月初版。
〔註 6〕同註4。

附表（五）：兩漢民間樂府與擬作標題演變及數量一覽表

排行	時代 擬作 標題與 本辭＼數量	魏	晉	宋	齊	梁	陳	北朝	隋	唐	總計
1	江南										
				江南思1	2						
						江南曲3				21	
						江南可採蓮1					
						江南弄1				2	
						採蓮曲10	1		2	15	
										採蓮歸1	
										採蓮女1	
										湖邊採蓮婦1	
										張靜婉採蓮曲1	
				採菱歌7							
						採菱曲8				1	
										採菱行1	80

排行	擬作標題與本辭 \ 時代 \ 數量	魏	晉	宋	齊	梁	陳	北朝	隋	唐	總計
2	相逢行			1		1				4	
	相逢狹路間 1					4			1		
	長安有狹斜行		1	2		6	1	1			
	三婦豔詩 1		1	5		12				2	
	中婦織流黃 1					2				1	
	難忘曲 1										49
3	陌上桑	2				3				3	
	採桑 1					5	4			4	
	豔歌行 1		1				1				
	羅敷行 1						1	1			
	日出東南隅行 1		1			3	3	1	1		
	日出行 1							1		2	40
4	有所思				3	9	6	1	1	6	26
5	怨詩行	1	1	1							
	怨詩 1		1			2	3			15	25
6	薤露	2	1								
	惟漢行 1		1								

排行	擬作標題與本辭＼數量	魏	晉	宋	齊	梁	陳	北朝	隋	唐	總計
	蒿里	1		1						1	
	挽歌1		6	1				1		5	22
7	巫山高				3	4	2			12	21
8	善哉行	8		1		1				2	
										來日大難1	
			當來日大難1							1	15
9	猛虎行	1	1	2						6	
						雙桐生空井1					11
10	長歌行（二）	1	2	1		3				2	
			鰕䱇篇1								10
10	白頭吟			1			1			4	
										反白頭吟1	
										決絕詞3	10
10	隴西行		1	2		4				3	10
13	樂府	1								8	9
13	豫章行	2	1	2		1		1		1	
			豫章行苦相篇1								9
15	戰城南					1	1			5	7

排行	擬作標題與本辭\數量	魏	晉	宋	齊	梁	陳	北朝	隋	唐	總計
15	豔歌行（二）			1		2	3				
	豔歌行有女篇 1										7
17	上留田行	1	1	1		1				2	6
17	豔歌何嘗行	1									
	飛來雙白鵠 1										
	飛來雙白鶴 1					1				1	
	今日樂相樂 1										6
17	雁門太守行					3				3	6
17	前緩聲歌		1	2							
	緩歌行 1					1				1	6
21	王子喬					2		1		1	4
21	折楊柳行	1	1	2							4
21	董逃行		1							2	
	董逃行歷九秋篇 1										4
24	雞鳴										
	雞鳴篇 1										
	雞鳴高樹巔 1										
	晨雞高樹鳴 1										3

排行	時代 擬作 標題與 本辭 數量	魏	晉	宋	齊	梁	陳	北朝	隋	唐	總計
24	烏生										
						烏生八九子1					
						城上烏2					3
24	孤兒行										
			放歌行1	1						1	3
24	古咄唶歌										
						棄下何纂纂1			2		3
24	東門行		1	1						1	3
29	步出夏門行	2									2
30	蛺蝶行					1					1
30	枯魚過河泣									1	1
30	悲歌行									1	1
30	平陵東	1									1
30	婦病行						1				1
35	上邪										0
35	滿歌行										0
35	焦仲卿妻										0
總計		30	27	37	7	97	45	7	8	151	409

　　由附表（五）可明顯看出三十九首本辭、分爲三十七組作品，與四百零九首擬作間標題變化與配置關係。大抵而言，擬作標題之採擇方式，計有下列幾種情形。

　　最典型的擬作標題採擇方式，便是繼承本辭而來；在三十七組擬作中，完全與本辭採相同標題者，除去《蛺蝶行》以下後代擬作不超過兩首的八首本辭外（參照附表（五）），計有《有所思》、《巫山高》、《隴西行》、《樂府》、《戰城南》、《上留田行》、《雁門太守行》、《王子喬》、《折楊柳行》、《東門行》、《步出夏門行》等十一首，本辭與擬作的標題完全一樣。

　　其次，擬作標題另有一種較規律的採擇方式，就是以本辭的首句爲標目，如《江南可採蓮》、《相逢狹路間》、《日出東南隅行》、《來日大難》、《飛來雙白鵠》、《雞鳴高樹巔》、《烏生八九子》、《棗下何纂纂》等是；另由擬作首句採擇而來，如《城上烏》。再有一種從本辭字句中採擇而出者，如《中婦織流黃》、《今日樂相樂》。

　　以上言及的是規律的採擇方式，以下則無規則可循，如由本辭另一個標題引用而來，《豔歌行》、《羅敷行》、《放歌行》等皆是。而由本辭標題連想以成者，如《江南思》、《江南曲》、《江南弄》、《採桑》、《怨詩》、《反白頭吟》、《豫章行苦相篇》、《豔歌行有女篇》、《緩歌行》、《雞鳴篇》、《晨雞高樹鳴》等。

　　其次，有從本辭內容引申命題者，如《採蓮曲》、《採菱曲》等八種相關標題，及《三婦豔詩》、《惟漢行》、《挽歌》、《當來日大難》、《決絕詞》、《飛來雙白鶴》等。另有一個從擬作標題推衍得來的是《日出行》。

　　在全部四十四個擬作標題中，以上言及的四十一個標目，皆或多或少、直接間接來自本辭及其擬作的標題或內容；可說從標題上可或隱或顯看出兩者之傳承關係。除曹植擬《長歌行》爲《鰕䱇篇》、梁簡文帝擬《猛虎行》爲《雙桐生空井》、李賀擬《長安有狹斜行》爲《難忘曲》。此三首擬作標題與本辭毫不相涉，且內容也異於本辭。郭茂倩在解題下只說「蓋出於此」，至於爲何擬成與本辭不管在標題或內容上無從屬關係的作品，郭茂倩則無進一步說明。而在後人編纂的曹植、簡文帝、李賀別集中，亦無脈絡可尋，有之亦引用郭氏之言，

因此本文對此特殊現象，無法在現有資料中，加以解釋。

再者，由此現象可引發一個與本文密切相關的問題，亦即郭茂倩根據什麼標準安排擬作順序，從《樂府詩集》目錄看來，大抵將同標題或類似標題或內容相涉者，納入同一淵源，然而是否當初作者寫作目的，就是含有擬作意義，則不得而知。雖然在部分擬作中確能找出與本辭關涉模仿的痕迹，但亦有與本辭毫不相涉之作品，或因標題雷同，而令郭氏將其納入擬作範圍，則不得而知。再者，縱使標題內容均與本辭相關，或乃因人性共通的某些情趣，導致在不同時代產生相同作品，而不是存心擬作的關係。不過凡此種種，因證據不足，郭氏亦無解說，因而本文只能提出質疑，無法就此根本問題深入研究，權將此現象視爲郭氏當初編撰《樂府詩集》時，便已有其掌握的線索，而對本辭後面附加的擬作，能確定其彼此有淵源關係。也就是本文將《樂府詩集》呈現的目錄，當作一個其來有自的事實，而就此事實中所引發的現象加以討論，便是本文研究目的。

再者，郭氏於《長歌行》解題下，有謂唐李賀有《長歌續短歌》，蓋出於此；但本文並未收入，原因是恐其雜有《短歌行》意識。又如《東西門行》、《卻東西門行》、《順東西門行》等，本文亦未納入《東門行》的擬作範圍，也是爲保存純粹性起見，恐其雜有《西門行》的概念，故亦捨去之。

三、由擬作數量多寡省察人性

從附表（五）本辭的順序，可看出後世擬作數量之多寡；在該資料顯示下，擇其中前七名，有二十首以上擬作的本辭，在其能爲大多數詩人所共鳴的條件下，研析其所流露的人性。

在三十九首兩漢民間古辭中，被後人模仿最多的是《江南》，總計八十首，約占本文全部擬作的五分之一。而魏晉、齊和北朝卻無有擬作，可能由於地理風土影響，自宋以下始有江南方面的作品出現。再者，緣於人性對山光湖色等優美景致的愛賞，加上南方樂調綺麗，

適於吟詠謳歌，詩人便就地取材、歌誦江南。此外，實際關係人類存在的便是生活本身，因此在江南系列作品中，除了充滿詠景山水之氤氳氣氛外，更多的是就江南兒女日常生活作描寫，因此採蓮採菱等情節便成其特色，此種生產勞動與日常生活息息相關，故在作品中便呈現出一種工作歌性質。

關於工作歌，《墨子・三辯篇》有云：

> 農夫春耕夏耘，秋斂冬藏，息於聆缶之樂。〔註7〕

四川《巴縣志》亦言：

> 六月芒種。是月也，耨頭秧，旬日以後，薅二秧，去秀稂，農歌四聞，以遣勞倦。〔註8〕

再如朱介凡說：

> 在以人力爲主的勞作中，爲了組織勞動，調節動作，消除疲乏，激發興趣，以及提振勞作者的團隊精神，這就有了工作歌。……因勞動場合的不同，工作歌有著以下類型：農歌、採茶歌、牧歌、工歌、夯歌、船歌、漁歌、兵歌。……純粹性的工作歌並不太多。人們在工作中所唱的，主要的仍然是情歌。〔註9〕

除《江南》系列作品有工作歌性質外，排行第三、後世有四十首擬作的本辭《陌上桑》亦有十四首《採桑》之作。《詩經・豳風・七月》：「女執懿筐，遵彼微行，爰求柔桑。」〔註10〕可見採桑亦爲女子農事之一。由於女子習於桑田詠歌採桑，因此其地便轉爲男子求偶去處。《漢書・地理志》言及：

> 衛地有桑間濮上之阻，男女亦亟聚會，聲色生焉。故俗稱

〔註 7〕缶當爲䍃，古謠字，謂歌謠也。見吳毓江校注，《墨子校注》卷之一，三辯第七，頁20。廣文，民國67年7月初版。

〔註 8〕見王灩清修，向楚等纂，四川方志之六，《巴縣志》(四)，卷十一，頁6。四川文獻究研社主編，民國28年刊本。由台灣學生書局，民國56年10月景印初版。

〔註 9〕見其《中國歌謠論》，頁437，台灣中華，民國63年2月初版。

〔註10〕見《十三經注疏》、《詩經》，頁281。

鄭衛之音。〔註11〕

如以人性角度省察，此種情思展現乃合於天然；復就文學表現目的如以抒發情志而言，當然不必附會衛道者將其視爲淫風之說法。大抵在採蓮、採菱、採桑等工作歌中，可連帶呈現情感之寄託或流露。換言之，除專述工作情狀外，在工作歌中附有述懷成分，而其中又以愛情爲訴求對象。

「情」原是人類心理上之動作發於自然的表現，在喜怒哀懼愛惡欲七情中，詩歌吟詠恐以「愛」爲最多。繼上述工作歌附現情愛意識後，排行第四的《有所思》本辭計有後人擬作二十六首，內容皆爲相思追憶，直接展現對愛情的追尋與悼念，而字裏行間填塞一種濃膩溫情，或對「愛別離」所產生之恨恨。尤可關注者，在以上言及情愛的作品中，魏晉皆無擬作。

排行第五的《怨詩行》本辭，後代計有二十五首擬作，內容有大部分針對情感挫敗引發哀怨之思，基本上仍關涉愛情，不過其乃一種轉型、一種由愛不得引發之幽怨。

排行第六的《薤露》、《蒿里》一組本辭，計有擬作二十二首；泰半對死生之感、天道無常、生命榮枯引發感懷抒憂，並藉挽歌自悼或傷逝。大抵而言，生死分際乃人類至今仍無法觀照之環節，因此能吸引後人在這課題上發揮；不過齊梁陳三代並無此方面擬作。

以上言及排行前七名、後人有二十首以上的擬作中，普遍流露一種對人性人情的呈現；然而由排行第二的《相逢行》、《長安有狹斜行》一組四十九首擬作，大部分描述富貴人家生活起居，並及《三婦豔詩》看來，則可由中體會人性欲望的層面，其中包含侈欲與情欲兩部分，且《中婦織流黃》不啻表現一種怨女情懷。至於排行第三的《陌上桑》，大致鋪陳美女故事，就人性而言，可視爲對美色的傾慕，於豔羨之餘，始發爲吟詠。再者，排行第七的《巫山高》，後

〔註11〕見東漢班固《前漢書補注》上，卷二十八下，頁860。藝文。

代二十一首擬作幾乎皆就高唐神女薦枕故事描述，此事實反映除了《高唐賦》對後人起有深刻影響，也可知曉人性對此題材引發好奇探索，進而喜愛模寫之心態，且《巫山高》乃齊以後才出現擬作。

綜上所述，在最能引發後人共鳴的本辭七首全部擬作中，可明顯看出流露人性本質。性，原是天生自然、人之大欲存焉，如孔子所言，但爲食、色而已；因而工作歌與情歌便成爲擬作的兩大最能被接受而模寫的題材。然而工作歌不免夾帶情感性質，至於情歌則可分爲相思、愛戀等心有所憶、所寄之狀態；及愛不得或愛別離或被棄之怨。除精神形式上之情愛，人性尚有一種物性形下之情欲，此等表現於詩歌理念上，便是對美色之依戀與鋪陳，對浪漫的高唐神女傳說產生親和的認同。除了情欲外，人性之大欲尚有對權勢名利之追求，因此才會在《相逢行》等金碧輝煌貴族生活的描寫中，引起後人擬作興趣。

從魏至唐，在縱貫幾代的擬作實際研究中，可說眞正能突破時代、較不受社會背景變異影響，而能被模擬、被大多數人共鳴的是對人性的描摹，對飲食男女等大欲之認同，因其乃人類從古至今掙不脫、看不破之共相與枷鎖。

四、擬作方式之探討

文學藝術在始創作之初，大抵要先經過一段模擬期，以奠定學習基礎，如周勛初所言：

> 古人的學習方法，總是不斷吟咏前人佳作，體味其聲調和意境的妙處，學習它的章法和句法。因此，他們自行創作之前大都經歷過一段摹仿前人作品的過程。因爲他們對某一類作品鑽研有素，深受其影響，這就必然會在自己的創作中留下痕迹。〔註12〕

因此擬作與本辭基本上會在語言風貌、精神意識上有某種程度的認同

〔註12〕見周勛初著，《中國文學批評小史》，頁 112。崧高書社印行，民國74 年 7 月出版。

現象，甚至會出現幾乎相同神似的作品；不過當然也會有自出新意、在模擬基礎上另闢天地的情況。至於本文所關注的文人擬民間古辭形式究竟如何？可參考胡適之言：

> 文人仿作樂府，仿作之法也有兩種：嚴格地依舊調，作新詞，如曹操曹丕作《短歌行》，字數相同，顯然是同一樂調，這是一種仿作之法。又有些人同作一題，如羅敷故事，……題同而句子的長短，篇章的長短皆不相同。可見這一類的樂府並不依據舊調，只是借題練習作詩，或借題寄寓作者的感想見解而已。這樣擬作樂府，已是離開音樂很遠了。〔註13〕

民間樂府的擬作由於牽涉樂調問題，因此較諸其他文體的模擬情勢複雜。不過緣於樂譜佚失，加上建安以後擬樂府已漸喪其音樂性，成為文字上之仿作而已，故在探討四百零九首擬作形式與本辭關係時，恐無法就音樂方面加以追踪深究。本文擬從三方面探討擬作形式，分別就形構、意象兩方面而言。

（一）形似之擬作

在全部擬作品中，可明顯看出一種模擬方式，即是擬作與本辭在起承轉合間有一致的表現，如《相逢行》、《長安有狹斜行》本組擬作，梁張率、昭明太子、沈約、隋李德林、宋荀昶、梁武帝、簡文帝、庾肩吾、王囧、徐防等十首作品，皆述及類似情節，像由同一模子分化而成。另如晉傅玄《豔歌行》亦仿自《陌上桑》本辭。以上可謂真正的擬作，不過在全部作品中，這種完全脫胎於本辭的擬作並不多見，而且大多集中於梁代。

（二）擬作之擬作

所謂擬作之擬作，乃是本辭的擬作中有從其他首擬作模仿而來；如其於內容意識及形構技巧上均呈現近似的風格與手法；在所有擬作中，計有如下情形：

〔註13〕見《白話文學史》上卷，頁385。

1. 《上留田行》—謝靈運仿陸機。

2. 《豫章行》—謝惠連仿陸機。

3. 《長歌行》—謝靈運、沈約、李白、王昌齡仿陸機。

4. 《白頭吟》—張正見仿鮑照。白居易反鮑照。

5. 《善哉行》—江淹仿魏文帝「朝遊」篇，僧貫休仿魏文帝「有美」篇。

6. 《薤露》—張駿仿曹操。

7. 《相逢狹路間》—沈約仿昭明太子。

8. 《前緩聲歌》—孔甯子、謝靈運仿陸機。

9. 《隴西行》—謝靈運、謝惠連仿陸機。

10. 《猛虎行》—謝惠連仿陸機。

11. 《怨詩行》—僧惠休仿曹植。

從以上統計可見陸機被仿作的頻率最高，而又以謝靈運、謝惠連爲主，如周勛初所言：

> 六朝詩壇上摹擬的風氣更盛，自陸機以擬古詩十四首出名
> 之後，後人紛紛仿作。……即在後人擬作時更能清楚地看
> 出文風上的繼承關係了。〔註14〕

陸機以其文名帶動仿作風氣，於是後人不直擬兩漢風骨，而以年代較近、親和力較強的陸機爲模倣對象；以其襲取生活上或文學思潮較近者爲習作對象，且緣其擬古崇古心理，不敢貿然直追漢風。再者，曹氏父子—操、丕與植及昭明太子以其文壇盛名並及政壇領主地位，亦頗能令人追蹤其風，至若鮑照自有其特色與評價，而令人追隨其後。

除上述在形構意識上有擬作之擬作外，另有一種但取其意識概念，而以他種形式表現的擬作之擬作，如李賀喜仿梁簡文帝之作，《李長吉歌詩》卷一《雁門太守行》下注云：

> 按《樂府詩集·雁門太守行》，乃相和歌瑟調三十八曲之一，
> 古詞備述洛陽令王渙德政之美，而不及雁門太守事，所未

〔註14〕同註6。

詳也。若梁簡文帝之作，始言邊城征戰之思。長吉所擬，
蓋祖其意。〔註15〕

又如《李長吉歌詩》卷三，《花遊曲・并序》：

寒食諸王妓遊，賀入座，因採梁簡文詩調賦《花遊曲》，與
妓彈唱。〔註16〕

可見其時有喜其人之樂調而仿之者，因而造成出現擬作之擬作的現
象。

（三）意象之再現

擬作方式除有名符其實的仿作，及擬作之擬作外，還有一種屬於
精神形上概念的意象的再現。至於首先詳論意、象關係的乃如魏王弼
《周易略例・明象篇》所言：

夫象者，出意者也。言者，明象者也。盡意莫若象，盡象
莫若言。言生於象，故可尋言以觀象；象生於意，故可尋
象以觀意。意以象盡，象以言著。故言者，所以明象，得
象而忘言；象者，所以存意，得意而忘象。〔註17〕

王弼在意、象、言三重關係的類比中，大致乃針對「語言的摹擬與表現
問題」〔註18〕而設。至於意象在西方文學理論中具有何種概念？羅信修
有言：

英文的 image（其他歐洲語言大多皆然），源自拉丁文 imago
與 imitation、imagination 等字同源，原意即為「摹擬」或
「重複」之義。由字源，可以看出圖象概念在意象中的主
導地位，尤其表現在文藝復興透視法興起後的世界觀為
然。我們討論詩的 imagery 時，往往說 image 是心理的圖畫，

〔註15〕見王琦編輯《李長吉歌詩》卷一，頁8。上海中華書局聚珍倣宋版
印。
〔註16〕見王琦彙解《李長吉歌詩》卷三，頁15。上海中華書局聚珍倣宋版
印。
〔註17〕見樓宇烈校釋，《老子、周易王弼注校釋》，頁609。華正，民國70
年9月初版。
〔註18〕參見羅信修，《意象 Image》。刊於《文訊月刊》第十六期，〈文學術
語辭典〉一文，頁285。時報出版公司。

這種論調一方面源於十七世紀經驗學派對心智的討論，主
要的還是基於圖象 imagery 的概念。〔註19〕

簡言之，「意象」即是作者心中感物所引發的一幅心理圖畫，經由詩的
語言的傳達，令讀者重複出現與作者相同的心象，而這中間傳遞的美
感經驗，就叫意象的再現。或如黃永武《中國詩學─設計篇》所言：

　　「意象」是作者的意識與外界的物象相交會，經過觀察、
　　審思、與美的釀造，成為有意境的景象。然後透過文字，
　　利用視覺意象或其他感官意象的傳達，將完美的意境與物
　　象清晰地重現出來，讓讀者如同親見親受一般，這種寫作
　　的技巧，稱之為意象的浮現。〔註20〕

　　至於本文採用「意象的再現」當做擬作的一種方式，乃意謂後人
將得自兩漢民間古辭中再現的意象，重複模擬其時作者心理圖畫而入
詩，亦即擬作的主題意識或意象境界直承本辭而來；例如《枯魚過河
泣》，李白再現本辭中心意旨衍為長篇歌行，及《上留田行》，李白與
僧貫休之擬作，皆承本辭鋪陳再現而來。在《戰城南》中，李白再現
本辭戰場意象，及《豔歌何嘗行》，吳邁遠重敘本辭情節；《善哉行》
中，李白《來日大難》運用本辭意念等，都可謂經由意象的再現而鋪
寫的擬作。

　　以上言及三種擬作方式，都是模擬者與被仿作對象在形構與意
象上有直承關係，但在本文四百零九首擬作中，這種名符其實的擬
作方式所佔比例極少，較多是作者從本身的立場、經驗、才氣，就
本辭所生所感而引發擬作動機，因而造成另一種擬作方式是由本辭
的主題意識連想或轉變而來。雖然兩者同為擬作方式，但因一者為
著痕迹之擬作型態，一為望文生義或借題抒懷─可謂別於前者之直
接擬作，而為另一種間接擬作型態，故不併入此單元敘述，因而別
立一節述之。

〔註19〕同右，頁286。
〔註20〕見其書，頁3。巨流，民國71年5月一版六印。

第二節　擬作主題意識之連想與轉變

一、望題生意

　　本節探討的是擬作從本辭經由不同連想過程所產生轉變的種種意識形態，其中較單純的當然是由本辭連想而來。在四百零九首擬作中，有一種方式乃望題生意而得；其中有仍延續本辭題意概念，改用他種型式擬作，基本上此種擬作方式雖不在型構上，但起碼在內容上與本辭有直承關係。例如本文第二章第一節、第二節部分的擬作，即由本辭內容延申而來，如《戰城南》、《王子喬》、《江南》、《陌上桑》等擬作，便是承兩漢民歌精神意識，採用不同表現技巧、自創一格以成。另外如李白等帶有復古意味的擬作，也是屬於此種內容上的傳承模擬。

　　其次另有一種純就本辭標題聯想而為詠物型態的擬作，例如《蛺蝶行》、《飛來雙白鶴》、《雞鳴篇》、《城上烏》、《猛虎行》等，藉望題生意而描寫動物，其中詠物擬作的詩人以梁、陳、唐為主，且又以梁最多。此乃因晉宋之交，山水詩客觀寫實的技巧風行，迨梁宮體詩興起，秉其寫實精神，將所描繪對象從大自然山水縮至室內景物，因而導致詠物詩成為詩壇巨流，詠美人亦不過是詠物的部分。緣此時代文學思潮波及，所以在本文擬作中，才有因望題生意而擬成詠物形式的現象。

　　再者，從《巫山高》二十一首擬作皆擬為巫山神女來看，望題生意尚有另一種以神話傳說為模仿的情形。至於會有此現象產生，除了宋玉《高唐賦》淒美的描寫，使其傳說原型深入人心，影響及於後世文學創作以外，齊梁豔情文學的發展，使其人對巫山興起纏綿意識，附會於高唐神女，致而從齊以後，《巫山高》始被模仿，且都偏於朝雲暮雨方面，無復有遠望思歸之意。

　　以上三種望題生意的形式，計有內容意義上的傳承，如《戰城南》描述在城南戰爭的情形，《相逢行》鋪敘與人相遇；第二種乃詠物的聯想，如《城上烏》形容烏鳥，《雞鳴篇》便描繪雞；還有一種特殊

的以巫山傳説，附會於《巫山高》的擬作三種，都是與本辭尚有內容上、字面上的些許牽連，儘管擬作或已背離本辭原意。

　　以下將要探討的是四百零九首擬作中，最常見到的擬作型式，便是作者借題抒懷，與本辭無涉。然而在歸納借題發揮之後的意識形態前，先從魏晉以來「情」在文學地位的轉變説起。

二、「情」於六朝藝術創作之地位

　　《文心雕龍・明詩篇》有言：「詩者，持也。持人情性。」〔註21〕，基本上文學乃以情感爲其展現目的，只是在歷代文學理論中，情所佔的地位並不完全一樣，不過大抵如王又平所言：

> 情作爲一個理論範疇在中國古典藝術理論中就類似于「摹仿」在西方古典藝術理論中，或「理念」在黑格爾美學體系中所處的那種中心範疇的地位。〔註22〕

情於中國文學的地位，雖於各代有不同起落，但至少占有相當程度的重要性，不像柏拉圖把情貶於心理活動的最低層次，如王元驤所言：

> 柏拉圖在他的《理想國》中又把人的心理活動分爲知（理智）、意（意志）、情（情欲）三級；不過，他把情感看作是人性中最低劣的部分，認爲詩歌就是對于這些低劣部分的摹仿。〔註23〕

雖然中西理論不同，然而抒情在中國詩歌始終有其地位，誠如薛永健所述：

> 中國詩歌美學從來不把審美與認識等同起來，從不認爲藝術的目的在于摹仿，而是以抒情爲主，借景抒情，力求達到情景交融的藝術境界。再從詩歌發展的歷史來看……中國最早

〔註21〕見其書，頁65。

〔註22〕參見王又平，《「情」在中國古典美學中的地位》一文。《華中師院學報》，1984，No. 3。

〔註23〕參見王元驤，《情感—文學藝術的基本特性》。《文學評論》第五集，1983。

的詩歌則是以含有豐富的移情特徵的抒情詩為主。〔註24〕

詩歌既以抒情為主，在中國專制政體並及儒家禮教約束下，不免緣於政治因素加上教化功能，使得詩帶有言志目的，如王又平再言：

> 中國古典藝術理論更為注重的是內心的情，側重於主體的
> 表現，這樣一個理論體系是在言志緣情的基礎上發展起來
> 的。……因此中國古典藝術理論很明顯地具有倫理化的傾
> 向，往往與倫理學合流。〔註25〕

這種帶教化目的的詩教，尤其到漢代，儒術一統社會思想後，詩歌的社會功能提高，便相對壓抑情感的表現，如楊明所言：

> 儒家又特別重視對于情感的節制引導，強調用禮樂教化治
> 理人情，使其合乎封建倫理道德的規範，以有利于封建統
> 治秩序的穩固。……這樣就嚴重束縛了作品的情感表現。
> 漢儒對文藝的功利性理解得非常狹隘，往往過分強調文藝
> 的政治教化作用，實際上忽視其情感因素。〔註26〕

這種情況至建安時代，在社會變亂民生多艱、儒教衰落與純文學得到獨立地位的同時，情感的美學價值便被重新肯定。而魏晉人基於人性、文學的自覺，拋開社會禮教束縛，出於一己所感為文作詩，使抒情詩廣受歡迎；尤其陸機於此基礎上踵事增華，更提高情感在文藝創作上，具有不可或缺的重要作用。

魏晉以後，詩歌由言志變為緣情，陸機〈文賦〉的提出佔有關鍵性地位。據郭紹虞《中國文學批評史》提出陸機攫住的文學要領，計有一、天才──創作必賴於天才與情性。二、情感──感於物而動的一種即景生情的實感。三、想像──文學的重要生命有二，一是實感，一是想像力，要能從想像力中活躍出實感，才能盡文學家能事。四、感興──所謂感興即是感情的一種興奮狀態。感興濃到不能自禁的時候便須

〔註24〕參見薛永健，《移情、比興、意境》。《西北師院學報》，1983，No. 3。
〔註25〕同註22。
〔註26〕參見楊明，《魏晉文學批評對情的重視和魏晉人的情感觀》一文。
《复旦學報》，1985，No. 1。

發揮天才，宣洩其情感，而運用想像以成為作品。文人作文、詩人作詩，都在能擒住這一種感興而已。〔註27〕本文借題抒懷的擬作部分涉及情感、想像、感興等理論，茲略述之。

　　陸機基於所處時代氛圍，配合士大夫生活層次，加上魏晉人對於情感觀念的改變，重視詩文中以情動人的特質；因而於〈文賦〉中提出「詩緣情」，繼先秦兩漢儒家在詩樂研究中發現情感在文藝上的重要地位後，始進一步接觸到詩人的感情與自然現象的聯繫。關於「緣情說」，在此引用廖蔚卿之研究予以說明：

> 「緣情」說的主旨，首先肯定「情」為人天賦的質性，「情」
> 感於「物」，在交互投射照應中產生自覺與反省，於是以「志」
> 的面貌呈現於詩中。因此，「緣情」不盡等於「抒情」；「詠
> 志」也就不專指「吟詠情性，以諷其上」（《詩大序》）的天
> 下國家之志，它包括個人的情緒、意念、抱負等等感受。「緣
> 情」說因此不專指從詩的目的或功效上認識「情」，而是由
> 詩的起源上了解「情」是人的生命質性，也是詩的生命特
> 質，所以才說詩是「緣」於「情」的。當然，這人的生命
> 的本質是須經由萬物的投射照應引起自覺反省──感物──之
> 後，才能成為詩的生命的特質。其次，「緣情」說奠基於「原
> 道」論，如沈約所謂「天地之靈」、「五常之德」是自然的
> 靈性，人之情性便源於此。〔註28〕

萬物及人的生命本質原出於自然，文學亦涵具生命本質而出於自然，故可交會相感，藉由感物觸景生發內在之情。六朝人便是在人性覺醒中，肯定情之所鍾在我輩，將情感納入生命的重要特質，而以其為創作的內在要素。

　　其次在情感生發聚斂之餘，還要賦予想像力，始能將蘊蓄之情做適當表現。至於情感到想像的過程，狄其驄〈藝術創作中的情感問題〉

〔註27〕參見其書，頁83～84。台灣明倫書局。
〔註28〕見其《從文學現象與文學思想的關係談六朝「巧構形似之言」的詩》
　　　　一文，刊於《中外文學》，三、八，頁201。1975年1月。

一文有言：

> 藝術創作的特點之一，就是作家始終處在情感狀態之中。
> 藝術的種子浸沈在情感之中發芽、開花、結果。創作只有
> 進入到情感狀態，才能出現一個想像的形象世界。〔註29〕

在文學藝術模仿自然的表現過程中，經由情感的醞釀形成的形象世界，姚一葦《藝術的奧秘》一書言及藝術乃：

> 模擬外界事物，逼真於自然，但是在模擬與逼真的過程中
> 吾人不能忘卻藝術家同時把想像注入了外界與事物中。也
> 就是藝術家把自己的生命注入外界的現象與事物之內，使
> 藝術家的生命與外界的現象與事物相結合，是藝術家的主
> 觀觀照下的客觀世界。〔註30〕

在主觀觀照下的客觀形象世界產生的同時，作者將一瞬間的情志感受，藉由不同藝術形式表現出來，這就是陸機所謂捕捉的一種感興，也就是抒情詩所要經緣情感物形成表現的一種情境。

陸機〈文賦〉乃晉文學批評中的重要理論，在陳述其情感、想像、感興之後，再針對情感部分進一步敘述。詩歌原以抒情言志為其目的，但如以為抒情只是主觀的心的呈現，就會失去反映社會現實的功能；相對的如以言志只是教化勸善，就會失去作者志趣抱負的展現，因而情在詩歌創作中所涵蓋的意義，並不只是狹隘的男女情感，而是與天地並生，同為自然生命的一種本質。陸機提出詩人情感與自然有所連繫的概念，鍾嶸始進一步認識主觀的情與客觀事物間有密切而必要的影響關係，且詩人的生平遭遇也相涉於作品的創作。關於鍾嶸在其詩歌理論中對情感的定義，可以牟世金之研究作說明：

> 鍾嶸所論詩歌創作所必需的情感，并不是一般的泛泛之
> 情，矯揉造作之情，他說「至于楚臣去境⋯⋯凡斯種種，
> 感傷心靈，非陳詩何以展其義，非長歌何以騁其情」，這段

〔註29〕參見狄其驄，《藝術創作中的情感問題》。文史哲，1981，No. 3。
〔註30〕見其書，頁97。

話說明：一、詩歌創作必須是實有所感引起的；二、這種
感情一般不是歡愉之情，多為黑暗社會中種種矛盾現象所
引起的哀怨不平之情；三、這種情感還必須是深刻濃厚的，
不能只憑一點淡漠的微弱的感觸寫詩；必須詩人受到客觀
事物的刺激而引起一種強烈的衝動，使他不借詩歌抒發出
來就悒鬱不安。〔註31〕

只有在這種強烈真誠的情感推動下，才能為情造文，寫出聞之者動心
的好詩。

　　以上從情感在六朝以來美學地位的提高，談到陸機〈文賦〉中的
重要理論，繼以鍾嶸對情感的定義，來說明魏晉以後詩緣情而發之現
象。於此思潮中，感物觸景、或對生命本質的探討，皆成為詩歌創作
主流。因而六朝以下之擬漢樂府，便大多從本我對生命、對人生之觀
照著眼，擬出異於本辭、帶有個人思想抱負情感之作品；也就是借題
抒懷，以仿古之名行創新之實。以下就由本辭轉變而來，於擬作中普
遍形成的意識形態做個別說明。

三、借題抒懷之意識形態

　　在本文四百零九首擬作中，有大部分是託古詠懷，而此創作態
度，據王次澄《南朝詩研究》所言：

古代文人對歷史觀念不甚嚴謹，詩人往往超越時空為古人
代言，或托古事抒己懷抱，甚者美化故事，以彌補歷史之
缺憾，增加完滿性與戲劇性。若吾輩洞悉於「擬」「代」風
氣盛行之世，南朝詩人創作之態度與觀念，並確立文學「超
越時空」「美化人生」之特質，則當不至斥古人之作偽欺世
矣。〔註32〕

〔註31〕見牟世金，《鍾嶸的詩歌評論》。收於《文學評論》，第二集，民國 51
　　　　年。
〔註32〕見王次澄，《南朝詩研究》，第四章第二節，頁281。東吳大學中國學
　　　　術著作獎助委員會出版，民國 73 年 9 月初版。所謂「代」，略異於
　　　　「擬」，除模做外，尚有代古人說古事及屬文之意，作者多處於客觀
　　　　代言立場。

文學表現人性人情，至於能超越時空、亙古不變的是人性，因而含攝表露人類情性的文學作品，便能脫離時空限制，而互相感通、模仿。以下將要歸納的是主題意識異於本辭，且透露作者個人情緒意願的擬作，經由本辭引發轉變成的幾種共通意識形態：

（一）情思閨怨

在擬作中最常被借用來發揮個別情緒的，莫過於男女之情，而事實上愛情一直為各代文學所歌誦、吟詠，只因夫婦之道的建立，使人倫得有所繫，如《周易・序卦》所言：

> 有天地，然後有萬物；有萬物，然後有男女；有男女，然後有夫婦；有夫婦，然後有父子；有父子，然後有君臣；有君臣，然後有上下；有上下，然後禮義有所錯。夫婦之道，不可以不久也，故受之以恒。〔註33〕

因而可知人類社會秩序的建立，肇端於夫婦，也因而男女情感關係的形成，早於生民之始便已具存，中國詩歌歌誦愛情的更為普遍而不可勝數。在談到擬作呈現的情思閨怨前，先引朱介凡《中國歌謠論》中對情歌內容的分析以為導引：

> 中國情歌所陳述者有四方面。
> 戀愛生活的過程：頌美、意想、抉擇、相思、追求、挑逗、期待、目成、姻緣。
> 戀愛生活的情態：纏綿、迷戀、歡合、浪蕩、偷情、離別、餽贈、逆變、棄負、疑嫉、拒卻、滯難。
> 戀愛生活的德性：教導、激勉、感念、誓願、犧牲、同心、堅貞、永篤。
> 戀愛生活的心境：熱情、喜悅、忘形、憐愛、哀傷、恨怨、寧靜。〔註34〕

在以上分析中，可用來解釋文本擬作以情感出發的種種型態—包括少女懷春、追求挑逗、相思別離、同心堅貞等戀愛情緒，也有不少

〔註33〕見《十三經注疏》，《周易》，頁 187～188。藝文。
〔註34〕見其書，頁 384。台灣中華書局，民國 63 年 2 月初版。

失寵被棄、情去恩斷的怨悲，及另一種形下浪蕩色情之愛。這些情思閨怨很容易在任何時代、題材的擬作中被運用，且大都爲文人藉女性口吻爲其抒發不平者。其次在本章第一節第三目中，已探討的「由擬作數量多寡省察人性」一節，已將情愛意識的擬作予以分析，因此此處不再重覆。

（二）懷憂不遇

在四百零九首擬作中，流露出的個別意識以情愛最多外，其次便以遭憂及不遇之感爲文人普遍的情緒，尤以魏晉文人感懷傷逝的心情隨處可見。因七情中最易用詩歌傳達的除喜愛外，便是一種悲哀的傾訴，如廖蔚卿〈漢代民歌的藝術分析〉一文所謂：

> 詩歌固然能傳播人際親愛喜悅之情，然而人生之不幸：窮賤、幽居、飢寒、勞困等等卻常須由自我承負。所以，訴「怨」告哀的心理行爲是被重視的。〔註35〕

因而在擬作時，文人便易將此心情投射於作品上。再者，中國文人在秉持仕宦的政治抱負，學而優則兼善天下的教化中成長，更經常處於仕隱進退間徘徊；因而士大夫文學便一直與其政治生涯、知遇見黜等情結相關涉，如李豐楙〈山水詩傳統與中國詩學〉一文中所言：

> 士大夫文學從屈原以下，本就有遠遊、抒憂的傳統，由於現實政治的挫折感，屈原採用其熟悉的遊仙知識，寄託其超越時空的心願，此一抒憂傳統在漢賦與魏晉遊仙詩中繼續發揚。〔註36〕

因此配合魏晉時代變動不居的大環境，玄風昌熾的遊仙思想盛行，士人受現實政治壓迫，尤以門閥制度的箝制，使文人更具有抒憂不遇之悲嘆。

其次，封建制度下的中國社會，雖屢經改朝換代，然一直處於同一種文化型態中，因此歷代文人方能從同一本辭下抒發某些類似的情

〔註35〕見廖蔚卿，〈漢代民歌的藝術分析〉，收於《文學評論》第六集，頁38。黎明。

〔註36〕見李豐楙，《山水詩傳統與中國詩學》一文，收於《中國詩歌研究》一書，頁100。

感，如楊明〈魏晉文學批評序論〉所言：

> 由於社會發展緩慢，歷代文人的生活、思想感情也因此而
> 具有較強的延續性，對于前代文章中表現的思想感情容易
> 發生共鳴，就因爲強烈的不遇之感爲歷代文人所常有，傾
> 吐這種感情而自我排遣是他們的共同需要。〔註37〕

因而懷憂不遇的悲嘆就出現在挹鬱不得志的失意文人，或身懷家國之
思、責任重大，及受黜流落外藩之仕宦文人的擬作中。

（三）遊仙、無常與及時行樂

　　兩漢民間樂府中，有幾首帶有遊仙性質的本辭，但只限於嚮往思
慕，因當時神仙思想隱有神秘傾向。直到魏晉時代，文人受挫於現實
政治，始轉往道家清談、追求性靈的安適。職是之故，老莊思想學術
化，也因而道家神仙玄風執著於「有」「無」的探討，加以時亂世變，
人命朝不保夕的時代因素，人生無常的共識遂應運而生。因此在魏晉
以下的文人擬作中，便有夾雜或以主體出現的人生無常意識。

　　其次在追索思慕遊仙、勘破世相體認無常的同時，人心惶惶深
處，便容易引發一種似相反而實相成的及時行樂觀念，如葉慶柄所言：

> 修道服藥及時行樂，同是道家貴生思想的產物。因爲生命可
> 貴，所以求仙道以圖長生；又恐仙道未成，身先殞滅，於是
> 又要及時享樂。圖長生是終極目標，務享樂則是眼前權宜之
> 計。道家思想者常會有及時享樂的念頭，即此之故。〔註38〕

大抵由於客觀環境影響，使遊仙思想、人生無常與及時行樂三者相伴
生於魏晉人心中，不過南朝人較無此共鳴，而隋唐人因其所處時代治
亂，也多少受其感染。

（四）征戰戍役

　　兩漢古辭涉及戰役的只有《戰城南》一首，因戍役久不歸家而
思鄉的《巫山高》、《悲歌行》兩首；然而在《隴西行》梁簡文帝以

〔註37〕見楊明，《魏晉文學批評序論》。《復旦學報》，1985，No. 2。
〔註38〕見葉慶炳，《李、杜比較觀》一文，收於《唐詩散論》一書，頁56。

下七首、《雁門太守行》全部六首、《善哉行》魏明帝兩首、《有所思》孟郊一首的擬作中，卻出現戰爭詩，附及戍役心情、良人遠征之思婦閨怨。其中以梁、唐詩人對此題材擬作較多。唐代因其國勢外擴，因此戍役頻繁，邊塞戰爭詩自有其發展淵源，魏明帝以一國之君，將遊仙詩擬成出征，亦可理解。唯可注意者乃簡文帝有五首征戰邊塞的擬作，因而以後的詩人便循其意識仿作《隴西行》與《雁門太守行》。

（五）其　他

在本辭到擬作的意識形態轉變過程，除了普遍不易的人性人情外，尚有因時代歷史背景不同而產生的種種思想風潮，除玄言無常觀、及時行樂的現實主義、戰爭邊役等較普遍的共相外，還有一些較獨立、但映現在擬作上的觀念：如農事田園、愛國意識、亡國之悲、歷史批評、吟咏時事、隱逸曠達、今昔盛衰、感時傷逝、祝禱頌德、求為上用、自傷挹鬱、生死分際、詠景詠物等異於本辭的主題意識。也就是說，作者借題抒懷的內容，不外是由人性人情所起，或由時代歷史背景所加諸於其身而產生的種種普遍、個別的懷抱。

本節探討從本辭到擬作——包括標題變化、擬作方式之名類：計有形似之模擬、意象再現、意識轉變等型態；而從主辭過渡到由作者自出己意擬作前，先說明情感在魏晉文藝美學的重要地位，由而可明擬作者從個別情思立場擬作的態度，乃是抒情詩盛行、詩人從其心靈深處觀照自然所引生的一種直接瞬間的詩的情緒，而這種情緒可以是基於個人特殊感觸、或時代環境影響形成的共識；可以是歷代詩人基於人性所普遍共鳴，也可因個人不同身分而觀照到不同的層面。因此在四百零九首擬作中，除一部分直承本辭原型、題旨外，尚有一大部分經由意識的連想或轉變，而形成與本辭不相涉的擬作風貌。至於此現象之所以產生，原因當然很多，例如樂調失傳、借古題詠今事、望題生意等，還有一種附會已轉變的擬作意識，因而出現擬作題旨自某人

以下相近卻與本辭迴異的情形。

　　基於第四章以下探討的魏至唐之政、經、文學思潮，一百五十二個擬作者個別身分對其作品影響、與作者集團的擬作特色；再針對本辭到擬作間在形式、意識上的承傳轉變關係作分析後，以下所要討論的是本辭與擬作之比較。

第三節　本辭與擬作之比較

一、創作動機

　　兩漢民間樂府是由無名氏集體創作的歌謠，至於其創作動機及所抒發內容，閻沁恒〈漢代民意的形成與其對政治之影響〉一文有言：

> 以歌謠發抒內心的情感或者諷刺時政的臧否，其第一個好處即傳播便捷。……第二個好處是不必為後果負責……因為有以上兩種便利，所以它是在不受任何拘束的情況下表達出來的意願，它享有較大的自由。……漢人的歌謠……以內容來分，可別為二，其一是歌頌讚美之詞，凡丞相、郡守、縣令，以及其他文武官員，如對屬民施以德政，民多以歌來宣揚他的功蹟；其二是對當時國內的某件大事發生感觸，往往也以歌去發洩。……至於謠……其一為事過境遷，百姓附會其辭，一面對往事有所評斷，一面還希望作為來者之謠；其二為表示一種不滿的情緒或者是內心的願望。〔註39〕

大抵漢民歌的創作動機，是抒發緣於所見所聞而產生之哀樂，藉一種匿名的口傳方式，達其宣洩傳播目的。因為對所宣洩之內容不必負責，所以更能自由直接抒發對現實之觀感。因此漢古辭敘事成分較強，富有控訴時政意義，也大致能鮮明傳達一般生民的情感、需求。

　　基本上漢民歌是在無所為而為，純抒情立場而言，所以表露的乃

〔註39〕見閻沁恒，《漢代民意的形成與其對政治之影響》一書，頁37～38。《嘉新文化基金會叢書》，民國53年9月初版。

社會共相、能爲大多數人共鳴的情感。但從漢至魏晉個人主義抬頭，
文學思潮理論風起雲湧，爲文目的始有所不同。王瑤〈擬古與作僞〉
一文論及漢至魏晉創作動機的差異爲：

> 《詩經》及漢樂府，甚至《楚辭》中的許多篇，我們都已
> 不能確切地考出作者的姓名。這不僅只是因爲作者的聲名
> 不顯，或時代久遠的關係，實在因爲在封建集團性的社會
> 生活中，個人意識並不似後來之強烈，他們注意的只是「言」
> 或「文」的本身，而並不一定特殊注意於五言或屬文的
> 「人」。魏晉是個人意識開始逐漸抬頭的時期，「人」的觀
> 念已經比以前顯明多了，但其與現在有顯著的不同，是可
> 斷言的。所以有很多文章的寫作動機，最初也許是爲了設
> 身處地的思古之情，也許是爲了摹習屬文的試作，也許僅
> 只是爲了抒遣個人的感懷。〔註40〕

大致說來，魏晉以後的創作動機不如兩漢民歌之單純，在擬古、習作、
抒懷之餘，也有把文學視爲遊戲，成爲「貴遊文學」〔註41〕，只在賞
心悅目之文字效果著眼，不求文學之實用目的，亦有一般文人拿來當
娛樂逍遣之用，如楊明〈魏晉文學批評序論〉一文所謂：

> 魏晉人認爲文章對于工作者來說，乃是一種宣弛情志、消
> 愁解悶、自我娛樂之具。〔註42〕

把創作視爲娛樂，除用來自娛外，也可拿來娛人；然以娛人爲目的時，
就如御用文人之創作動機，乃爲迎合集團主人之喜好而發一樣；此外

〔註40〕收於王瑤《中古文學史論》，〈中古文人生活〉一篇，頁 129～130。
　　　　長安出版社，民國 71 年 8 月再版。

〔註41〕關於貴遊文學可追溯宋玉景差之流，以辭賦爲目，追求文詞組織技
　　　　巧，語彙之丰富雕美，而不重言說實物之文學風氣；通常以御用文
　　　　人爲主，或帝王親與提倡，而帶有貴族宮廷氣。可參閱王夢鷗〈魏
　　　　晉南北朝文學之發展〉一文，收於《中國文學的發展概述》，頁 65
　　　　～121。中華文化復興運動推行委員會主編，中央文物供應社發行，
　　　　民國 71 年 9 月出版。

〔註42〕見楊明〈魏晉文學批評序論〉一文，《复旦學報》(社會科學版)，1985，
　　　　No. 2。

在迎合娛人的同時，創作的另一附帶目的—逞才干祿的動機便出現了。因御用文人在集團中常有同作一題的情形，除表現其時人好尚風氣外，也含有彼此競技心理；而一般文人模擬古題，除思臨摹學習外，也不免含蘊超越前人的希望，此因自古文人相輕所產生的微妙心理。另方面在六朝無論御用或一般文人，其創作心態部分帶有干祿動機，思藉文采得以進階或打破門閥界限以蒙受拔擢。

　　總括而言，漢民歌與後代擬作在創作動機上有所差別：無所為而為的古辭表達天眞、鮮明、質樸、大眾化的實感；至於後人擬作則大部分有所為而作，如有思古幽情、臨摹學習、借題抒懷、消遣娛樂、逞才揚己、干祿媚主等不同創作動機，當然亦有一部分只是單純地、不具任何特殊意識、純為個人興趣而為的擬作。在這麼歧異的創造動機下，擬作面貌因而有為藝術而藝術、純在美學形式上講求的貴遊文學，背離本辭原意充分展現作者個人才情，乃至一些緣情體物的擬作出現。凡此差異，乃根於二者創作動機之不同所致。

二、藝術分析

　　兩漢民間樂府與後人擬作，在不同創作動機下加以不同擬作方式，所形成在藝術方面的特色、差異，茲分四方面敘述之：

（一）樂府曲調

　　樂府本為音樂的文學，兩漢采集入樂府官署之民歌可披以管絃，至於樂府本身音樂性的演變情形，如鄭篤《中國俗文學史》所言：

> 凡為魏晉所奏的歌辭，不是變得典雅，無生氣，便是增飾得很多，變得臃腫不堪，只有在本辭，（即樂府古辭）裏纔可看出其本來面目。〔註43〕

魏晉去漢不久，部分樂府仍保留可歌的性質；但經由魏晉入樂後，其華麗雕飾樂調已異於兩漢面目，尤其有晉還在尾音加入祝頌語，更顯出與古辭的距離。

〔註43〕見其書上冊，頁74。商務。

　　下逮六朝，樂府已漸失其音樂性，如蔣祖怡《詩歌文學纂要》言及：

> 六朝樂府，既盛行於民間，但在當時也只不過是一個文學的暗流。而士大夫階級的作品，卻自創短歌，同時采擷詩中文雅典麗的句子字面，來製成樂府。如梁蕭子範作《羅敷行》，蕭綱作《雞鳴高樹巔》等，幾乎是非常盛行的風氣。因此，樂府與音樂已失卻連繫，而成為死的文學了。〔註44〕

大抵漢民歌在魏晉樂工手裏，為調和音樂節奏而加以增刪，及經文人在字面上仿作的過程中，已失其音樂性。再者，六朝新興綺麗柔膩的南音清商曲調，吸引渡江的貴族文士學習，導致江南民間俗樂帶起另一模仿趨向，加上漢魏舊曲散佚於戰亂，因而使中原正聲日漸式微；關於此，廖蔚卿〈南朝樂府與當時社會的關係〉一文有言：

> 五胡亂華，東晉南遷，舊曲大半散失，只得採江南民謠入樂府，東晉偏安江左一百年中，江南樂府便已奠定基礎。劉裕滅後秦，漢魏舊曲也未必有很多因之流入江左，更不一定能敵過江南的新聲繁曲。何況當時僑寓江南的北方士族及朝士，他們既享有社會門閥的高位，有土地僕從，又握有政治權勢，苟安江南，惟以豪侈荒淫為生活，對於江南曼艷的歌謠，自然十分欣賞。〔註45〕

至唐興，在其特有歷史文學背景下，白居易帶起的新樂府運動更已脫離音樂要素，成為徒歌而已。

　　樂府從有聲律的急管繁絃到徒歌的過程，馮定遠《鈍吟新錄》將其分為七種變化情形：

> 製詩以協於樂，一也；采詩入樂，二也；古有此曲，倚其聲為詩，三也；自製新曲，四也；擬古，五也；詠古題，六也，並杜陵之新題樂府，七也。古樂府無出此七者矣。〔註46〕

〔註44〕見其書，頁67。正中，民國42年3月台一版。
〔註45〕刊於《文史哲學報》三，頁142。1951年12月。
〔註46〕引用陳鍾凡《中國韵文通論》，頁118。台灣中華，民國48年4月臺一版。

此七種分類大抵言之：一、二兩者是漢樂府本曲，三、五、六爲擬樂府詩（不過第三者仍依原題舊調），第四殆爲清商新聲，可謂後起之樂府，第七則爲徒歌之新樂府。此大抵爲樂府自漢至唐在聲律上的轉變，至於爲何產生這種消長更迭的現象，可謂一時代有一時代之樂音，在新聲順勢而生，舊曲失調的情形下，音樂也就隨時代變化更替。

因此，在兩漢民間古辭到魏晉擬作間，其樂府曲調的音樂性已然消失，兩漢所奏之樂音頓成絕響。

（二）語言的音樂性

樂府既已喪失外在的音樂性，然而因口唱民歌本身已具有節奏韻律的天籟，因此探討本辭與擬作之音樂性質，自當從語言文字的律動著手。詩的節奏是音樂的，同時也是語言的〔註47〕，至於語言如何能傳達音響效果，廖蔚卿〈漢代民歌的藝術分析〉一文述及：

> 語言的效果在於其內在素質的含義及所表達的觀念，所以語言的表象形式結構與音樂的結構不同；換言之，語言以思想意念的結構爲主，是屬於智性的；而音樂純以節奏旋律的結構爲主，是屬於感性的。但因爲語言既以聲音爲表象符號，而語言也自備其音調，民歌便利用語言的音調配合其含義而完成感人的簡單的音樂效用。〔註48〕

以下試分爲幾個要點，陳述漢民歌與後人擬作在語言方面的音律特色。

1. 句式

綜觀本文收錄的兩漢民歌，其句式大抵以雜言和五言爲主。因其創作過程乃無爲而即興，因此多爲錯落雜陳的長短句，以三言、四言、

〔註47〕參見朱光潛《詩論》：「詩的節奏是音樂性的，也是語言的。這兩種節奏分配的分量隨詩的性質而異：純粹的抒情詩都近於歌，音樂的節奏往往重於語言的節奏；劇詩和敘事詩都近於談話，語言的節奏重於音樂的節奏。它也隨時代而異：古歌而今誦；歌重音樂的節奏而誦重語言的節奏。」頁121～122。正中書局，民國59年4月台三版。

〔註48〕收於《文學評論》第六集，頁65。黎明。

五言、七言相錯使用。朱希祖〈漢三大樂歌聲調辨〉有言：

> 漢代樂歌，不論廟堂雅頌民歌，大抵皆爲江淮楚聲及北狄
> 西域新聲，楚聲特色爲句調整齊簡短，多屬三言、四言、
> 五言及三、七言（有分字），且上下句相對。而新聲特色則
> 句式參差不齊，且無駢偶。〔註49〕

基本上西漢民歌以雜言，三、七言分別或合併使用爲多，此因漢去楚
《騷》不遠，以致無形中受影響。再者兩漢雜言句式可排列組合成不
同的音響效果〔註50〕，爲相當重要的一種句式。東漢以來能文之士增
多，民間歌謠中五、七言句型已漸被接納；至東漢末，五言詩形成風
氣，《古詩十九首》更有相當藝術成就，因而東漢民歌就有不少純粹
五言詩。下至建安，五言詩蓬勃發展，成爲詩歌主流；因而南朝新興
的《吳歌》《西曲》句式便以五言四句爲主，至於擬樂府大抵仍以五
言爲宗。至唐七言樂府興起，擬樂府仍頻現五言，偶而間以雜言歌行。
另外四言詩在曹操極力復古下，至晉保留曇花一現的光彩；晉宋之
際，於陸機、謝靈運筆下，六言詩也出現在擬樂府中略作點綴。

　　總之，在句式方面，雜言體以漢民歌最多，向下遞減，至唐偶或
出現。五言詩則自建安以後成爲擬樂府大宗，至唐七言始崛起。另外

〔註49〕見朱希祖，〈漢三大樂歌聲調辨〉。《清華學報》四卷二期，民國 16
　　　　年 12 月。

〔註50〕可參見廖蔚卿〈漢代民歌的藝術分析〉一文（上），同註 49，頁 91
　　　　～92 有言：「總之，由句式探討漢代民歌的語言的音樂性，可以獲得
　　　　如下的結論：第一、簡短而齊一的句式及句數，它的節奏和旋律是
　　　　單純或單一的，單純的美感旋律僅適宜於即興的短歌，因此它的內
　　　　容結構也具單純性，同時便於記憶和口傳。第二、簡短齊一中略加
　　　　變化的句式及句數，使單純的節奏和旋律略起變化，而激發感興的
　　　　趣味高潮，在真正口唱流傳的民歌中更是常見，也是更爲優越的；
　　　　同時它也可以用幾個章節，變即興爲敘述式，以彌補其內容結構的
　　　　單一性。第三、複長的雜言句式及句數，以多樣及多數的節奏與旋
　　　　律造成錯落的趣味，故必須以敘述式的內容結構來消除音律複雜以
　　　　致渙散的缺失，因而它常是敘事的歌。除此之外，短句形的一句兩
　　　　句的歌，是缺少節奏不便於歌唱的。而過長的歌，不論其句式是整
　　　　齊或複雜，也是不便於徒口而歌的。」

魏晉宋的四言、六言詩曾曇花一現，而三、七言騷體至唐還偶然可見；此則漢本辭與後代至唐擬作在句式上之大較。

2. 複疊

民間歌謠在口誦的天然旋律中，常會出現重複句子以配合節奏的延展或對稱；因而相同或相似句子重複疊用，是民歌旋律的基本格式；而於這種反複吟誦中，使原本簡短句型可獲以延長，漫長句式可因而得到統一、連貫的聽覺效果，至於複疊句型大抵出現於短小或中長度的樂府詩中。兩漢民歌的音律結構出現不少複疊技巧，魏晉擬作也間有運用；從南朝民歌《吳歌》《西曲》中也不難看出重覆複沓現象，但南朝至唐的擬樂府，卻不常使用，甚至到唐已幾近絕跡。

3. 諧音

民間詩歌有用同音同字異義、同音異字以造成諧音雙關的現象，藉由語音類同引起讀者聯想，達成作者使用諧音時預期的目的。在諧音傳達過程中，便可產生鮮俏、比興、生動的民歌特質。漢民間古辭已有諧音雙關語之試用，不過技巧尚未嫻熟，爲數不多；至《吳歌》《西曲》始將此特色大大發揮，形成南朝民間樂府的重要特質。至於貴族文人擬作，如王運熙《六朝樂府與民歌》所言：

> 諧音雙關語是口頭文學的一種特殊修辭現象，它同民間語言經常保持著密切的聯繫，所以總是顯得新鮮、活潑、生動、自然，對讀者具有強大的魅力。這種語言上的修辭特色，影響所及，也大大地流行於貴族文士的談吐中間。貴族文士們便仿作了許多含有諧音雙關語的詩歌。他們的作品，也有寫得很生動的，但慢慢地終於趨向雕琢文字的途徑。〔註51〕

事實上檢查後代文士擬作中，諧音現象確實不多見。

4. 頂真

在民歌句與句間，承接相同字句，使造成旋律綿延流轉，連續相

〔註51〕見其書，頁166。新文豐，民國71年8月初版。

生的現象，是爲頂眞。此種銜接方式在語言音樂功能方面佔有特殊效果與重要地位，兩漢相和曲中的《平陵東》便是利用頂眞達成自然綿延的美感，不過漢的頂眞句有的用得並非很嚴整，然而在魏晉以後文士化的擬樂府過程，這種屬於民歌特色的頂眞技巧，卻極少出現。

5. 和聲

　　兩漢民歌，尤其是相和曲中，有歌辭亦有和聲，和聲可以是無義的單音，如伊、唶、何、羊、那、邪、兮、梁；也可以是複音，如妃呼豨（《有所思》）等。和聲可放於句中，亦可置於句末，運用得當，不但增加民歌和誦的韻致，改變本來旋律結構，也增添誦唱之生動；而此聲辭交織的現象，乃口語民歌獨具的特點。魏晉以下擬作，使用和聲機率相對減少，雖曹丕、謝靈運曾用「上留田」當和聲，但畢竟只是麟毛鳳角。

6. 聲韻

　　民間歌謠在口唇蘊釀、憑藉人們輾轉傳誦的流行過程中，已將民歌修飾得合於天籟、順乎誦歌的聲律，尤其越簡短素樸、如《江南》之類的民歌，更可見其渾然天成的聲調。因此兩漢民歌大致有自然旋律，除爲配合音樂節奏曲度所設的頂眞、複疊、和聲等稍爲人工化的痕跡外；大抵說來，漢民間樂府呈現一種自然直覺的律動。縱使在每一句詩末最後一字押的腳韻，不管是短詩的一韻到底，或長詩的中途換韻，其腳韻也並不十分嚴格一致，而是在有韻的條件下，隨人們天然習性，配合一些合樂技巧所成的一種最無心、而隨意天然的民歌。

　　然而後代擬樂府在齊永明聲律論興起，四聲八病的明辨避忌下，在建安樂府擴大寫作題材後，始著力於音聲之美的追求，以爲其時文學特質。此種人工聲韻規定，雖然不免帶有匠氣，但基本上也還有藉由規矩標準使聲韻協調的好處。然而也正因聲韻人工化，使按譜作詩的群眾得到莫大方便，量增的結果導致質變，因此在南朝聲律說講求的時勢下，便引發形式主義的流弊出現；也因而在南朝會產生一些內

容貧乏、卻聲調優美的擬樂府。人工韻律發展至唐絕句、律詩出現，平仄對仗更有其模式，加上唐擬樂府有的幾近於詩，因此從漢民歌天籟的聲韻，下及唐詩平仄聲韻的製定過程，也就是從自然到人為，由無心到有意；從長短句式、複疊、頂真、腳韻和諧變化所造成的律動，到由語言本身平仄頓挫、雙聲疊韻、腳韻嚴格選擇的音聲之美的過程。

（三）結構特色

結構乃文體字體之結合，在樂府詩而言，可謂其詞語、句式的組合方法。漢民歌在句式方面，呈現較大變化，如複疊句、頂真的技巧，除在語言音樂性方面起有作用外，也算是結構的一部分。其次在無為即興的創作動機下，有部分是漫無章法的組織型式，然而卻能在雜湊紛陳中，見到由粗疏結構所造成的意趣。再者，漢民歌多以直述的說話方式表達所思所感，不論獨言或說予他人聽，都含有極生動的口語型式；因而除直述句外，也出現不少對話結構，在一問一答中，顯出民歌特色。另外，民歌常以比興句起首，藉彼意象興起對主題的聯想，其中也偶雜不經意的自然對仗。由於漢民歌「感於哀樂，緣事而發」，因而在結構方面，便呈現長短不一、連綿複沓、直述口語、獨白問答，而於詞語間偶或出現自然對仗的結構型態，也因之而多故事詩。

魏晉之後，五言詩大盛，在擬樂府由參差雜言到五、七齊言的漸變過程，結構便由字句轉到詞語本身的排列組合，雖然唐李白仍以雜言歌體擬漢樂府，但基本上南朝之後齊言的擬作占有不少成分。於齊言句式中，可發現南朝雙聲疊韻的技巧在擬作裡運用頻繁，另外重言詞彙的形容方式也造成詞語的結構特色；此外，起句使用比興手法，也為擬作所採納。再者，除有齊言、雜體的結構，擬作中還出現幾種固定形構，如「三婦豔體」、由三洲韻改製成的「江南弄體」等，都有其結構模式可循。由於後代擬作，漸由敘述寫實轉至個人抒情唯美，因而在結構表現方面，便由錯落有致的民歌誦唱，轉變到齊體、只在語言疊複造成音聲效果的文人詩。不過漢民歌亦有五言等齊體，

後人擬作也還用有雜言體；但前者仍流露民歌素樸氣質，後者則已失去民歌長短句的原始風貌，改以如李白浩蕩澎湃、文人質氣的長歌行出現。

（四）修辭技巧

　　修辭是指在講述或寫作方面，使用適當詞句而使其優美順當之工夫。漢民歌以接近口語方式表達，因而文字樸質無華，平鋪直述地類同白描，在眞實無飾的白話裡達到眞美境地；雖然如此，但在平凡陳述中，卻有其特殊之處。譬如在俚俗詞語間，也偶雜有文雅的烘托，像「水深激激，蒲葦冥冥」（《戰城南》），就是在簡單文字中塑造豐富幽深的意象。其次民歌常用誇張手法，加強其趣味性，如《陌上桑》凡人見羅敷時之用語；另外還能加強其感人程度，如《上邪》使用極度誇張手法，達到詩的美感效用。其次，漢民歌有借物起興的現象，因而文字便有暗喻作用，或以雙關語，或以意象的聯想方式、比擬來烘托主題進而塑造意象。﹝註52﹞因此漢民歌雖以較單純平凡的文字來表情達意，卻能運用修辭技巧，對其所欲傳達的現象，作豐富而傳神的烘托；亦即能以平實無華風格，展呈適切的意象。

　　魏晉以後，文學觀念丕變，由質趨於文的過程，審美意義被肯定而大力提倡，因而在修辭方面，有異於兩漢之古樸平實，競走往絢麗

﹝註52﹞漢民歌借物起興可分爲兩種情形，一爲起興之句與主題無必然關係，但可藉以興情，如《雞鳴》之「雞鳴高樹巓，狗吠深宮中」，可聯想到有安居的人家；另一種是起興之句與嗣後概念相關，如《長歌行》之「百川東到海，何時復西歸」，可與其後「少壯不努力，老大徒傷悲」意念相合。其次修辭的暗喻作用，如《豔歌行》之「語卿且勿眄，水清石自見」，可藉以表明其心清白磊落。至於雙關語，在漢樂府尚屬濫觴階段，因而運用不多，尤其民歌中例子鮮少，有之亦後之解詩家基於心理學、社會學、政治立場所附會聯想之結果，如《江南》之「魚戲蓮葉間」，把魚戲雙關爲兩性歡好等。還有一種比擬法，在漢民歌中普遍可見，如《古咄唶歌》之「棗下何纂纂」，即借棗花比爲人之榮謝有時；或如《怨詩行》之「百年未幾時，奄若風吹燭」，在比方中又富含動蕩不安的意興。

華侈；在爲文造情，隸事用典的風氣下，擬樂府類同文人詩，呈現典雅雕飾的風格。大致說來，曹魏去古未遠，縱已趨向綺麗，但在氣質上仍保留漢樂府精神，普遍流露清剛寫實色彩，帶有直率深切、悲壯高曠的情調。如明胡應麟《詩藪》外篇卷二：

> 魏承漢後，雖浸尚華靡，而淳樸餘風，隱約尚在。〔註53〕

在建安風骨清峻有力的文風下，其修辭技巧大抵如徐銀禮〈建安風骨探析〉一文所指：

> 建安詩人的雕飾不重在修辭表面上的妍麗，而重在表達情志上的凝聚。所以他們講究簡鍊文辭來抒情述志，加強作品的表達力與感人力—簡鍊，所以可以不陷於纖弱；簡鍊，所以可以風趣更遒勁。〔註54〕

因之雖然曹魏擬樂府已出現疊字、對偶等修辭技巧，但基本上仍不失清新直致、陽剛高古之風。

文學觀念進展到魏晉，在詩史上從言志到緣情感物，於是「巧構形似」之文學風貌呈現於六朝詩壇，成爲其時具代表性與創造性的文學現象。〔註55〕關於「巧構形似」，廖蔚卿〈從文學現象與文學思想的關係談六朝巧構形似之言的詩〉一文有言：

> 所謂「巧構形似之言」對於六朝詩而言，實際統攝了整體結構上的三個要素：一是題材，即巧構形似的對象：以日月、風雲、草木、山水等自然物色爲主。二是技巧，即巧構形似的手法：密附、曲寫；這不僅指儷辭、奇句、新辭，主要是指比興誇飾等描寫形容的修辭技巧。三是題旨，即

〔註53〕見《詩藪》（二），外編二，六朝，頁425。廣文。
〔註54〕見其文，頁120。台大碩士論文，民國71年12月。
〔註55〕《文心雕龍·物色篇》評其時文風曰：「自近代以來，文貴形似。窺情風景之上，鑽貌草木之中；吟詠所發，志惟深遠；體物爲妙，功在密附。故巧言切狀，如印之印泥，不加雕削，而曲寫毫芥。故能瞻言而見貌，即字而知時也。」而此則建立在「人稟七情，應物斯感，感物吟志，莫非自然」（《文心·明詩篇》）的基礎，而產生「競一韻之奇，爭一字之巧，連篇累牘，不出月露之形，積案盈箱，唯是風雲之狀」（《隋書》卷六六《李諤傳》〈請革文弊書〉）的情形。

　　巧構形似的作用及目的：吟詠其志。因而，「巧構形似之言」
　　的詩，大抵以「體物」「寫物」及「感物詠志」三要素組合
　　而成。〔註56〕

王文進〈論六朝詩中巧構形似之言〉一文亦提出：

　　就理論式之橫切面而言，六朝詩人基於形似寫實之信念，
　　秉承漢賦排鋪偶對之法。巧用中國語法之韌性，又極力開
　　展隱喻技巧之摹形潛力，使六朝詩人在藝術領域中，留下
　　無法磨滅的功蹟。〔註57〕

因描寫對象之變化，以致修辭爲配合形似、寫實的需要，轉往以儷辭、
奇句、新意、隱喻、對仗等技巧，對事物加以細密描寫，這是六朝──
尤其晉宋齊三朝以來，因應「巧構形似」之言的詩，所引生之修辭技
巧，翻查其時的擬樂府，謝靈運、鮑照呈現的修辭特色，便是採用「巧
構形似」之方法，而多重言、對仗；至於其他作家，大抵被其時文風
影響，而多寫景鋪張之詩。齊梁以後，承繼「巧構形似」的寫實精神，
只是描摹對象從高山大川的自然，移轉到詠物與美人身上，造成詠物
詩、宮體詩興起。在聲律論發明、唯美文風配合下，梁陳擬樂府運用
重言、雙聲疊韻、對仗之處更多。

　　唐詩在六朝蘊釀發展基礎下，達到成熟階段，修辭技巧凝鍊中又
不失自然。其時擬樂府已爲文人詩，除李白及少數作家仍有復古歌
行，其餘大抵五、七言居多。唐擬樂府在修辭上不似南朝縟麗，重言、
雙聲疊韻之用法減少，且似有恢復古直平實的語言風格。

　　以上所言，本辭與擬作在藝術成就上的比較，除樂府曲調於魏晉
以後中原戰亂亡佚外，其他在語言的音樂性、結構與修辭方面，可見
民間文學與文人文學之差別。民歌以長短句、利用句子重複連環技
巧，製造自然旋律，擬作則大部分在一定格式中，運用語言本身的平
仄而產生抑揚頓挫。民歌結構多問答對話、獨白或旁白，因而多敘事；

〔註56〕見其文刊於《中外文學》，三、七，頁21。1974年12月。
〔註57〕見其文刊於師大《國文研究所集刊》，第二十三號，頁665。

擬作多寫景抒情，起承轉合間有意象的醞釀、獨具巧思的運作，因而結構較民歌緊密綿嚴。至於在修辭方面，更能見兩者風格的不同，民歌以接近口語的白描，生動活潑的語氣，烘托出豐富意象；文人擬作卻於整飾繁複詞語中，表現清峻、縟麗、侈靡、高古等不同格調。周英雄〈從兩首樂府古辭看民間歌詩〉一文有言：

> 民間歌詩與文人詩，無論遣詞用字，或開展格式，皆有程度深淺之分。民間歌詩逼肖口語，詩行的發展通常循傳統之二元與三元法，而對經驗的處理也相對地追求整體與普遍的掌握。相形之下，文人作詩處處求新，詩法之奇層出不窮，開展格式也往往以繁代簡。〔註58〕

然而在此差異中，不能否認擬作有其美學上不能磨滅的藝術價值，但在文人詩化的過程，漢民歌質樸深清，在平凡修辭裏展現鮮明意象的特質，是徒有華麗文字、略嫌爲文造情的擬作，所無法比擬的。

三、精神風貌

在言及兩漢民歌與後人擬作就精神內涵比較前，先引欒勛〈魏晉時期文學思想的發展〉前言以爲導引：

> 在中國古代文學思想發展史中，向來存在兩個傳說：一個是先秦及兩漢時期特別是漢代，在儒家思想影響下所形成的重視教化，強調克制的理性主義傳統；另一個就是魏晉時期，在玄學思想的指導下所形成的蔑視教化，強調放任的感傷主義傾向。理性主義的實質是強調一致，主張文學聯系現實；重視文學的外部影響，感傷主義的實質是強調差別，主張文學表現人的情感和個性，重視文學的内部聯系。前者的目的在于維持既定的秩序，后者的目的則在于追求理想的境界。〔註59〕

〔註58〕見周英雄，〈從兩首樂府古辭看民間歌詩〉一文，收於《中國古典文學論叢》冊一，「詩歌之部」，頁261。

〔註59〕參見欒勛，〈魏晉時期文學思想的發展〉前言。《美學論叢》（三期），頁206～229。中國社會科學出版社，1981年，九版。

由於時代意識、政治環境的差異，兩漢民歌及後人擬作在精神特質表現上，不免有所差異。

　　文學反映時代，漢民間樂府尤能呈現此種特質，至於其思想內容，譚達先《中國民間文學概論》言及：

> 在專制社會以前的漫長的歷史時期，下層人民由於時代局限
> 或其他階層的人思想意識的影響，加上沒法得到系統的具有
> 嚴格知識性的教育，因此在思想心智進步的同時，有時往往
> 也會產生一些軟弱的思想因素，如：迷信、對敵人、對大自
> 然抗爭的不徹底性、得過且過、缺乏科學的預見性，等等；
> 這樣，他們有時在一個優秀作品裏，也會雜揉著一些軟弱的
> 思想因素，終於成了進步性與落後性結合在一起。〔註60〕

漢去古未遠，但民智已在周秦教育普及中，日漸開發；不過其思想受專制政體影響，不能做較個人化、自由的發揮，因而藉民歌來宣洩一些進步的、不滿的情緒。在為情造文的前題下，漢民間樂府純粹的抒情詩很少，泰半是關乎人生、社會現象的白描；所傳達之「情」則是人類普遍可以共鳴的情感與共通的經驗。因此在直陳敘述中，含蘊高尚情操，表現人性於外在環境─諸如政治壓迫、世亂民貧、貴賤差等、生離死別的悲苦無奈與反抗情緒，同時還雜有及時行樂、羽化登仙的避世思想。也就是在漢民歌中，可同時見到勇於反抗權貴、質問社會不平的進步思想，與逃避現實的玄虛、軟弱思想相互揉存。不過在專制政體中，唯有藉無記名的創作方式，始得以傳播憤懣不平的反抗情緒，而由全民所共同抒發。

　　反觀魏晉南朝進入人性覺醒的文學獨立時代，抒情的唯美觀念左右文壇。葉慶炳以為唯美文學的產生背景如下：

> 唯美文學，就是指為藝術而藝術，使藝術與社會人生分離
> 的文學，在中國古代不像載道文學與言志文學那樣各有固
> 定的時代背景─治世與亂世。……唯美文學的產生，大致
> 是在小康的局面……也不是在急速發展的社會……當然作

─────────────────

〔註60〕見其書，頁113。

者個人的因素也大有關係，他必須不愁生活，又有閒，他
愛寫作，卻沒有崇高的理想和可歌可泣的經驗可資取材，
於是他會藉雕琢字句，研揣聲律來消磨光陰，從而得到自
我滿足。我國唯美文學最盛的時代，無疑在南朝，特別是
齊梁聲律說興起之後。〔註61〕

盧清青《齊梁詩探微》亦言及：

文學的產生原本就是直接取材生活、反應現實的。齊梁文
人，終日在錦衣玉食，酒色聲伎的包圍下，耳聆五音，目
迷五色，外加上本身又特別重視美的追求〔註62〕，表現在
作品的內容與形式上，自然是競向唯美途徑發展了。〔註63〕

在唯美文學籠罩下的擬樂府，經魏晉至初唐，其作品精神風貌大
致展現作者的個人才情，與不同環境影響下的個別懷抱；而晉室渡江
南下後，緣於地理環境的不同，又產生不同風格，如《隋書·文學傳》
序所言：

江左宮商發越，貴於清綺；河朔詞義貞剛，重乎氣質。氣
質則理勝其詞，清綺則文過其質。理深者便於時用，文華
者宜於詠歌。此南北詞人得失之大較也。〔註64〕

基本上，六朝文風可如梁裴子野〈雕蟲論〉所評：

其興浮，其志弱；巧而不要，隱而不深；……荀卿有言：「亂
世之徵，文章匿而采。」斯豈近之乎？〔註65〕

〔註61〕見葉慶炳，〈文章合為時而著·歌詩合為事而作〉一文，收於《唐詩
散論》一書，頁100～101。

〔註62〕魏晉南朝的文人，喜服寒食散以圖延年，顧影自憐以追求美姿容為
風尚，於是傅粉飾貌，以陰性美為最高價值取向。此風流行於文人
與上層士族之間，可謂將唯美風尚落實於外表粉飾的追求與注重。
《顏氏家訓·勉學篇》云：「梁朝全盛之時，貴族子弟多無學術，至
於諺云，上車不落則著作，體中何如則秘書。無不熏衣剃面，傅粉
施朱，駕長簷車，跟高齒屐，坐棋子方褥，憑斑絲隱囊，列器玩於
左右，從容出入，望若神仙。」

〔註63〕見其書，頁25。

〔註64〕見《隋書》卷七十六，列傳第四十二，文學。頁0863。新文豐，民
國64年3月初版。

〔註65〕見柯慶明、曾永義編輯，《兩漢魏晉南北朝文學批評資料彙編》，頁

由此可見六朝「文勝於質」之創作態度。而於擬樂府之內容觀之，雖約略可尋出各代思潮—如魏晉飄忽無常的人生觀與及時行樂，宋齊巧構形似下的詠物山水，梁陳之宮體—但其中隱含的精神風貌卻是個人主義、自抒懷抱式的殊相。再者，在擬作動機中，亦可察見文人進退於仕宦之間，思以文章干祿的冀想；因此便出現握有實權的君主、高官厚祿者、豪門子弟，以及失意王臣、落寞文人的擬作，可自出機杼而呈現個別理念、情態；與御用文人、欲以文章進身之一般文人的擬作，呈現某種共通時代思潮的兩種不同精神風貌的情形。

　　唐擬樂府風範，可參考胡應麟《詩藪》外編記載：

> 甚矣！詩之盛於唐也。其體制則三、四、五言、六、七雜言，樂府歌行，近體絕句，靡不備矣。其格則高卑遠近，濃淡淺深，巨細精靈，巧拙強弱，靡弗具矣。其調則飄逸渾雄，沈深博大，綺麗幽閒，新奇猥瑣靡弗屆矣。其人則帝王將相，朝士布衣，童子婦人，緇衣羽客，靡弗預矣。〔註66〕

唐詩之盛，各體並融；反應於擬樂府上亦然—有復古之長言歌行、有齊梁綺麗之宮體，也有齊言之文人詩。本文收錄之唐擬樂府作者，以李白最重要，亦為仿樂府之集大成者，其餘則大抵為仕宦與一般文人。

　　李白居於盛唐擬樂府關鍵，除了作品具有分量、水準外，其以清真掃綺麗之弊，力追漢魏風骨，抱持不求功名而為之擬作態度，使其能把握漢民歌特質，以縱橫天才，衍出雜言歌行，在澎湃氣勢中，重見古風。然而類似李白以自然高古文字，再現漢民歌氣質的作品，在其他人擬作中卻較難發現。因為唐之仕宦文人擬作，有抒其失意，亦有寫景抒懷；但卻有個特別現象，即在民間工作歌與江南方面的擬作，數量不少。因此唐擬樂府呈現之精神風貌，紛歧不一，有部分如李白之追溯漢魏風骨，有如李賀之幽怪險僻，亦有清麗之抒情小品。

　　以上言及漢本辭與其各代擬作之大致風貌，雖非詳盡，但大致

　　277。成文出版社，民國67年9月。
〔註66〕見其書第二冊，頁479。

可明一般趨勢。總括說來，本辭以民間文學特質呈現社會共相，文人擬作則在記名方式上展現個人殊相，如譚達先《中國民間文學概論》所言：

> 作家文學對民間文學內容的改動，有兩種情況：第一種情況是，加上了封建士大夫的思想觀念。……第二種情況，是在對民間文學作品進行記錄或再創作時，把原作的人物形象、主題作了很大的乃至根本不相同的改變。〔註67〕

譚氏所謂第一種情況，本文不常見，因魏晉以後的士大夫觀念已因政治挫敗而失勢，有之亦如傅玄等在詩末附加祝頌語。第二種情況，也就是文人擬作會普遍加入自己個性的情形，在本文擬作過程中，尋常可見。

其次，綜合陳述本辭與擬作之精神風貌，可見前者表現對政治不滿，有反抗權貴之積極進取態度，雖不免夾雜部分無奈的避世思想，但基本上仍流露相當程度的現實主義入世精神。反觀擬作與本辭一個最大不同處，就是對於政治現況的「檢討」與「反抗」的擬樂府，作品相當少〔註68〕，大部分乃針對個人與人生做反省，或怨嘆或避世，或墮入及時享樂的酒色中，或純寫景抒情，因而普遍流露唯美的消極出世精神。再者，文人基於仕宦前途的考慮，不僅不對當時形成的不合理的門閥制度口誅筆伐，反而卻屈附權貴，寫出迎合其愛好的擬作─雖然這現象與當時文風不無關係，但本質上則離不開文人本身欲求功名的情結。因此，失意文人感時嘆逝，御用文人媚主求榮，從中見出中國文人在仕途之「無奈」與「折節」，而這種種不同精神風貌的產生，也正是民歌無為而作、為情造文，與文人有為而作、為文造情之必然結果。

本章探討本辭與擬作之比較，從創作動機、藝術分析、精神風貌

〔註67〕見其書，頁378、380。

〔註68〕至於曹操等人有描述當代政治軍事情況的樂府，不能算入「檢討」與「反抗」範圍內。

三方面加以描寫。由於兩者創作動機不同，對藝術抱持的理念不同，因之表現在文字風格、精神層次上意義便有所軒輊。顧於此者失於彼，擬樂府雖然漸失民歌眞摯的共通情感，但卻流露個別才情與人性共同的七情六欲；也就是說民歌較能表現社會性，文人擬作較能流露個性，而此則根源於兩者創作動機、意義不同之故。

第六章 結 論

第一節 民間文學與文人文學

一、民間文學與文人文學之異同

　　中國文學史上向有民間文學與文人文學之別，兩者分別發展，又互相影響，譚達先《中國民間文學概論》言及：

> 兩種文學既然共同存在於同一社會裏，必然會不可避免地不斷地互相影響著，也互相聯繫著，這種情況是易於理解的。兩種文學同樣起源於上古的民間文學，同樣使用一種語言，這是兩者的相同處。民間文學僅僅靠著口頭創作、傳播和保存，而書面文學則是用文字創作、傳播和保存，這是兩者的不同處。兩種文學表現了同一社會裏的生活現實，因此，二者的內容自有其互相聯繫的地方，但又有其區別；書本文學的創作就不能離開專業作家所處的社會現實、生活環境，去反映人們無法或難於想像出來的思想；書本文學的作家也不大可能採用過去民間文學中存在過的思想材料、語言形式和特殊的修詞手段，等等，作爲自己創作的媒介。〔註1〕

〔註 1〕見其書，頁 248。

誠然民間與文人文學處在不同的政治地位、經濟條件、文化層次,及
社會賦予不同期許、價值判斷的基礎上,兩者會有分合異同的現象,
以下茲就本文研究結果,分三方面論述之。

(一)思想精神

兩漢民歌陳述社會實況,藉群眾力量共同反映某種思想情緒;此
情緒思想是普遍、富時代意義,可較客觀呈現其時大眾化的精神。文
人擬作雖則可以反映時代風潮,但比起民間文學,多了一種個人思想
的寄託;此個人思想的內容,包括對生命、對宇宙、對人生進一層深
思,所形成的種種不同覺醒,加諸於作品,便出現多元化、歧異的思
想理念於其中,使文人擬作帶有較濃厚的個人色彩,而作品與其身分
環境、才性思想密切關聯。換言之,民間文學所流露的思想型態較單
純,關涉於社會現狀;文人文學則較能從本我立場出發,運用個別才
思,在現實環境外尋求更高層次的精神探索;而探索之後,可能昇華,
亦可能看破而頹廢。因此在民歌中流露的思想精神,較有一定水平狀
態;而文人擬作,則會出現高尚與穢淫等不同層次的情操,此雖關乎
兩者創作動機的不同,也緣於兩者外緣因素—諸如文化背景、人文素
養之差異所致。

以上言及兩者作品之思想表現,至於其作品思想所象徵之精神意
義亦有所不同。民歌大致充塞積極的人道精神,敢向現實不平發出控
訴,揭發統治者或當權派之得失;文人文學則以其居於上層社會,或欲
進身上層社會,而表現仁民愛物、或恣情享樂、或趨附權貴、或抗議權
貴等不同的精神風貌。不過因擬作作品眾多,作者情性各異,因此較難
歸納成統一的精神意識,但大抵表現出浪漫唯美、個人主義的文風,與
士大夫階層之精神意識,則可以肯定。

(二)藝術美學

民間文學與文人文學在藝術技巧上,有諸多不同;至於對審美的
觀念與情趣的傾好,亦有所軒輊。民歌以無華的本真,呈現素樸美;

而其美感經驗的傳遞，較多以引起興象爲方式，亦即間接的、意念上的。文人文學則以其藝術審美格調，別於民間文學的單純直陳，改以一種繁複、委曲，精緻、華麗的形式，鋪陳其細膩而隱微的美感，讀者除了在其建構的意象傳遞中，得著美感經驗外，就詩的文字而言，比樸拙的民歌容易引起詩的美感情緒。

　　民歌過渡到文人的唯美傾向，當然源於建安以下文學思潮轉型、文學觀念進展及個人浪漫思想興起等因素；但其中詩的聲音的變化，亦爲一重點。黑格爾《美學》：

> 詩的特徵在於它能使音樂和繪畫已經開始使藝術從其中解脫出來的感性因素隸屬於心靈和它的觀念。因爲詩所保留的最後的外在物質是聲音，而聲音在詩裏不再是聲音本身所引起的情感，而是一種本身無意義的符號……聲音就這樣變成了字，變成在本身已是分節發出的音，它的意義在於標示觀念和概念，因爲音樂所已達到的那種本身還是否定性的點現在已進展爲完全的具體的點，這個點就是心靈，也就是有自意識的個人，這個人從它自身產生出觀念的無限空間，把這無限空間和聲音的聲音的時間性結合起來。……這樣看來，聲音可以變成只是字母，因爲可聞的東西像可見的東西一樣，都降爲心靈的一種單純標記了。因此詩的適當的表現因素，就是詩的想像和心靈性的觀照本身。……詩藝術是心靈的普遍藝術，這種心靈是本身已得到自由的，不受爲表現用的外在感性材料束縛的，只在思想和情感的內在空間與內在時間裡逍遙游蕩。〔註2〕

　　黑格爾所建構的詩的理念，可用以說明民歌到文人詩之間，音樂性的變化與詩本身內質意義的不同。民歌樂調的聲音有其意義，在吟唱之際可產生美感，因此詩的文字，不必加以刻意營造，就能與其樂調相得益彰，成爲音樂與詩文結合的興象藝術。至於文人詩，在樂府

〔註2〕見黑格爾著，朱孟實譯，《美學》《一》，頁 115～116。里仁，民國70年5月。

樂調亡佚後,詩的外在音樂性消失,因而必須藉文字本身的四聲來製造音響效果,而聲音彼時已居次要地位,詩人始因而得以全力經營詩的情感,將詩納入本我心靈對萬事萬物的觀照的表現;此種對詩的認識與應用,是民歌與文人擬作之間一個重大差異,因而兩者表現之藝術形式,與美感傳遞方式,有所不同;至於在不同理念下所呈現的美的效果,自然有其獨特殊美。

(三)人性情感

　　民間文學在內容、目的、意蘊、精神與表現手法,都異於文人文學;但有一項要素,卻是兩者融通共有的,那就是人性情感的流露。人類雖有一些特殊情性所引發的特殊理念,不為大多數人共鳴;但人類在傳承幾千萬年中,卻有某些共通的情感,可超脫時空限制,更易萬世而不變,此就是人性。無分中西,只要感通人性深處本質的作品,都可獲得共鳴。因此在三十九首漢民間古辭,獲得最大多數人喜愛而仿作的,都是關乎人性的內容。由此現象觀之,更可說明文學以表現人性為其本質,且情感又居其中一項重要內容,可出入各代各類文學體裁而無疑。

　　由上可知,民歌與士大夫階層擬作,在思想精神等層次風貌,及藝術特色美感意念上,有所差異,但其表現人性人情的目的卻始終一致。不過民歌所呈現的人性是基層人民共有的願望,其情感熱烈真摯;而文人擬作表露的人性,卻是士大夫之精神觀照下的或高尚、或墮落、或入世、或出世等不同的人性嚮往,且其情感通常較民間文學來的含蓄隱晦,甚或帶有為文造情的虛偽形象。

二、民間文學與文人文學之關係

　　民間與文人文學雖互相對立,卻又彼此影響,中國文學史上更可查驗此一現象。詩、詞、曲莫不皆由民間文學蛻變成文人文學,而在文士階層習染改創中,漸至於僵化雕繢,卒失其文學生命,再由民間新興另一種文學體裁取而代之,如此循環重演歷史,徵諸文學史,此

現象明白易見。俗文學就如此與正統文學分合更代，雖難登大雅之堂，但卻一直是文人文學創作的泉源。

　　本文分析的文人擬作漢民歌，本質就是文人文學從俗文學中吸取精華，進而模仿成其一格的過程；也就是正統文學融進民間特色，而成就另一種文學形式的經歷。此種情形，各代均或多或少或明或隱不斷進行，如建安時期，詩人吸取漢民歌精神發爲五言詩；南朝受新興清商樂府影響，發爲情歌小曲；唐人受變文、民歌、曲子調影響，也在擬樂府中留下與前人不同的風格。尤以李白受民歌體裁影響所成就的樂府歌行，乃其作品中公認的傑作。凡此，均可見文人文學受民間文學影響之處。當然，早期文人的作品，也會影響後來的民間文學，但在漢樂府的擬作中，無從顯現。

　　然而帶有民間特質的文人文學，經過長期演變的結果，往往走上典雅華飾之途，民歌精神因而不復可見，這是文學發展中一個新陳代謝的必然趨勢，可以用來詮釋本文各代擬作之所以由前期漢魏風骨猶存的階段，變到後期完全文士個人化擬作的原因。儘管此兩者不斷更代循環，但基本上，民間文學一直以清新生動直率的生命力，吸引文人喜愛、模仿，居於領導文人創作的生發地位，而後在文人特有的美學觀點中，成爲文人文學；通行既久遂乃質變僵化，使另一種民間文學從中滋生興起。如此循環影響，大致是民間文學與文人文學之錯綜關係。

三、民間文學與文人文學之評價

　　在評價民間與文人文學時，本文秉持相對態度，亦即價值取向建立在相對比較上，而非以絕對標準來衡量。一般說來，俗文學在中國固有精神意識下，往往處於被輕忽鄙薄的地位，文人模仿學習民歌，甚至遭受上層文人的否定與嗤笑，這在門閥制度下的南朝社會，尤爲明顯，湯惠休與鮑照便曾身受過。再者，漢武帝立樂府官署，採集民間俗樂之初，就曾遭朝中大夫議論所阻，因而可證在歷史傳統思想

中，民間文學與文人文學所遭受之不平等待遇與評價。

其次，民間文學以實用爲創作目的，文人擬作則傾向審美目的爲其追求，因此民歌忠誠記錄兩漢實況，涕淚斑斑，具有強烈的社會意義與價值；而文人擬作雖能反映出某種程度的時代性，但終究不如漢民歌直接有力。反過來說，文人擬作在表現上雖相背於民歌之敦厚質樸，但在人類趨向藝術的需要中，在藝術美學上的成就，卻非單純素美的漢民歌所能比擬。文學若能文質彬彬，方爲上乘作品，漢民歌情勝於文，文人擬作文勝於質，都各有所失。雖然一般論者對民歌以眞摯純實所表達之境界，均寄予極高評價，對擬樂府的因循剽竊則不予好評，但就美學價值而言，文人擬作在再創造的過程，確有其細膩獨創的努力，亦不容抹煞輕忽。

文人擬作中不乏有超越漢民歌成就，以更成熟進步的技巧詮釋本辭精神，如李白等人；但卻有更多破壞原有民歌精神，變成浮濫之作，如盧清青《齊梁詩探微》所言：

> 至於文人的擬作，不僅聲節婉轉，且辭采內容也趨於綺豔色情……這種模擬的樂府，不但破壞了原有的民謠特色，也影響了詩風，後起的宮體詩，實際上就是貴族文人的模擬，離開了民謠範圍，落入浮華與色情的狹小範圍所形成的。然而無論前期民謠或後代文人擬作，均能切實的將社會的華靡生活盡情映現出來，故能在文學上佔有一席之地。〔註3〕

也就是說，雖然在擬作過程，漢魏風骨墮落爲齊梁色情，由質樸的樂府歌變爲雕飾的文人詩，但仍可以在此演變中知曉各代擬作的風氣與精神，更可見由其擬作所顯現之各項意義。因此在擬作中，可開拓作家反映社會現實的層面─藉由同一主題意識，經由不同時代、不同文人擬作，所呈現出種種的共相、殊相，而擬作之意義與價值，也就蘊育於其中。所以儘管本文四百零九首擬作中，有絕大部分作品的精神

〔註 3〕見盧清青，《齊梁詩探微》一書，頁 91～92。

已相去漢民歌遠甚，但其流露之時代意識與人性，及由擬作引發若干值得探析之子題，也就是其擬作之意義，而應予以特別關照。

　　總之，漢民歌在文學史上，已佔有相當席位，且評價甚高，文人擬樂府則因有傷文學眞美，太過雕繢，且內容或失之墮落，一般很難給予正面肯定，但如就擬作品所呈現之種種意義而言，文人擬作或不能在作品本身予以正面評價，但至少對其帶來的作品精神，應予重新估量；因擬樂府畢竟亦忠實反映其所居處環境的意識形態，而值得後人深思考究其因果；也能爲文學史留下紀錄，而亦佔有一席之地。

第二節　擬樂府總論

一、擬作之意義與在中國文學史上之價值

　　文學要表現其藝術形式，必要經由技巧的琢磨，而形式技巧在創作之初，不免要經由模仿階段。舉凡藝術創作，大抵要經此過程，始能登堂入室。中國文學在綿延傳遞中，不難看出其間因襲模仿遞變的軌跡，尤其文人仿古擬作風氣，更是其來有自，淵源已久。

　　擬作的意義，在於涵咏古人各體文章，加上自身累積的學養，若能從學習揣摹中得其神髓，進而破蛹而出，獨樹一幟，方有擬作的正面價值，使擬作富有繼往開來，在復古中又能創新的正面意義。若陷溺於模仿，不能自出機杼，一味抄襲，則失去擬作的意義，反成負面影響。因此擬作的評價，繫乎作品之是否能突破前人、青出於藍的標準上。

　　擬作的方式，計有在形式—文字、技巧、藝術方面的模仿，和內容—思想、情感、想像方面的承襲兩種。一般說來，有固定形體的文學作品，如詩、詞、曲及一些特殊的、由固定格律組成的諸如「三婦豔體」、「駢四驪六體」、「上官體」等，可造成在形式上的模仿。換個角度來說，也正因爲文人相繼仿效，蔚爲風氣，才能使其成爲一體。至於在藝術、技巧方面的模擬，可說是一種風格的追踵，因而在文學史上會形成某些派別。除了形式風格的模仿外，中國文學尚有一種在

思想內容上承繼的現象，加上文人互相仿效或擬古、用典的結果，導致在文學作品中，不論是賦、樂府、詩、詞、曲、小說、戲劇等，都有在意象上直接或間接模仿的痕跡〔註4〕，因而會有在同類作品、甚至不同類作品中，見到相同內容或近似的意象。

　　中國文人向有擬作的習性，文學理論也在模擬與反模擬間徘徊，而此兩種擬作方式，比較說來，形式的模擬容易形成一時風氣，造成橫剖面或斷代的相似；而內容的模擬，則易綿延連環，形成縱貫的影響──尤其一些能引起人們普遍愛好或認同的內容、意象，便會在各代中以不同的文學體裁出現，形成某種象徵的美感經驗的傳遞，頗類同於西方所謂的「內模仿」（Inner Imitation）〔註5〕，兩種同為一種在美感、意象上，經由移情作用所形成的模仿。基本上，形式的模仿較易著痕跡，而美感經驗的再現，則較不著形式。

　　擬作在中國文學史上佔有一重要特質，而復古與創新的文學思潮交相為用，若能在學習古人風範之餘後出轉精，則可另開風氣，如李

〔註4〕例如樂府詩鐃歌中的《上邪》，與敦煌曲《菩薩蠻》：「枕前發盡千般願：要休且待青山爛，水面秤錘浮，直待黃河徹底枯，白日參辰現，北斗迴南面；休即未能休，且待三更見日頭。」（引自羅宗濤，〈中國的愛情詩〉一文，刊於《中國詩歌研究》頁239，中央文物供應社發行），及一首四川南部情歌：「生不丟來死不丟，除非螞蟻生骨頭；除非冷飯又發芽，白岩上頭生石榴。」（引自譚達先《中國民間文學概論》，頁124）此三首詩在意象比興上極為近似。又如《詩品》指出某家詩源於某類詩，則已說明詩的一種模仿關係。詞亦然，在仰慕學習前人的過程，便形成了淵源關係。至於小說戲劇，更有以前人文學作品做為故事原型的現象，如《鶯鶯傳》至《西廂記》，《長恨歌》到《長恨歌傳》再到《梧桐雨》、《長生殿》，即是在內容上的模擬；凡此不可枚舉。

〔註5〕模仿是動物最普遍的衝動，但谷魯司（K. Groos）教授以為美感的模倣和尋常知覺的模倣有所不同：前者大半實現於筋肉動作，後者則隱在內面不發現出來，谷魯司把後者稱為「內模仿」，亦可說為「象徵的模仿」。象徵作用是一切記憶的基礎，已往經驗凝結為記憶之後，再現於意識時就不必湧現全部經驗，只要微細的一點便可代替全體，而經由移情作用再現美感經驗。因此「內模仿」可說是以局部活動代替全體活動。參考朱光潛《文藝心理學》第四章，頁69～71。漢京，民國73年7月1日。

白極盡擬古之妙後，始自出新意。史上大家，諸如揚雄、王維、蘇軾、辛棄疾等，以其洋溢的才華，不免都要師法前人〔註6〕，可見在中國文壇，擬作實富有其積極與正面意義，不過得要建立在創新的基礎上。如僅止於模仿，充其量只能寫出規矩之作，不能成就大氣象，因擬作的意義乃爲日後創新打下基礎功夫，其價值不在擬作品本身，而在經由學習琢磨的功夫所淬鍊出的、富有作者眞我特質的文學作品。因此，擬作的現象充滿中國文壇，眞正能獨創一格的文人卻不多見，此乃因創作難於模仿，以致由一味擬古所成的近似剽竊而無生氣的作品，便成爲擬作負面影響下的渣滓；至於眞正能體會運用擬古之精神與方法的文人，便能爲中國文學保留前人的文化精髓，進而開創繼起文風；而後者乃爲藉模倣擬作入門的眞正意義，與其所能成就的最高價值。

二、文人擬樂府與其自製樂府之比較

本文收錄一百五十二位作者的擬漢樂府，與其自製樂府在風格內容上，究竟有無連帶或影響關係，頗值深思檢討。如果認可擬作乃爲創作前的準備，則可推測擬作品與其眞正代表作品，會在內容意境上有所差別。如唐李白之擬漢樂府較古樸高壯，多用長篇雜言歌行；擬六朝樂府則較鮮麗清俏，多用齊言；至於其自製樂府，又呈現另一番豪放氣勢，上天入地，極盡奔放之能事。梁簡文帝自製樂府，亦比其擬漢樂府，在內容深廣度而言，較有其特色與價值。不過亦有擬作內容與其自製樂府風格一致者，如陳後主便是在兩者間流露類似的宮體風貌；魏武帝亦以其一貫作風，而無擬作、自創樂府風格的差別。

在探討本文作者擬漢樂府、或擬其他不同時代的樂府與其自製樂府，在風格內容上之比較時，雖然實屬本文探究重點，但因涵射範圍太廣，須研析各作者之全部樂府詩、並及成詩年代，方能進一步比較

〔註 6〕揚雄爲西漢模仿大家；王維、蘇軾有陶淵明詩風；辛棄疾則源於李後主，且師法東坡。參考自蕭傳文《文學概論》，頁 34～35。禹甸文化事業有限公司發行，民國 66 年 9 月初版。

其間差異，因此本文只能提出疏略之意見，點到爲止，留待日後再行深思。不過可肯定的是，對擬作目的有深刻認識、且胸中別有洞天的詩人，可眞正發揮擬作精神，在復古中又能創新、保存本辭意識加以時代意義，如李白便是本文所有擬作者中，最能曲盡擬古之妙者；而這類型作家，也往往能脫離擬作桎梏，另闢天地，因而導致其擬樂府與自製樂府，在意境上有所差異的現象。

另外一種擬樂府與自製樂府無甚區別的情形，計有完全模仿、無本我創新意識的文人，及個人色彩濃厚、只是借題抒懷、無擬作意念的文人兩種，較可能發生。因爲前者「無我」，在維妙維肖的擬作方式下，使其擬作品不能成爲「作品」，充其量只是習作耳，而從此因循依賴的文風，過渡到有創意的自製樂府，其間有一段長距離；至於後者太「有我」，因此其擬作並非襲取前人風範精神，而只是借古題抒情，所以其擬作實同於自製，其間或幾無距離，如曹操、陳後主皆是。因而這兩種情況下的文人—自製等於擬作一般無我，或擬作等於自製一般有我—，皆可能在其擬樂府與自製樂府間，尋不出太大的差異。

三、擬樂府之演變與各代擬作特色

中國文壇的各類文學體裁，幾乎都有文人擬作現象產生，本文專就兩漢民歌的擬作研析，關於擬漢樂府的流變興衰如何，大抵以建安時期爲一轉變關鍵。建安文人喜採樂府古題詠己意，由而使樂府漸脫離樂調，成爲文人詩，因而建安時期擬樂府內容常與其題不相合，如王夢鷗〈魏晉南北朝文學之發展〉言及：

> 他們好用樂府古題來抒寫自己的詩，則是分明易見。樂府既經改寫爲不著題的詩，加入於騰踊的五言，使得民歌完全消失於文人作品中。到了魏末晉初，有個崔豹爲了存古，才給那些古題找出原典，因而後來借古題發揮的文士，多少要顧慮到題目的意義。但在曹丕曹植時代，他們變古爲今，移俗作雅，都無此種顧慮，製出了冠絕百代的歌詩，

在歌詩發展史上值得記上一筆。〔註7〕

魏代擬樂府在「變古作今」之下，委實成就不少富時代意義的作品，尤以曹操更是此風開創者，用漢樂府古題歌詠時事，蔚爲時風。至晉始在「存古」觀念下，出現一些借題發揮、斷章取義的擬樂府；或純就標題引起附會之內容。而漢民歌原有的特質，在魏晉兩代各執一端的擬作方式中，已漸失其精神。不過魏去漢未遠，大抵還存有樸質悲涼的風骨。

魏晉以下之擬樂府盛行，不僅由於擬古風氣使然，也因爲帝王提倡的關係，在南朝清商樂新聲流行中，擬古樂府在格調內容上受其影響，偏於豔情一格，導致漢魏風骨盡失，擬作意義也名存實亡。直到唐李白的擬漢樂府，始掃盡齊梁綺靡華風，力追漢魏；然擬樂府至唐已成餘波，雖太白能得兩漢民歌精髓，究竟有其個人才氣理念的配合所致；若就時代言，擬樂府其時已失去擬作精神，因此白居易才發起「新樂府」改革運動，下開唐樂府詩的新紀元。關於「新樂府」的出現，蕭滌非《漢魏六朝樂府文學史》解釋爲：

> 魏晉而下，代有樂府之制，不乏識樂之人，或改用前調，或自度新曲，或因聲而作歌，或因歌而樂聲，然其內容，大率不過食舉上壽之文，大會行禮之節，歌功頌德之什，娛心悅耳之音，於民間樂府，俱闕焉不采，竟千載而一轍。是以孤兒寡婦之哭聲，倉浪黃泉之嘆息，無所聞焉。唐室私家新樂府之盛興，非偶然也。〔註8〕

擬樂府在南朝文風濡染下，至陳已另換面目；如控訴兩漢社會動亂、民生窮困的《婦病行》，其哀淒悲傷至陳江總，竟擬作爲春閨相思的《婦病行》。再如遊子思歸的《漢巫山高》，至陳亦爲巫山楚夢、朝雲

〔註7〕見其文，頁7。刊於《中華文化復興月刊》第十四卷，第七期。1981，7月。又崔豹下注云：「西晉大傳丞崔豹《古今注》三卷，今存。其中卷言音樂，即爲唐人《樂府古題解》所本，且謂「樂府之興，肇自漢魏。歷代文士，篇詠實繁。不睹本章，便斷章取義。」殊不知斷章取義，非始於唐人。

〔註8〕見其書，頁8。

暮雨之宮體所取代。因此在質變情形下，唐「新樂府」確有其興起的
必要，同時擬樂府也就日趨式微。

擬樂府之興衰演變過程，大抵可引朱光潛《詩論》所言：

> 漢魏間許多文人本來不隸籍樂府，也常做樂府詩的體裁，
> 採樂府詩的材料，甚至於用樂府詩的舊題目做詩，雖然這
> 種詩和樂府的精神相差甚遠，還也叫做「樂府」，……漢魏
> 人所以有這種把戲，是由於棄樂調而做詩的新運動還沒有
> 完全成功。一般人還以爲詩必有樂調，所以在本來是獨立
> 的詩歌上冒上一個樂調的名稱。漢魏以後，新運動完全成
> 功，詩歌遂完全脫離樂調而獨立了。詩離樂調而獨立的時
> 期就是文人詩正式成立的時期。總之，樂調遞變爲古風，
> 經過三個階段。第一是「由調定詞」，第二是「由詞定調」，
> 第三是「有詞無調」。〔註9〕

在此演變過程，各代擬作特色大致說來，魏在四百零九首擬作中，占
有三十首，其內容多富時代、政治方面的社會意識，也雜有遊仙思想
與酣宴羈旅情狀。晉擬作二十七首，有豔歌、挽歌及懷才不遇之作。
宋擬作三十七首，內容較不偏於某種意識形態。齊只有七首擬作，都
是相思豔情之作。梁擬作九十七首，內容分布平均，包括江南方面、
貴族生活、豔歌情歌、遊仙、戰爭及詠物之作兼容並包。陳有四十五
首擬作，絕大多數集中在豔情宮體。北朝只有七首擬作，大致描述情
感、工作歌、挽歌。隋擬作八首，不離工作歌、情歌、風景描述的範
圍。唐計有一百五十一首擬作，內容大致以江南採蓮等工作歌、情歌、
挽歌、《巫山高》、戰爭詩等爲大宗。

從以上各代擬作內容，不難看出各代擬樂府風貌，魏可自成一
格，晉宋以下至隋、初唐，大致濡染唯美宮體詩風，如清丁福保《全
漢三國晉南北朝詩》緒言：

> 溯自建安以來，日趨於豔。魏豔而豐，晉豔而縟，宋豔而
> 麗，齊豔而纖，陳豔而浮。律句始於梁陳，而古道遂以不

〔註 9〕見其書，頁 232。漢京，民國 71 年 11 月。

振，雕飾盛而本實衰也。〔註10〕

直至盛唐，擬樂府始轉往清新詩風，但除少數詩作外，已與漢民歌相去甚遠。

　　各代擬作之所以會有不同風貌產生，大抵繫乎其時社會環境、文學思潮之故。至於擬樂府由盛往衰的演變，除可見文體通行既久所引起之形變質變外，亦可見民間文學在文人擬作中，逐漸僵化的過程。

四、從擬樂府看中國敘事、抒情詩之消長

　　中國敘事詩不發達，乃是文學史上可以肯定的事實，至於敘事詩的定義，學者專家多所論及，茲舉張健《文學概論》所言：

> 哈德遜（Hudson）云：「敘事詩可分二大類，一類是成長的敘事詩（epic of growth），一類是藝術的敘事詩（epic of art）。」所謂成長的敘事詩，是集合了古代的民謠與傳說而成，多半不能指明作者是什麼人，只能說是自然的在某民族裡面創作出來的。如……《孔雀東南飛》……。故事詩（ballad）與成長的敘事詩相近，但不盡相同。故事詩是口傳文學，寫下來便是成長的敘事詩。〔註11〕

在本文所選三十九首本辭中，合乎故事詩性質的計有《陌上桑》、《雁門太守行》、《孤兒行》、《婦病行》、《焦仲卿妻》等五首，然而除了《陌上桑》有一首傅玄擬作的《豔歌行》，有片面的擬作痕迹外，其餘在後代均無有以故事詩性質出現的擬作。胡適《白話文學史》云：

> 紳士階級的文人受了長久的抒情詩的訓練，終於跳不出傳統的勢力，故只能做有斷制、有剪裁的敘事詩；雖然也敘述故事，而主旨在於議論或抒情，並不在於數說故事的本身。注意之點不在於說故事，故終不能產生故事詩。〔註12〕

　　其次，因漢民歌中敘事詩的特色，如黃景進〈中國敘事詩的發展〉一文所歸納的有如下四點：

〔註10〕見其書上冊，頁15。世界書局，民國67年10月三版。
〔註11〕見其書，頁139。五南圖書出版公司，民國72年11月初版。
〔註12〕見其書，頁62。

一、是寫實的。所寫的多爲生活中熟悉的事件,能表現當
時社會面貌。二、喜歡借人物對話,戲劇式的獨白,直接
向讀者傾吐内心的思想情感,令人感到親切。三、故事性
強。能圍繞一個主題發展情節,詩中的戲劇性加強了。四、
敍事與抒情融合。〔註13〕

因此在其特有社會背景、敍事技巧中所形成的故事詩,後代很難再以
同樣的技巧形式表達;因故事詩呈現較大的客觀寫實性,加上有其特
定的產生環境,以致漢民歌中帶有敍事性質的本辭,無法被擬作—除
非將其故事原型,改用其他體裁,如小說、戲劇等適合陳述故事的形
式表現,方是故事詩擬作較具創新意義的途徑。

故事詩所鋪陳的是「故事」本身,但漢民歌中除上述五首較具體
的故事詩外,尚有不少有本事可徵、而不以敍事方式表現的民歌;關
於此點,廖蔚卿〈漢代民歌的藝術分析〉曰:

本事與故事對民歌而言並非同一事物,而且不是決定民歌
的必然條件。一、許多有本事可徵的歌謠祇是反映著對某
事某人的感受,歌辭結構並非敍事性質;而某些敍事的歌
詩,卻又不一定有本事可以徵證。二、古今民歌中雖然不
乏敍事詩,但民歌的感人特質並非基於故事的情節,而是
基於詩歌所創設的意象及意趣結構所展示的一種心境狀
態,這一種心境狀態必須具有普遍性,能與人類心靈的通
性相應合,……民歌之「感於哀樂,緣事而發」的「事」,
僅是觸發哀樂的觸媒,詩歌所蘊孕的哀樂之感才是人們長
久的、共通的經驗感受。〔註14〕

由上述,更可說明敍事詩不僅不適合、且亦不可能引起大多數人普遍
共鳴,而興發擬作動機。

反觀抒情詩在本辭到擬作之發展情形:漢民歌中純粹抒情詩很

〔註13〕見黃景進,《中國敍事詩的發展》一文,收於《中國詩歌研究》一書,
    頁14。中央文物供應社,民國74年6月。
〔註14〕見廖蔚卿,《漢代民歌的藝術分析》一文,收於《文學評論》第六集,
    頁75〜76。黎明。

少，泰半借「緣事而發」所隱現出情感；換言之，就是不直接說情，而令讀者在閱讀時，能從字面敘述引起同情共感，因此此種抒情方式是間接的。迨建安以後，五言詩盛行，抒情成分加多，演變至南朝隋唐，成為主觀的抒情詩；因此本文在四百零九首擬作中，便存在不少純粹抒情詩。也因為抒情詩最貼近人類的需要，在人類彼此有普遍、共同的情感基礎上，較敘事詩容易為各代人所共鳴，進而擬作。再者由於魏晉人情感觀念的進步，在文學創作中加入「情」的部分，更是助長抒情詩擬作的趨勢。

從本文擬樂府中，敘事、抒情詩所占的比例觀之，可知敘事詩雖然可以、但卻不可能大量且為各時代人所模倣；但每個時代會有其獨特的敘事詩，如唐「新樂府」便是唐之敘事詩；而抒情詩則以其特性，可不受時空限制而引起後人共鳴。以上是由本文擬作呈現的現象，檢討敘事、抒情詩在後代引起擬作動機可能性之高低。反過來，若從中國敘事詩本就不發達，抒情詩卻橫掃詩壇的史實觀之，擬作幾由抒情—無論是主觀抒情、或緣事而發之情—所獨占，而純粹敘述的故事詩卻少之又少的情形，也就可以理解。

結 語

本文從郭茂倩《樂府詩集》選出三十九首民間樂府，與其後人四百零九首擬作進行討論，著重在由擬作作品所呈現之內容、精神、方式、創作動機作討論，兼及各代擬樂府之演變與特色，言未盡者，尚有擬樂府之影響一環。唐末擬樂府已呈現衰頹現象，民間新興曲子詞，演變為日後宋詞的新體裁，至於擬樂府早期按譜填擬方式，與倚聲填詞方式頗為雷同，兩者之間因年代間隔甚遠，不知有否影響關係，不過擬樂府與文人五、七言詩創作，大致有其淵源。其次，擬樂府本身因有樂調限制，在擬作過程，常會離題而質變，此不僅是擬漢樂府，也或是擬南朝樂府所共通的情形。在研究本辭與擬作間之種種

變化，不僅察覺樂府本身流變，更能從中體察不同文人對相同主題所作的詮釋，再者比較各代文風及其觀照的層面，還能省察本辭意識形態之轉變；凡此，皆是本文始初探究動機之所在。

從本文研究中發現，擬作的題材內容可因作者個人因素、時代、文學風潮不同而有差別，亦即同一時代會有某些近似的主題出現，但縱貫各代觀之，大抵以表現人性的主題可超越時空而被模仿。文學表現人性人情，因此這方面作品可獲得人們共鳴，且在擬作過程，再投入作者個人情性。從本文四百零九首擬作中，大抵可獲如是觀：即是文學中能被大量模仿、感而遂通，更歷百代不易的，惟有「人性」部分，而此亦正是文學隱含的本質、及其表現目的。

總括而言，擬作在中國文學史上占有一席之地，儘管擬作動機因人而異，然要從擬作中創新，則要繫於作者個人才情。換言之，擬作可視為中國人的創作習慣，可當作一種途徑、方法，至於著重點應在擬作品本身是否具有文學價值，而不在其源始於摹倣或自創。其次，在文人摹倣民歌過程，不免逐漸失其質樸天趣，此則專業作家別於大眾文學，及文人在特有環境、教養中，所薰育出異於俚俗口頭文學之一種屬於文人階層的典雅風尚。凡此，在研討兩漢民歌與後人擬作轉變過程中，可窺而知之；而此則源於民間文學與文人文學特質之差異所致。

參考書目

一、經 史

1. 漢毛亨傳，漢鄭玄箋，唐孔穎達正義《詩經》，台北：藝文印書館。

2. 漢鄭玄注，唐孔穎達正義《禮記》，台北：藝文印書館。

3. 漢班固《漢書》，台北：藝文印書館。

4. 宋范曄《後漢書》，台北：藝文印書館。

5. 漢司馬遷《史記》（全四冊），台北：洪氏出版社，民國 63 年 10 月出版。

6. 盧弼《三國志集解》，台北：新文豐出版社，民國 64 年 3 月初版。

7. 吳士鑑《晉書斠注》，台北：新文豐出版社，民國 64 年 6 月初版。

8. 梁沈約《宋書》，台北：新文豐出版社，民國 64 年 10 月初版。

9. 梁蕭子顯《南齊書》，台北：新文豐出版社，民國 64 年 3 月初版。

10. 唐姚思廉等撰，清錢大昕考異《梁書》，台北：新文豐出版社，民國 64 年 3 月初版。

11. 唐姚思廉等撰《陳書》，台北：新文豐出版社，民國 64 年 3 月初版。

12. 唐李延壽《南史》，台北：新文豐出版社，民國 64 年 10 月初版。

13. 唐李延壽《北史》，台北：新文豐出版社，民國 64 年 10 月初版。

14. 唐魏徵《隋書》，台北：新文豐出版社，民國 64 年 3 月初版。

15. 後晉劉昫《舊唐書》，台北：新文豐出版社，民國 64 年 7 月初版。

16. 宋歐陽修《唐書》，台北：新文豐出版社，民國 64 年 7 月初版。

17. 賴榕祥編著《中國歷代治亂興亡史》，台北：五洲出版社，民國 64 年 8 月出版。

18. 錢穆《國史大綱》（上冊），台北：國立編譯館，民國 45 年 10 月臺五版。

19. 鄺士元《國史論衡—先秦至隋唐篇》（第一冊），香港：波文書局，1979 年 3 月初版。

20. 王仲犖《魏晉南北朝史》（上、下冊），台北：仲信出版。

21. 唐長孺《魏晉南北朝史論叢》，出版地不詳。

22. 李則芬《三國歷史論文集》，台北：黎明文化事業公司，民國 71 年 10 月初版。

二、總　集

1. 宋郭茂倩編撰《樂府詩集》（一、二冊），台北：里仁書局，民國 73 年 9 月出版。

2. 宋郭茂倩編《宋本樂府詩集》（上、中、下三冊），台北：世界書局，民國 50 年 11 月初版。

3. 清丁福保編《全漢三國晉南北朝詩》（上、中、下三冊），世界書局編輯所校正斷句，台北：世界書局，民國 67 年 10 月三版。

4. 逯欽立輯校《先秦漢魏晉南北朝詩》（上、中、下三冊），台北：木鐸出版社，民國 72 年 9 月初版。

5. 明薛應旂編《六朝詩集》（上、中、下三冊，影印明刻本），台北：廣文書局，民國 61 年 4 月初版。

6. 清聖祖御製《全唐詩》（十二冊），台北：明倫出版社，民國 60 年 5 月初版。

7. 清嚴可均編《全上古三代秦漢三國六朝文》（全九冊），台北：世界書局，民國 50 年 3 月初版。

8. 清何文煥編《歷代詩話》，台北：藝文印書館，民國 60 年三版。

9. 梁昭明太子編《文選》（胡克家仿宋本），台北：藝文印書館，民國 48 年 4 月四版。

10. 清許槤編，清黎經誥注《六朝文絜》，台北：世界書局，民國 53 年 2 月初版。

11. 清杜文瀾編《古謠諺》（二冊），台北：世界書局，民國 49 年 11 月初版。

12. 楊家駱主編《中國音樂史料》（全六冊），台北：鼎文書局，民國 64 年 5 月版。

13. 編者不詳《中國文學史參考資料—兩漢之部—》，台北：里仁書局，民國 70 年 9 月。

14. 明張溥題辭，殷孟倫輯注《漢魏六朝百三家集題辭注》，台北：木鐸出版社，民國 71 年 5 月初版。

15. 《三曹資料彙編》，古典文學研究資料彙編之一，台北：木鐸出版社，民國 70 年 10 月版。

16. 元辛文房《唐才子傳》，台北：世界書局，民國 49 年 11 月初版。

三、選　集

1. 龔慕蘭輯註《樂府詩選註》，台北：廣文書局，民國 50 年元月初版。

2. 余冠英《樂府詩選》，台北：華正書局，民國 72 年 8 月初版。

3. 朱建新編註《樂府詩選》，台北：正中書局，民國 58 年 7 月臺三版。

4. 王瑤《中古文學史論》，台北：長安出版社，民國 71 年 8 月再版。

5. 羅聯添編《中國文學史論文選集（二）》，台北：學生書局，民國 72 年 9 月再版。

6. 中華文化復興運動推行委員會，國家文藝基金管理委員會主編《中國文學講話》（一）概說之部、（五）魏晉南北朝文學，台北：巨流圖書公司，民國 71 年 12 月一版一印。

7. 羅宗濤等著《中國詩歌研究》，台北：中央文物供應社，民國 74 年 6 月出版。

8. 文學評論編輯委員會主編《文學評論》第六集、第七集，台北：黎明文化事業公司。

9. 林文月《澄輝集》，台北：洪範書店，民國 72 年 2 月。

10. 葉慶炳《唐詩散論》，台北：洪範書店，民國 70 年 10 月二版。

11. 賀昌群、容肇祖等著《魏晉思想》（甲編五種），台北：里仁書局，民國 73 年 1 月。

12. 姚李農主編《三國史論集第一集》，台北：古籍史料出版社，民國 61 年 10 月。

13. 唐君毅、牟宗三等著《中國文化論文集》（五），台中：東海大學出版社，民國 72 年 6 月初版。

14. 陳香編校《歷代名僧詩詞選》，台灣：佛教慈濟功德會出版，民國 67 年 4 月。

四、文學史專著

1. 劉大杰《中國文學發展史》，台北：華正書局，民國 69 年 5 月版。

2. 中國文學史研究委員會執筆《新編中國大學史》（四冊），台北：文復書店。

3. 《中國文學史》（上、下冊），台北：學生書局，民國73年，葉慶炳
　　9月學三版。

4. 胡適《白話文學史》，台北：胡適紀念館，民國58年4月出版。

5. 陸侃如、馮沅君合著《中國詩詞發展史》，台北：藍田出版社。

6. 梁石《中國詩歌發展史》，香港九龍：頌文出版社，1962年2月初版。

7. 葛賢寧《中國詩史》，台北：中華文化出版事業委員會，民國45年7
　　月再版。

8. 鄭篤《中國俗文學史》（上、下冊），台北：商務印書館，民國54年
　　6月臺一版。

9. 劉師培《中國中古文學史》，台北：河洛圖書出版社，民國69年1
　　月臺影印初版。

10. 梁啓勳《中國韻文概論》，台北：商務印書館，民國56年。

11. 鶴田總清著，王鶴儀編譯《中國韻文史》，台北：商務印書館，民國
　　54年1月臺一版。

12. 傅隸樸《中國韻文通論》，台北：正中書局，民國71年10月臺初版。

13. 陳鐘凡《中國韵文通論》，台北：中華書局，民國48年4月臺一版。

14. 羅根澤《樂府文學史》，台北：文史哲出版社，民國63年1月再版。

15. 蕭滌非《漢魏六朝樂府文學史》，台北：長安出版社，民國70年11
　　月臺二版。

16. 陳義成《漢魏六朝樂府研究》，台北：嘉新水泥公司文化基金會，民
　　國65年10月出版。

五、文學理論專著

1. 王夢鷗《文學概論》，台北：藝文印書館，民國71年10月二版。

2. 張健《文學概論》，台北：五南圖書出版公司，民國72年11月初版。

3. 蕭傳文《文學概論》，台北：禹甸文化事業有限公司，民國66年9
　　月初版。

4. 趙景深《文學概論講話》，上海：北新書局，1833年3月初版。

5. 程大城《文學原理》，台北：黎明文化事業股份有限公司，民國62
　　年9月初版。

6. 劉若愚著，杜國清譯《中國文學理論》，台北：聯經出版事業公司，
　　民國70年9月初版。

7. 劉若愚著，賴春燕譯《中國人的文學觀念》，台北：成文出版社，民
　　國68年6月再版。

8. 朱光潛《文藝心理學》，台北：漢京文化事業有限公司，民國 73 年 7 月初版。

9. 開明書店編《談文學》，台北：開明書店，民國 49 年 2 月臺二版。

10. 朱光潛《詩論》，台北：漢京文化事業有限公司，民國 71 年 12 月初版。

11. 荻原朔太郎著，徐佛觀譯《詩的原理》，台北：正中書局，民國 45 年 4 月初版。

12. 劉若愚著，杜國清譯《中國詩學》，台北：幼獅文化事業公司，民國 68 年 2 月再版。

13. 黃永武《中國詩學—設計篇》，台北：巨流圖書公司，民國 71 年 5 月一版六印。

14. 黑格爾著，朱孟實譯《美學》（全四冊），台北：里仁書局，民國 70 年 5 月。

15. 朱光潛編譯《論美與美感》，台北：東美出版社，民國 72 年 10 月。

16. 千金出版社編輯部《美學史話》、《美學常識》，台北：千金出版社。

17. 柯羅齊著，傅東華譯《美學原論》，台北：商務印書館，民國 71 年 12 月八版。

18. 馬黑著，張庭英譯《感覺之分析》，台北：商務印書館，民國 70 年 1 月臺二版。

六、其他專著

1. 黃節箋釋《漢魏樂府風箋》，台北：學生書局，民國 60 年 3 月初版。

2. 清王先謙《漢鐃歌釋文箋正》，台北：廣文書局，民國 67 年 7 月初版。

3. 唐吳兢，明毛晉輯《樂府古題要解》，津逮秘書第十一冊。

4. 陸侃如《樂府古辭考》，台北：商務印書館，民國 59 年元月。

5. 王易《樂府通論》，台北：廣文書局，民國 50 年元月初版。

6. 張壽平《漢代樂府與樂府歌辭》，台北：廣文書局，民國 59 年 2 月初版。

7. 謝雲飛《文學與音律》，台北：東大圖書有限公司，民國 67 年 11 月。

8. 羅倬漢編著《詩樂論》，台北：正中書局，民國 59 年 9 月臺一版。

9. 黃師寅《中國音樂與文學史話集》，台北：國家出版社，民國 71 年 10 月初版。

10. 林葱編著《中國音樂之演進》，著者自印，民國 64 年 12 月初版。

11. 張玉柱《中國音樂哲學》，台北：樂韻出版社，民國 74 年 5 月初版。

12. 陳清泉《中國音樂史》，台北：商務印書館，民國 54 年 7 月臺一版。

13. 楊蔭《中國音樂史》，台北：學藝出版社，民國 66 年元旦再版。

14. 譚達先《中國民間文學概論》，台北：木鐸出版社，民國 71 年 6 月初版。

15. 朱自清《中國歌謠》，台北：世界書局，民國 50 年 2 月初版。

16. 朱介凡《中國歌謠論》，台北：中華書局，民國 63 年 2 月初版。

17. 河洛圖書出版社《從民間來到民間去》，台北：河洛，民國 67 年 6 月臺出版。

18. 蔣祖怡編著《詩歌文學纂要》，台北：正中書局，民國 42 年 3 月臺一版。

19. 梁啓超《中國之美文及其歷史》，台北：中華書局，民國 45 年 10 月臺一版。

20. 徐嘉瑞《中古文學概論》，台北：莊嚴出版社，民國 71 年 2 月初版。

21. 馬茂元《古詩十九首探索》，台北：河洛圖書出版社，民國 68 年 12 月再版。

22. 楊祖聿《詩品校注》，台北：文史哲出版社，民國 70 年 1 月初版。

23. 方祖桑《漢詩研究》，台北：正中書局，民國 58 年 4 月臺二版。

24. 鄧仕樑《兩晉詩論》，香港：中文大學，1972 年 1 月初版。

25. 盧清青《齊梁詩探微》，台北：文史哲出版社，民國 73 年 10 月初版。

26. 王運熙《六朝樂府與民歌》，台北：新文豐出版社，民國 71 年 8 月初版。

27. 王次澄《南朝詩研究》，台北：私立東吳大學中國學術著作獎助委員會，民國 73 年 9 月初版。

28. 正中書局編審委員會編《唐代詩學》，台北：正中書局，民國 56 年 3 月初版。

29. 胡雲翼《唐代的戰爭文學》，台北：商務印書館，民國 66 年。

30. 黃節、郝立權等撰《魏晉五家詩注》，台北：世界書局，民國 51 年 11 月初版。

31. 丁晏《曹集詮評》，台北：廣文書局，民國 50 年 11 月初版。

32. 錢振倫注《鮑參軍集注》，台北：木鐸出版社，民國 71 年 2 月初版。

33. 瞿蛻園等校注《李白集校注》（全三冊），台北：里仁書局，民國 70 年 3 月。

34. 清王琦注《李長吉歌詩彙解》，台北：世界書局，民國 53 年 2 月初版。

35. 清姚文燮注《昌谷詩集》，台北：世界書局，民國 53 年 2 月初版。

36. 清沈德潛《古詩源》，台北：華正書局，民國 64 年 1 月臺一版。

37. 明胡應麟《詩藪》（全三冊），台北：廣文書局，民國 62 年 9 月初版。

38. 魏慶之《詩人玉屑》，台北：商務印書館，民國 72 年 9 月臺四版。

39. 宋胡仔纂集《苕溪漁隱叢話》（前後集），台北：長安出版社，民國 67 年 12 月。

40. 陳沆《詩比興箋》，台北：鼎文書局。

41. 宋王灼《碧雞漫志》，台北：廣文書局，民國 60 年 9 月初版。

42. 清劉熙載《藝概》，台北：華正書局，民國 74 年 6 月初版。

43. 錢鍾書《談藝錄》，台北：藍田出版社。

44. 徐復觀《中國藝術精神》，台北：學生書局，民國 65 年 9 月五版。

45. 程大城《藝術論》，半月文藝社印行，民國 50 年 10 月。

46. 姚一葦《藝術的奧秘》，台北：開明書店，民國 52 年。

47. 何懷碩《苦澀的美感》，台北：大地出版社，民國 71 年 8 月七版。

48. 柯慶明《文學美綜論》，台北：長安出版社，民國 72 年 5 月初版。

49. 范文瀾注《文心雕龍注》，台北：開明書店，民國 47 年臺一版。

50. 羅根澤《中國文學批評史》，台北：學海出版社，民國 69 年 9 月再版。

51. 郭紹虞《中國文學批評史》，台北：明倫書局。

52. 薛鳳昌《文體論》，台北：商務印書館，民國 59 年 3 月臺二版。

53. 夏丏尊、傅東華合著《文藝論與文藝批評》，台北：莊嚴出版社，民國 71 年 1 月初版。

54. 吳納著，于北山校點《文章辨體序說》，台北：華文出版社。

55. 林惠祥《文化人類學》，台北：商務印書館，民國 55 年 2 月臺一版。

56. 陳序經《中國南北文化觀》，台北：牧童出版社，民國 66 年 12 月再版。

57. 薩孟武《中國社會政治史》，台北：三民書局，民國 50 年 9 月初版。

58. 錢穆《中國歷代政治得失》，台北：東大圖書公司，民國 70 年 9 月再版。

59. 余英時《中國知識階層史論》，台北：聯經出版事業公司，民國 69 年。

60. 陶秋英《中國婦女與文學》，藍燈出版社，民國 64 年 1 月。

61. 張修蓉《漢唐貴族與才女詩歌研究》，台北：文史哲出版社，民國 74 年 3 月初版。

七、期刊論文

1. 邱燮友〈樂府詩的特性及其源流〉，《幼獅月刊》，第四十七卷，第六期。

2. 張春榮〈樂府詩試論〉，《鵝湖》，第七卷，第九期，1982 年 3 月。

3. 張草湖〈樂府詩總論〉，《中華文化復興月刊》，第十三卷，第三期。

4. 錢振東〈建安諸子文學的通性〉，《師大國學叢刊》，第一卷，第一期。

5. 錢振東〈魏晉文學之時代背景〉，《師大國學叢刊》，第一卷，第二期。

6. 楊明〈魏晉文學批評序論〉，《复旦學報》（社會科學版），1985 年，No. 2。

7. 鄭雷夏〈齊梁詩與齊梁詩人〉，《台北市立女子師範專科學校學報》九，1977 年 5 月。

8. 廖蔚卿〈南朝樂府與當時社會的關係〉，《文史哲學報》三，1951 年 12 月。

9. 林文月〈南朝宮體詩研究〉，《文史哲學報》十五，1966 年 8 月。

10. 林文月〈宮體詩人之寫實精神〉，《中外文學》三、三，1974 年 8 月。

11. 王夢鷗〈魏晉南北朝文學之發展〉，《中華文化復興月刊》，第十四卷，第七期，1981 年。

12. 劉亮〈魏晉南北朝文化的特色〉，《中華文化復興月刊》，第十二卷，第九期，1979 年。

13. 鄧中龍〈六朝詩的演變〉，《東方雜誌》二・六，1968 年 12 月。

14. 高木正一著，鄭清茂譯〈六朝律詩之形成〉，《大陸雜誌》，第十三卷，第九期，1956 年 11 月。

15. 廖蔚卿〈從文學現象與文學思想的關係談六朝「巧構形似之言」的詩〉，《中外文學》，三・七～八，1974 年 12 月。

16. 王文進〈論六朝詩中巧構形似之言〉，《師大國文研究所集刊》，第二十三號。

17. 龔鵬程〈由鮑照詩看六朝的人生孤憤〉，《鵝湖》，三：四。

18. 方祖燊〈鮑照〉，《中國詩季刊》，第五卷，第三期，1974 年 9 月。

19. 易烈剛〈文學與環境〉，《師大國學叢刊》，第一卷，第二期。

20. 于丙離〈帝王文學論〉，《師大國學叢刊》，第一卷，第三期。

21. 劉廣惠〈兩晉南北朝的宮閫〉,《食貨》半月刊,二‧五,1935 年 8 月。

22. 何啓民〈南朝的門第〉,《食貨》三‧五,1973 年 8 月。

23. 陶希聖〈南朝士族之社會地位與政治權力〉,《食貨月刊》復刊,第四卷,第十一期,1975 年 2 月。

24. 楊明〈魏晉文學批評對情感的重視和魏晉人的情感觀〉,《复旦學報》,1985 年,No. 1。

25. 王又平〈「情」在中國古典美學中的地位〉,《華中師院學報》,1980 年,No. 3。

26. 薛永健〈移情、比興、意境〉,《西北師院學報》,1983 年,No. 3。

27. Charles Altieri 著,蔡源煌譯〈詩乃心志活動—呈現說與模倣說的折衷〉,《中外文學》,6:11、6:12。

28. 古添洪〈文學術語辭典〉,《文訊》月刊第十六期,時報出版公司。

29. 李充陽〈曹操研究〉,台大碩士論文,民國 65 年 3 月。

30. 徐銀禮〈建安風骨探析〉,台大碩士論文,民國 71 年 12 月。

31. 劉漢初〈蕭統兄弟的文學集團〉,台大碩士論文,民國 64 年 6 月。

32. 張仁青〈魏晉南北朝文學思想史論〉,師大博士論文。